Cobalt

血钴

Red

How the Blood of the Congo Powers Our Lives

刚果人的血液如何
支撑我们的生活

［美］悉达多·卡拉 著　　叶泉 译
Siddharth Kara

浙江人民出版社

浙江省版权局
著作权合同登记章
图字:11-2024-171

图书在版编目（CIP）数据

血钻：刚果人的血液如何支撑我们的生活 /（美）
悉达多·卡拉著；叶泉译. -- 杭州：浙江人民出版社，
2025. 4. -- ISBN 978-7-213-11854-8

Ⅰ. I712.55

中国国家版本馆CIP数据核字第2025X51S67号

血钻：刚果人的血液如何支撑我们的生活

XUEGU:GANGGUO REN DE XUEYE RUHE ZHICHENG WOMEN DE SHENGHUO

［美］悉达多·卡拉　著　　叶泉　译

出版发行：浙江人民出版社（杭州市环城北路 177 号　邮编　310006）
　　　　　　市场部电话:（0571）85061682　　85176516

责任编辑：尚　婧　　陈佳迪

策划编辑：陈佳迪

营销编辑：陈芊如

责任校对：姚建国

责任印务：幸天骄

封面设计：李　一

电脑制版：董　董

印　　刷：杭州丰源印刷有限公司

开　　本：880 毫米 × 1230 毫米　1/32　　印　　张：9

字　　数：205 千字　　　　　　　　　　　插　　页：1

版　　次：2025 年 4 月第 1 版　　　　　印　　次：2025 年 4 月第 1 次印刷

书　　号：ISBN 978-7-213-11854-8

定　　价：58.00 元

如发现印装质量问题，影响阅读，请与市场部联系调换。

你永远吃不完大象的肉。

——刚果谚语

■
━━━■ 目录

引言

本书的主要写作目的，是让全世界的人相信，这个刚果恐怖故事不仅是不容置疑的事实，而且并非偶然或暂时事件，也不能仅凭刚果一国之力解决此事……这个恐怖故事不仅代表着奴隶制度和奴隶贸易的残渣余孽，也意味着奴隶制度和奴隶贸易的死灰复燃。

——［英］埃德蒙·迪恩·莫雷尔（Edmund Dene Morel），《刚果改革运动史》（*History of the Congo Reform Movement*），1914 年

士兵们几近疯狂，双目圆瞪，将武器瞄准试图闯入卡米隆巴（Kamilombe）矿区的村民。距村民们一步之遥的就是他们的亲人，但不管他们如何死命往前冲，仍旧无法靠近。发生在这里的事情绝对不能被外人看到，不予任何记录，不留任何痕迹，站在这片无望之地的人只能在记忆中留下挥之不去的阴霾。因为形势极不明朗，向导让我待在矿区外围地区，所以我很难看到事件的细节。而且一团铅灰色的雾霾遮蔽了光线，让人无法看清矿坑的情况。远处的山丘看起来仿佛一头笨拙的野兽。

血钻
刚果人的血液如何支撑我们的生活

我走近前去，小心翼翼地挤进沸腾的人群后，发现泥土中有一具尸体。那是一个孩子，一动不动地躺在尘土中，周身尽是绝望的气息。我试图看清他的脸，但只是徒劳。在孩子毫无生气的尸体周围，红褐色的砾石被染成深红色，像烧焦的棕褐色或生锈的金属。在这之前，我本以为刚果的土地之所以呈朱红色，是因为土里含铜。但现在我不禁疑惑起来，染红刚果[1]大地的，也许是溅洒于这片土地上的鲜血。

我慢慢靠近警戒线，想把那孩子看得更清楚些。士兵和村民之间的对立不断升级，已至骚乱达一触即发的地步。一名士兵气冲冲地喊叫着，朝我挥舞着枪。我已经靠得太近，逗留得太久了。我最后看了一眼那个孩子，此刻终于可以看清他的脸，永远定格在他脸上的是一种惊恐的神色。这是刚果给我留下的不可磨灭的印象——这具血迹斑斑的孩子的尸体是刚果这颗非洲心脏的缩影，造成这个孩子死亡的唯一原因是挖掘钴矿。

***

在刚果民主共和国（Democratic Republic of the Congo），一场开采钴矿的狂热浪潮正在兴起，人们展开疯狂竞赛，以求最快最多地挖取到钴矿石。这种散发着光芒的稀有金属是当今生产大部分锂电池的核心材料。钴也被广泛用于各种新兴的低碳创新技术中，这些技术对实现应对气候变化的可持续性发展目标至关重要。加丹加省（Katanga）位于刚果东南部，其钴矿储量超过全球其他国家钴矿储量的总和。该地区还富含其他贵金属，包括铜、铁、锌、锡、

---

[1] 本书中的刚果均指刚果民主共和国。

镍、锰、锗、钽、钨、铀、黄金、白银和锂等。这些矿藏安然沉睡了亿万年，直到外来国家发现了这些矿藏，使得这片土地的价值倍增。工业革新激发了人们对各类金属的需求，而这些金属恰好都能在加丹加找到。刚果的其余地区也同样蕴藏着丰富的自然资源。外国势力已经渗透到这个国家的每一寸土地，攫取刚果丰富的象牙、棕榈油、钻石、木材、橡胶等资源，把刚果人民沦为奴隶。很少有国家像刚果这样资源富饶，物产丰富；也很少有国家像它这样遭受如此严重的剥削。

这种对钴矿的争夺不由得令人想起比利时国王利奥波德二世（King Leopold Ⅱ）对刚果的无耻劫掠。在1885年至1908年间，利奥波德二世成为刚果自由邦（the Congo Free State）的国王，在位期间对刚果施行野蛮统治，大肆掠夺刚果的象牙和橡胶资源。那些了解利奥波德二世统治情况的人或许会指出，这位国王在统治期间对刚果实施的暴行与今时今日刚果遭遇的损害不可同日而语，这个观点不无道理。不可否认的是，在利奥波德二世统治刚果期间，死亡人数大约高达1300万，相当于当时殖民地人口数量的一半。现如今，矿难直接造成的死亡人数，加上接触有毒物质、矿区环境污染等因素间接造成的死亡人数，每年约为数千人。然而，我们必须承认的关键事实是，几个世纪以来，奴役非洲人民是殖民主义的本质。在现代，人们抵制奴隶制，基本人权在国际法律中被视为普遍性义务（erga omnes）和强制法则（jus cogens）。富豪强权不断剥削刚果极度贫困的人民，将当代文明所标榜的道德基础变为废纸，也使非洲人民陷入个人价值仅由其置换成本来衡量的旧日境地。这种道德水准的倒退本身就是一种暴力形式，影响了远不止中非地区的人们，还波及全球南方。在那里，有数量庞大的下层人民生活在全球经济秩序底部，在近似奴隶的生存条件下过着非人的生活。我们不得不承认，自殖民时期以来，这种情况并无太大改观。

刚果钴矿开采所面临的严峻现实是摆在产业链相关方面前的一道难题。没有公司愿意承认，智能手机、平板电脑、笔记本电脑和电动车使用的可充电电池中含有农民和儿童在极其危险的条件下开采的钴。在公开披露的信息和新闻稿件中，位居钴供应链顶端的众多企业通常会承诺遵守国际人权准则，对使用童工采取零容忍政策，遵守最高标准的供应链尽职调查。请看以下部分企业发布的声明：[1]

苹果公司致力于保护环境，致力于保障从采矿到产品组装等供应链所涉及的数百万人的福祉。截至2021年12月31日，我们供应链中所有认可的冶炼厂和精炼厂已参与或完成了第三方审核，这些审核均满足本公司对矿物开发的要求。

对于国际和相关国家法律法规禁止的使用童工行为，三星在全球所有业务中均对此采取零容忍政策。

特斯拉的采购部门深具责任意识，因而我们与之合作的一切原材料与供应链企业均具有同样的责任意识，同时我们也注意到刚果民主共和国手工和小规模采矿业（artisanal and small-scale minging，英文简称ASM，以下简称手工采矿业）面临的现状。为确保特斯拉供应链中钴矿的采购符合商业道德，我们已对钴矿采购展开了有针对性的尽职调查。

梅赛德斯—奔驰集团认为，有责任意识的公司将尊重人权视为公司治理的一个基本方面……我们确保本集团产品使用的所有原材料及其他材料均是在尊重人权和符合环境标准的情况下开采和生产的。

嘉能可（Glencore）致力于避免在业务或供应链中出现奴役劳工现象和人口贩运事件。我们绝不容忍使用童工行为，绝不容忍任何形式的强迫劳动或抵债劳动，并主动发现和避免这类现象出现在我们的供应链当中。

随着对钴矿开采条件的审查日趋严格，各利益相关方建立国际联盟组织，以确保供应链合法合规。最重要的两个联盟分别是负责任矿产倡议组织（Responsible Minerals Initiative，简称RMI）和全球电池联盟（Global Battery Alliance，简称GBA）。负责任矿产倡议组织依照《联合国工商业与人权指导原则》（the UN Guiding Principles for Business and Human Rights），推动负责任的矿物采购工作。负责任矿产倡议组织的部分方针反映在负责任矿产保证流程（Responsible Minerals Assurance Process）中，此认证流程认为应对钴供应链进行独立的第三方评估，并对刚果民主共和国的钴矿开采地点进行童工雇用方面的监控。全球电池联盟则致力于倡导为开采可充电电池原材料创造安全的生产条件。该联盟发起了一项名为"钴行动合作计划"的倡议，旨在通过现场监控和第三方评估，"尽快杜绝钴价值链中使用童工和强迫劳动的现象"。[2]

不过，我在刚果期间，从未见过或听说过任何与这两个联盟有关的活动，更不用说见过或听说过有企业承诺遵守国际人权标准，接受第三方审查，或者对强迫劳动和使用童工采取零容忍政策。通过21年来对奴隶制和童工问题的研究，可以说我从未见过比全球钴供应链底端更为激烈的利润掠夺。许多大型公司销售包含刚果钴矿石的产品，企业价值以万亿元计。然而，从地下挖钴的人们却只能勉强度日，过着极度贫困的生活，遭受着非人的苦难。他们生存于人类生活的边缘，生活环境被外国矿业公司当作有毒废料的倾倒场。数百万棵树木被砍伐一空，许多村庄被夷为平地，河流和空气受到污染，耕地遭到破坏。我们的正常生活，是以刚果人民受难、当地环境遭到破坏为代价的。

虽然以可再生能源的名义进行的钴矿开采在现代造成了巨大破坏，但矿产开采的矛盾性绝非新鲜事。假若没有开采地球的矿产和金属，人类文明中一些最具变革性的进步是不可能实现的。大约7000年前，人们首次利用火来开采原料。人们将金属熔化后制成物品，用于商业、装饰与武器等方面。5000年前，人们发现了锡，将其与铜混合形成青铜，这是第一种比其成分金属坚硬的合金，青铜时代应运而生。金属加工技术的出现促进了人类文明的高速发展。青铜用于制作新式武器、农具和硬币。历史上出现了最初的书写形式，人们发明了车轮，城市文明也随之发展。同样是在青铜时代，钴首次被用来为陶器着色。在铁器时代，人们开采出铁矿石，将其熔炼成钢，用以制造更强大的工具和武器。由此军队得以形成，国家得以崛起。在中世纪早期，欧洲人颁发了第一批矿山开采特许权。政府以收取税金作为条件，给予企业在某块特定土地上开采矿产的权利，这个制度一直延续至今。

在中世纪后期，矿工们开始使用中国的黑火药来炸碎大块石头，采矿技术取得了飞跃性的进步。新大陆的矿产财富（尤其是黄金）为文艺复兴提供了大部分资金，催化了工业革命，催生了现代采矿业。煤炭开采推动了工业化的进展，随之而来的是环境污染、空气质量恶化和气候变化加剧等历史性问题。工业革命进一步推动了采矿设备的改良——机械钻头提高了开采坚硬矿石的效率，人工装运、输送被电力输送带、矿车和重型车辆替代。有了这些及其他技术进步，采矿公司在采矿时比以往任何时候都挖掘得更深、范围更广。

到了20世纪末，采矿业几乎影响着现代生活的方方面面。人们将钢铁用于建筑、房屋、桥梁、船只、火车、车辆和飞机的建造上。铝、锡、镍和其他金属被用于成千上万种工业和消费产品中。铜被用于电线、电路、军事器材和工业机械的制造，石油衍生物则被用于制造塑料制品。如果人们没有成功开采矿产，就不可能取得农业生产的发展。当今价值万亿美元的全球采矿业主要开采煤炭、铁矿、铝土矿、磷矿石、石膏和铜矿石等，而那些用于生产现代科技设备和可再生能源的所谓战略性矿产和稀土元素，在经济和地缘政治上迅速变得重要。这些战略性矿产有许多都可以在中非找到，其中最主要的是钴。

在历史上很长的一段时间里，采矿业依赖于剥削奴隶和雇用贫穷劳工，是他们将矿石从泥土中挖出。这些受到压迫的人不得不在危险的条件下挖掘矿石，他们的安全没有保障，而且报酬极少。今天，这些劳动者被授予了一个奇特的名称——手工采矿者，他们在全球采矿业阴暗的底层——手工和小规模采矿业——辛苦劳作。不要因为"手工"这个词就误以为手工采矿业意味着熟练的工匠愉快地进行着采矿工作。实际上，手工采矿者使用的是十分基础、原始的工具，在危险的条件下，开采全球南方80多个国家里的数十种矿物和宝石。因为手工和小规模采矿业几乎都是非正规的，手工采矿者鲜有人通过签订正式合同而获得相应的工资和工作条件。如果在工作中受伤或遭到虐待，他们通常没有途径寻求帮助以得到医治或赔偿。手工采矿者拿着按件计费的微薄工资，却承担着受伤、生病或死亡等一切风险。

虽然手工和小规模采矿业的工作环境充满危险，但这个行业成长极为迅速。全世界大约有4500万人进入此行业，占全世界采矿劳动力总数的90%，这是一个极为惊人的数字。即便我们已在机械和技术上取得了许多进步，但为了以最小的成本提高产量，正规的采矿业依然十分依赖手工采矿者。手工和小规模采矿业作出了巨大的贡献，这个行业开采了全球矿石供给总量中26%的钽，25%的锡，25%的黄金，20%的钻石，80%的蓝宝石，以及占比高达30%的钴。[3]

为了揭示刚果钴矿开采的实际情况，我深入探访了该国两大采矿省份——上加丹加省（Haut-Katanga）和卢阿拉巴省（Lualaba）。我制订了相应的计划，规划如何进行调查，但很少有计划能在我初到刚果时成功开展。我的调查可谓处处碰壁，阻碍重重：咄咄逼人的安全部队；严密的监视；许多矿区路途偏远，人们对外界不信任，数十万人在中世纪般原始的条件下，狂热地挖掘钴矿。深入那些采矿省份的旅程仿佛是一次次令人震惊的时空倒流。世界上最先进的消费类电子设备和电动车辆赖以存在的矿石，却由满手水泡的农民们使用镐、铁锹和钢筋等工具挖掘出来。在这里，劳动力廉价得以便士计价，而生命几乎一文不值。刚果历史上有许多比现今采矿行业更为血腥的事件，但刚果采矿业制造了如此深重的苦难，牵涉如此巨额的利益，而这些巨额利益又与世界各地数十亿人的生活如此紧密相关，无一历史事件可与之比拟。

为写作本书，我分别在2018年、2019年及2021年前往刚果的采矿省份进行实地考察。受新冠病毒的影响，2020年的实地考察无法成行。新冠疫情在全球肆意横行时，从事钴矿开采的贫困人群受到的影响却没有得到充分的评估。2020年和2021年，矿山陷入长期封锁状态，但人们对钴的需求量并没有随之而休止。相反，随着全世界的人越发依赖可充电设备以便居家上班上学，人们对钴的需求量持续增长。这迫使数以十万计的刚果农民不得不在没有任何保护的情况下，爬进矿沟和隧道，以维持钴矿的开采，而他们每天只能赚到一两美元的"活命钱"。新冠病毒在刚果的手工采矿区迅速扩散，但在那里，佩戴口罩和保持社交距离是不可能的。感染新冠的患者和死亡人数从来没有得到统计，有多少采矿工人受到疫情影响尚是一个未知数。

为了收集本书所需的证据，我尽可能多听取在采矿省份生活和工作的人们的故事。有些人讲述自己的故事，有些人则为已故者发声。在对手工采矿者和其他知情人的采访中，我都遵循了机构审查委员会（Institutional Review Board）对人类研究对象的规范。这些规程旨在保护参与研究人员免受负面后果的影响，包括在进行采访前取得受访对象的同意，不记录任何个人身份信息，并确保任何书面或电子笔记始终由我个人持有。这些程序在刚果尤为重要，因为对外人说出真相的风险极大，其危险程度不容忽视。因害怕遭受暴力报复，大多数手工采矿者及其家庭成员其实并不愿意和我交谈。

几位得到当地社区信任的向导和翻译协助我进行了调查，没有他们，我的调查便无从下手。这些向导帮助我进入了许多采矿现场，接触到了在那里辛勤采矿的人们。与我一起调查的每一位向导都承担着巨大的风险。一直以来，刚果政府竭力遮掩采矿省份艰苦的采矿条件。任何试图揭露当地现实的人，不论是记者、非政府组织工作人员，还是研究人员或外国新闻媒体，都会在其逗留期间受到严密的监视。刚果军队和其他安全部队在采矿区无处不在，因此，进入采矿场所十分危险，有时甚至是不可能的。被视为闹事者的人可能会遭到逮捕或拷打折磨，甚至更糟。出于谨慎，在提到向导及为本书提供证言的那些勇敢的民众时，我使用了他们的化名。在本书中我也避免出现任何识别上述人等的特征描述或信息，因为这类信息将使他们及其家人落入危险境地。

可悲的是，钻矿开采所造成的伤害对刚果人民来说早已司空见惯。16世纪初期以来，延续多个世纪的欧洲奴隶贸易便已给刚果当地民众造成了无法弥补的伤害。刚果的奴隶贸易在利奥波德二世殖民统治时达到了顶峰，他为现今仍在刚果施行的剥削制度奠定了基础。对利奥波德二世残酷统治的描述仍然适用于现代的刚果，这令人深感不安。

约瑟夫·康拉德（Joseph Conrad）的作品《黑暗之心》（*Heart of Darkness*，1899）将利奥波德二世永久地钉在了历史的耻辱柱上。在作品中，康拉德言简意赅地刻画了利奥波德二世治下的刚果自由邦——"太可怕了！太可怕了！"随后，他将利奥波德二世对刚果自由邦的奴役描述为"有史以来最卑鄙无耻的、玷污了所有人类良知的掠夺"，对刚果自由邦的描述则是"其国家管理的底层逻辑是对黑人进行无情的、系统性的压榨"。在《黑暗之心》出版后的第二年，首位横贯非洲南北、从开普敦跋涉至开罗的探险家——E. S.格罗根（E. S. Grogan）——将利奥波德二世统治下的领土描述为"吸血鬼横行之地"。在《凯斯门特报告》（*The Casement Report*，1904）中，英国驻刚果自由邦领事罗杰·凯斯门特（Roger Casement）将这个殖民地描述为"地球上不折不扣的地狱"。凯斯门特有一位坚定的盟友埃德蒙·迪恩·莫雷尔，两人联手结束了利奥波德二世惨绝人寰的统治。莫雷尔写道，刚果自由邦的制度是"一种完美的压榨体系，伴随着野蛮的掠夺行径，导致死伤无数"[4]。

所有上述描写同样适用于现今钴矿开采省份的状况。只需花上一点时间观察加丹加地区满身污垢的孩子们，看看他们在土里如何搜寻钴矿石，你会无法分辨他们是在为利奥波德二世卖命，还是为某家科技公司奔忙。

尽管刚果人民已经遭受了数个世纪的剥削，但在1960年时，确实有一道短暂的曙光——一道国家独立的曙光闪现，刚果的发展方向本可以发生剧烈的转变。刚果民主共和国首位民选总理帕特里斯·卢蒙巴（Patrice Lumumba）向全国人民展示了刚果的未来愿景，在这个愿景中刚果人民可以决定自己的命运，利用国家资源造福大众，拒绝外国势力干涉及掠夺国家资源。这个无畏的反殖民主义愿景本可以改变刚果乃至整个非洲的历史进程。然而很快，比利时、美国及其所代表的新殖民主义利益集团否定了卢蒙巴的愿景，密谋将其暗杀，之后扶持了一个残暴的独裁者——约瑟夫·蒙博托（Joseph Mobutu）。在接下来的32年中，蒙博托支持西方的议程，确保加丹加的矿产资源持续为西方所用。蒙博托自己像他之前的殖民者一样贪得无厌，富得流油。

在刚果遭受的所有痛苦悲剧中，或许最大的悲剧在于，现今刚果矿业省份所承受的苦难实际上是完全可以避免的。但是，如果没有人认为存在问题，那谈何解决问题呢？大多数人不知道刚果钴矿中正在发生的一切，因为这些现实都隐藏在层层跨国供应链背后，从而削弱了各方责任。若从钴矿区辛苦工作的孩子开始追溯这条供应链，直至销售给全世界消费者的可充电装置和汽车，那时这一个个环节之间的联系已经变得错综复杂，让人难以分清责任到底在哪一方，这就像是骗子玩的一个把戏——随意移动倒扣的杯子，然后让人猜球在哪个杯子下藏着。

这种体系模糊和弱化了处于全球供应链底端的贫困有色人群受到的严重剥削，其历史可回溯至多个世纪以前。18世纪的英格兰人享用早餐时，恐怕鲜少有人知道他们茶水里的蔗糖是非洲奴隶在西印度群岛残酷的劳动条件下生产的。在相当长的时期内，奴隶们不得不在英国人的早餐桌边服侍主人用餐，直到一群废奴主义者将奴隶制的真实情况直接呈现给英国人民。利益相关方开始奋力维护这个压榨奴隶的体系。他们告诉英国公众不要相信听来的那些情况，宣称奴隶贸易具有伟大的人道主义性质——非洲人民并没有受苦，相反，他们逃离了黑暗大陆的原始与野蛮，获得了拯救。他们声称非洲奴隶在群岛上享有良好的工作条件。而当这套言论被识破后，奴隶贩子们又宣称他们已经做出了改变，修正了种植园里对奴隶们的不当行为。他们之所以敢如此颠倒黑白，就是因为谁会不远万里去一趟遥远的西印度群岛来进行求证呢？即使有人去了，又有谁会相信他们呢？

真相是，如果没有对蔗糖的需求，以及销售蔗糖获得的巨额利润，整个以奴隶换取蔗糖为基础的经济体系根本不会存在。此外，剥夺他人的尊严、生命安全、薪酬和自由，其后果必然是形成一种将供应链底端受到剥削的民众全然非人化的制度。

当今的科技巨头们将会告诉你一个关于钴矿的似曾相识的故事。他们会告诉你，他们遵守国际人权标准，他们的供应链合法合规。他们会向人们保证，矿石开采的条件并没有看起来那么糟糕，他们正在为非洲最贫困的人民带来商业、薪水、教育和发展（美其名曰"拯救"他们）。他们也同样向人们承诺，他们已做出改变以解决采矿现场的问题，至少也是解决他们购买钴矿的矿山内存在的问题。当然，谁会去一趟遥远的刚果求证事实呢？即使有人去了，又有谁会相信他们呢？

然而，如果没有科技巨头们对钴的大量需求，以及通过销售智能手机、平板电脑、笔记本电脑和电动汽车所获得的巨额利润，整个"以血易钴"的经济体系根本不会存在。而且，在一个贫穷且饱受战争蹂躏的国家里，对钴进行无法无天的争夺必然只会导致供应链底端遭受剥削者受到彻底的非人化待遇。

光阴飞逝似箭，变化却微乎其微。

尽管刚果钴矿工人的生活现状依然不容乐观，但他们仍然有理由期冀未来。越来越多的人意识到他们面临的困境，随之而来的是希望，期许他们的声音不再消逝在深渊之中，而是能够传入供应链另一端的人们心中，使这些人终将能够看清那个躺在泥土中，浑身是血，已然成为一具冰冷尸体的孩子，也是他们的同类。

第一章

"无与伦比的矿产财富"

于各个层面而言，这都是一个尚未结束的可怕的弥天大谎。若非这个谎言过于惊世骇俗，如此绝妙又滴水不漏的谎言倒足以博人一笑。

　　——［英］约瑟夫·康拉德，写给罗杰·凯斯门特的信，1903年12月17日

　　我们都知道，当今世界极度依赖化石燃料。人们从海洋、沙漠、山脉以及陆地下挖掘石油、煤炭、天然气等资源，不放过地球的任何一个角落。试想一下，从一块面积约为400乘100公里大小的土地下，能开采出地球上约四分之三的化石燃料；而在这块土地下，地球大约一半的石油资源蕴藏在一个城市周围，且资源位置不深，轻易就能用铁铲开采出来。这个城市无疑将在世界上占据举足轻重的地位。钻探公司将蜂拥而至，争夺这片土地下的财富，周边的居民亦会如此。为了抢占宝贵的地盘，各方将诉诸暴力，保护环境将退居次要地位，当地政府遭受腐败的蚕食。利益分配极不均衡，产业链顶端的利益相关方往往会积聚大部分的利润，当地则民不聊生。现今，一模一样的境遇正在重现于一种关键性矿石上。这种矿石之于未来，好比化石燃料之于过去，至关重要，不可或缺。这种矿石就是钴，蕴藏丰富钴矿的城市则是科卢韦齐（Kolwezi）。

　　科卢韦齐坐落在刚果东南角，四周环山，山中云雾缭绕。绝大多数人可能对这座城市闻所未闻，但没有它，起码有数十亿人无法维系正常的社会生活。没有科卢韦齐，我们生产的每一台智能手机、平板电脑、笔记本电脑和电动车辆的电池将无法进行充电。这里地下埋藏的钴矿可为充电电池提供最佳的稳定性和能量密度，使电池能够拥有更高的容量，使用时更加安全，续航能力更强。如果电池中没有钴，人们将不得不频繁地给智能手机或电动车辆进行充电，而且用不了多长时间，电池还很可能会起火。在已知的钴矿产地中，科卢韦齐的钴矿储量最大、最易获取、品位最高，在世界上没有其他地方能与之相比。

　　钴在自然界通常伴生于铜矿中。刚果的铜钴矿带呈新月形，长约400公里，矿石密度和品位参差不一，从科卢韦齐一直延伸至赞比亚北部，形成中非铜钴矿带。这个金属矿带奇迹般蕴含着巨大的矿藏，包括占世界10%的铜矿和约50%的钴矿储量。2021年，刚果共开采了111750吨钴，占全球钴矿总供应量的72%。而且随着面向消费者的科技公司和电动车辆制造商对钴的需求逐年增加，刚果的钴矿开采量预计还将持续上升。[1]人们或许自然而然地认为科卢韦齐应是一个欣欣向荣的繁华市镇，一个个勇往直前的采矿者在这里依靠矿藏发家致富。然而，事实并非如此。像刚果其他铜钴矿带一样，科卢韦齐的钴矿遭到疯狂争夺，以供应上游的全球消费者。这个城市已变得伤痕累累，其经历的破坏规模之大、人民遭受苦难之多，无法计量。科卢韦齐是新生的"黑暗之心"，是殖民、战争和世代奴役之地，承受着以往刚果所遭受的一切暴行。

英国海军中尉维尼·洛维特·卡梅隆（Verney Lovett Cameron）是首位从东向西横穿非洲大陆中部的欧洲人。1876年1月7日，《泰晤士报》（*The Times*）刊登了他一封关于刚果的信函。这封信函对刚果而言无异于一种不祥之兆，其中写道：

> 位于非洲内陆的是一个宏伟壮丽、生机勃勃的国度，其蕴藏的财富无与伦比。我收藏了一小块优质的煤炭样本；其他矿产如金、铜、铁和银等也十分丰富。我确信，只要明智而且适度地投入资本，就能建造一条世界上最伟大的内陆航道系统。任何有魄力的资本家只需30—36个月即可得到回报。[2]

卡梅隆发表信函后不到十年，那些"有魄力的资本家"闻风而至，开始掠夺刚果"无与伦比的财富"。壮阔的刚果河及其四通八达的支流为欧洲人提供了现成的航道，使他们能够深入非洲腹地，将刚果宝贵的资源从内陆运到大西洋海岸。一开始，没有人知道刚果几乎蕴藏着世界上的每一种资源，且储量极大。这些资源通常出现在新发明问世后或工业发展时期，比如，用于制作钢琴琴键、耶稣受难像、假牙和雕像的象牙（19世纪80年代），用于生产汽车和自行车轮胎的橡胶（19世纪90年代），用于生产肥皂的棕榈油（20世纪以来），用于工业生产的铜、锡、锌、银和镍（1910年以来），富豪所钟爱的钻石和黄金（世世代代），用于制造核弹的铀（1945年），用于生产微处理器的钽和钨（21世纪以来），以及用于生产可充电电池的钴（2012年以来）。每次发展催生的对某种资源的需求总会掀起新一波的淘金浪潮。但在刚果的历史长河中，刚果人民从未在任何一次本国资源变现的过程中真正受益。相反，他们往往被当作最廉价的劳动力，承受着最大的痛苦，沦为奴隶劳工开采着矿藏。

当今世界经济依靠设备驱动，加上全球正从化石燃料向可再生能源转型，这直接导致了人们对钴矿的索求无度。各国政府竭力减少碳排放，以响应2015年签订的应对气候变化的《巴黎协定》（The Paris Agreement）。为配合政府这一举措，汽车制造商正在迅速增加电动汽车的产量。2021年，碳减排的承诺在第26届联合国气候变化大会（COP26）上得到进一步强调。生产一辆电动汽车的电池组需要高达10公斤的精炼钴，这比生产一部智能手机电池所需的钴量高1000倍。如此一来，预计在2018年到2050年间，对钴的需求将增长近500%。[3]然而，目前除了刚果，地球上没有其他地方可以探测到如此大量的钴矿。

科卢韦齐等城镇的钴矿开采往往发生在庞杂供应链的底端，这条供应链像一只巨大的章鱼海怪一般，将触爪伸向世界上实力最为雄厚的公司。诸如苹果、三星、谷歌、微软、戴尔、特斯拉、福特、通用汽车、宝马、戴姆勒–克莱斯勒等公司，通过位于日本、韩国、芬兰和比利时的电池制造商和钴精炼厂从刚果购买部分、多数或全部所需的钴。这些公司都声称不能够容忍刚果采钴工人恶劣的工作条件，但无论是它们还是其他任何公司，都没有付出足够的努力来真正改善开采环境。事实上，几乎没有人会为刚果钴矿开采的负面后果承担责任——包括刚果政府、外国矿业公司、电池制造商、市值庞大的科技和汽车公司。将处于两端的钴矿石与手机和汽车联结起来的是一条让人难以看透的供应链。穿行于这样一条供应链时，"责任"就如同加丹加四周缭绕的晨雾一般，在曙光乍现时便消失得无影无踪。

外国矿业公司与刚果政治领袖之间暗中勾结，形成纷繁复杂的关系网络，使得矿产和金钱之间的流动更让人感到迷雾重重。其中一些人通过拍卖国家的矿业特许权而富得流油。与此同时，数千万刚果人却遭受着极端贫困、粮食短缺和内乱的折磨。1960年，帕特里斯·卢蒙巴当选为刚果首位总理；2019年，费利克斯·齐塞克迪（Félix Tshisekedi）当选。在这期间，刚果没有出现任何一次和平的政权交迭，而是经历了一场又一场暴力政变。首开先河的是约瑟夫·蒙博托，他于1965—1997年间统治刚果。洛朗–德西雷·卡比拉（Laurent-Désiré Kabila）及其子约瑟夫·卡比拉（Joseph Kabila）紧随其后，两人分别于1997—2001年和2001—2019年间当权。我之所以使用"统治"一词，是因为蒙博托和卡比拉家族像暴君一样掌控着刚果，利用国家的矿产资源中饱私囊，国家却民生凋敝。

时至2022年，刚果尚不存在所谓的干净合法的钴供应链。从刚果获取的所有钴矿石都因牵涉了不同程度的虐待行径及给环境带来无法估量的损害而蒙上污点。这些行径包括奴役工人、雇用童工、强迫劳动、迫使工人劳动抵债、贩卖人口、提供危险且具毒害性的工作条件、提供微薄薪资、致使工人伤亡等。尽管供应链中的每个环节都存在害群之马，但因为科技巨头对钴的巨大需求，这条供应链依然存在。这便是问题之源，而且是唯一的源头。只有将矿工在钴矿亲身经历之事大白于天下，推翻钴矿利益相关方宣扬的子虚乌有的故事，问题才能得以真正解决。

为深入了解这些事实，我们必须先在本章提供一些关于刚果及其钴矿开采供应链的背景故事。故事将从一个名叫卢本巴希（Lubumbashi）的殖民采矿市镇开始，由此穿越多个矿产省份，然后深入钴矿的核心地带。随着这条故事线，我们将通过从挖钴的童工及男女工人的叙述中取得的一手资料，以及我对从中渔利的矿商、政府官员、跨国公司和其他利益相关方进行的报道，揭露钴矿的真实开采情况。在科卢韦齐的钴矿开采中心，我们将接触到一个更加黑暗的真相——一个常人无法想象到的真相，这是2019年9月21日，我在一个名为卡米隆巴的地方亲眼见证过的。我将带你去往那里，经历我所经历过的那段旅程，沿着唯一一条通往真相的道路前行。

非洲的心脏

刚果民主共和国坐落在非洲的中心地带，自然资源极为丰富，随处可见天然密林、崇山峻岭、宽广的热带草原和汹涌澎湃的河流。刚果北邻中非共和国，东北接壤南苏丹，东临乌干达、卢旺

达、布隆迪和坦桑尼亚，南部和东南部与赞比亚相邻，西南边毗
邻安哥拉，西接刚果共和国及一段海岸线，刚果河即是由此汇入大
西洋的。你可以将刚果想象成一个巨大的泥球，球上有两头仿佛被
人捏着，因而突起两个尖角——西南角从金沙萨起延伸至海洋，东
南角是一片陆地半岛，在半岛上可以探测到铜矿带。覆盖着刚果北
部三分之二国土的是热带雨林，面积仅次于亚马孙雨林，还是世界
上最大的大型猿类种群的栖息地。雨林以南是高原地带，由此地势
向下倾斜，过渡到辽阔的热带草原。鲁文佐里山脉（the Rwenzori
Range）山峰峻峭，矗立于东北边界，毗邻东非大裂谷及非洲的各
大湖泊。赤道横跨刚果北部三分之一的国土区域。当赤道一侧是
雨季时，另一侧则是旱季。因此，刚果多雨，是全球雷雨最多的
国家。

　　首都金沙萨是刚果民主共和国一个主要城市，位于国家西南
边，靠近刚果河岸。这座热闹非凡的城市是非洲发展最快的超大城
市之一，居住人口超过1700万。姆布吉–马伊（Mbuji-Mayi）是东
开赛省（Kasai-Orientale）的首府，位于国家中南部，拥有世界上
最多的钻石矿藏。基桑加尼（Kisangani）是乔波省（Tshopo）的
首府，附近的金矿数不胜数，是刚果河中心地带的贸易中心。戈马
（Goma）坐落于基伍湖（Lake Kivu）南端。这里是刚果与卢旺达
的交界处。戈马是这条危机四伏的边境上的主要城市，种植咖啡、
茶及其他农产品。卢本巴希在国家的东南端，距金沙萨东南方向大
约2300公里，是上加丹加省的首府，也是采矿省份的行政中心。上
加丹加省毗邻卢阿拉巴省，其首府为科卢韦齐，位于铜矿带另一端
的尾部地区。除了卢本巴希和科卢韦齐这两座城市外，上述任何城
市之间均没有互通公路或铁路。

刚果河是一条非比寻常的河流，可谓刚果的母亲河。作为世界上最深的河流，刚果河河网稠密，流域面积与印度国土面积相当。刚果河的河道网呈新月形，是世界上唯一一条干流两次穿越赤道的河流。刚果河汇入大西洋时，形成巨大的冲击力，致使海岸沉积物堆积，沉渣绵延百公里。刚果河的源头是非洲大陆的终极谜团，欧洲探险家为解开这一谜团对刚果进行探索，却改变了刚果的历史进程，为刚果带来悲剧性的命运，也给采矿省份带来现在这个地区正在承受的所有苦难。

在刚果的大部分历史中，其东南角被称为加丹加。1891年后，利奥波德国王吞并该地区，将其纳入刚果自由邦，这里丰富的矿产资源因而显扬于天下。加丹加地区一直属于刚果的异类，加丹加人普遍认为自己先是加丹加人，其次才是刚果人。关键是，加丹加的领导人并不认为他们的矿产财富应该与刚果其他地方的人共享。在刚果独立之前，比利时人在加丹加发展的矿产开采规模已经相当宏大。刚果取得独立后，比利时人不惜一切代价，试图掌控加丹加。他们先是密谋将加丹加省从刚果独立出去，随后又派人暗杀了刚果总理卢蒙巴。由于涉及大量的金钱利益，若要取得对加丹加的控制，免不了一场血雨腥风的争斗。

其实加丹加丰富的矿产资源完全可以为无数项目提供资金，让这些项目来改善儿童教育质量，降低儿童死亡率，提高卫生和公众健康水平，增加刚果的电力供应，但实际上大部分的矿产财富都流向了国外。虽然手握价值以万亿美元计算的未开采矿产，但刚果2021年的政府预算仅为72亿美元，与美国爱达荷州的政府预算相当，而爱达荷州的人口仅为刚果的五十分之一。根据联合国提出的人类发展指数，刚果民主共和国在189个国家中排名第175位。超过四分之三的刚果人民生活在贫困线以下，三分之一的人民面临食品短缺，人口预期寿命仅为60.7岁，儿童死亡率位列世界第11名，仅有26%的人口能够获得清洁饮用水，全国通电率仅为9%。义务教育本来应该由国家承担费用，但学校和教师缺乏足够的资金支持，不得不向学生每月收取五到六美元的费用以支付开销，而有数百万刚果人却负担不起这笔费用。因此，无数儿童迫不得已外出工作补贴家用，此类情况在矿产省份更甚。刚果的手工采钴工人为大型科技和汽车公司创造了难以估量的财富，但他们大多数人每天的收入却只有区区一两美元。

从有毒矿坑到明亮展厅

将刚果手工采矿工人每天一美元的薪资转化为供应链顶端大公司每季度数十亿美元利润的就是全球钴供应链。不论是人的价值，还是经济上的价值，这条供应链的两端都不可同日而语，但这两端却由一系列复杂的、正规及不正规的关系连接起来。连接这些关系的纽带位于矿业底层的影子经济（shadow economy）中，而后水到渠成地融入正式的供应链。这种非正规与正规、手工与工业的融合对于理解钴供应链来说最为重要。尽管有人声称手工采钴与工业采钴彼此独立存在，但要将这两者完全分隔开来几乎是不可能的。

下图简略描绘了全球钴供应链的状况。方框中的箭头表示不同源头钴矿的去向。

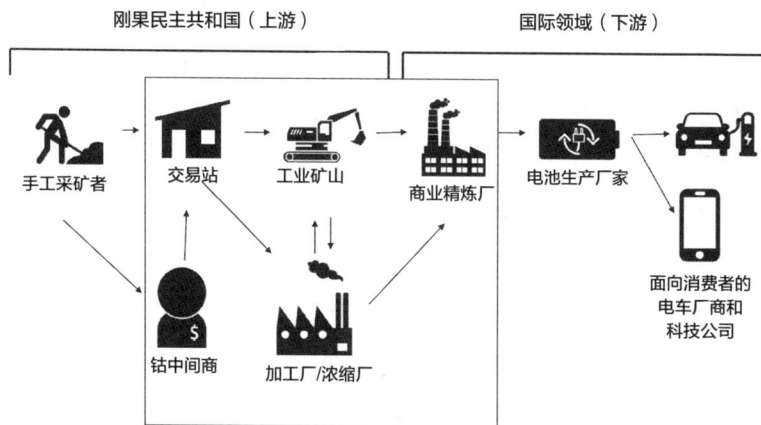

刚果民主共和国（上游）　　　　国际领域（下游）

手工采矿者　交易站　工业矿山　商业精炼厂　电池生产厂家

钴中间商　加工厂/浓缩厂

面向消费者的
电车厂商和
科技公司

　　手工采矿者位于供应链的最底端。当地人称他们为"creu-seur"（法语，意为挖掘机），他们使用原始的工具在矿坑、矿沟和矿山隧道里挖掘，寻找一种名为水钴矿（heterogenite）的矿石，其中含有铜、镍、钴等元素，有时还含有铀。刚果的手工采矿行业由一个名为"手工和小规模采矿协助和监督服务部"（SAE-MAPE）的政府机构监管，2017年前这个机构名为"小规模采矿协助和监督服务部"（SAESSCAM）。[4] SAEMAPE许可在铜矿带进行手工采矿的矿区不到100个，这些矿区被称为"手工采矿区"（Zones d'Exploitation Artisanale，简称ZEA）。这些手工采矿区数量极少，远远不足以容纳成千上万试图通过挖钴来谋生的人。因此，许多手工采矿工人不得不去铜矿带中数百个未经许可采矿的矿区中工作。这些未经授权的采矿区普遍位于工业采矿场地附近，因为挖矿工知道这附近的地下才可能找到宝贵的矿石。尽管刚果法律禁止在工业采矿地点直接进行手工开采，但此类现象屡禁不绝。

　　通过钴中间商和钴矿石交易站点——也就是购买钴矿的场

所——构成的非正规生态系统，手工开采的钴矿石跻身于正规的供应链。这种说不清道不明的链接将手工采矿所得的钴"洗干净"，使其进入正规的供应链。钴中间商多是独立经营，他们盘踞在手工采矿点周围，从手工采矿工人那里购买钴矿石。这些中间商大部分为年轻的刚果男性，以固定价格按袋购买矿石，或将矿石卖给交易站，与交易站分成。钴贩子将矿石搬到摩托车和皮卡车上后，就可以将矿石运到各个站点售卖。有些交易站点就直接设在一些大型的手工采矿区，手工采矿者可以直接向他们出售钴矿石。

交易站通常是些简陋的小棚屋，为了标识，棚顶一般铺着醒目的粉色防水布，用油喷刷上交易站的名字，例如"百万美元交易站"，有的刷上英法两者语言中的"钴"字，有的只刷一个数字（比如555），也有的刷上老板的名字。在上加丹加和卢阿拉巴省，有成百上千个这样的交易站。这些交易站在收购矿石时，并不会核查矿石的来源或开采条件。从钴中间商或手工采矿工人那里收购矿石后，交易站便将矿石转手卖给工业采矿公司和加工厂家。由此开始，我们再也无法将手工采矿与工业采矿彻底区分开来。刚果法律规定矿石交易站应当登记在册，并且只能由刚果人经营。但实际上，上加丹加和卢阿拉巴省的所有交易站几乎全部由外国人经营。手工开采的钴矿石在刚果民主共和国全部钴矿产量中占比高达30%。但因手工开采与工业开采并不能精确地区分开来，所以实际占比或将更高。

正规的供应链开始于横跨铜矿带的大型工业铜钴矿场。其中一些矿场，如滕凯丰古鲁梅（Tenke Fungurume）和穆坦达（Mutanda）铜钴矿场，其面积之大堪比一个欧洲国家的首都。刚果民主共和国的工业采矿公司通常由刚果国有矿业公司吉卡明（Gécamines）和外国采矿公司以合资企业形式经营。据我在2021年11月所统计的最新实地数据，上加丹加省和卢阿拉巴省现经营的大型工业铜钴采矿场共有19个。我访问的大多数矿企的采矿区都由一个名为"刚果民主共和国武装部队"（FARDC）的军事力量（也称为"精英共和国卫队"）负责安保。其他的工业采矿区和许多非正规采矿区域则由各种武装力量负责安保，包括刚果国家警察、采矿区警察、私人军事武装公司和非正式民兵武装力量等。这些武装安全力量致力于两项任务——防止外部窥探，以及确保矿产安全。

在从刚果民主共和国出口之前，含钴矿石必须经过初步加工阶段，将钴与矿石中的其他金属分离出来。部分加工在工业采矿区现场进行，还有一部分加工在位于科卢韦齐、利卡西（Likasi）和卢本巴希的专业处理厂进行。初步加工通常会产生粗制氢氧化钴或钴精矿石。这些半精加工钴矿石经卡车装运至达累斯萨拉姆（Dar es Salaam）和德班（Durban）这两座城市的海港，出口到商业钴精炼厂。于刚果民主共和国而言，自主对钴进行商业精炼进而主导价值链应该更为有利可图，但吉卡明的一位高管解释说："刚果其实没有足够的电力对钴矿石进行精炼。"

精炼钴可与其他金属结合制成阴极材料，即电池的正极。全球最大的几家锂电池制造商包括韩国的LG新能源、三星SDI和SK创新，以及日本的松下，这些厂商生产的电池中大部分的钴都来源于刚果。

钴矿和铜矿带

历史上钴多用作颜料。早在波斯帝国和中国明朝时期，人们就将钴制成蓝色颜料，用于艺术品和陶器之上。在现代，这个化学元素发展出多种工业用途：可制成高温合金，用于制造涡轮和喷气发动机；可制成催化剂，用于生产更加清洁的燃料；可制成硬质合金，用于制造切割工具；可制成牙科和骨科手术所使用的材料；可用于化疗；可用于制作可充电电池的正极。鉴于其用途广泛，欧盟已经将钴认定为20种"关键"的金属和矿物之一，美国则已将钴认定为"战略性矿产资源"。保证精炼钴的稳定供应，已然成为美国和欧盟需要应对的一个相当重要的地缘政治问题。

由于得天独厚的地理优势，中非铜矿带（the Central African Copper Belt）蕴藏着世界大约一半的钴储量，总量约为350万吨。[5]虽然中非铜矿带的大量钴储备得益于地理优势，但若不是因大量矿产埋藏位置极浅，仅用铁铲就可挖掘，刚果也不可能发生手工采矿这样的危机问题。研究中非地区的地质专家穆雷·希茨曼（Murray Hitzman）认为，中非铜矿带中的铜钴矿床大多埋藏如此之浅的原因是它们所在的位置十分特殊，位于"沉积型层状矿床"中。这种类型的矿床表明，含钴矿石形成于最初在水中沉积下来的沉积岩层中。这种矿床是唯一有可能因板块运动而被推向地表的矿床，便于手工采矿者开采。板块运动形成的、世上最蔚为奇观的地貌之一是东非大裂谷。而中非铜矿带恰好就位于东非大裂谷西侧的肩部处。

东非大裂谷是地球表面一条长6500公里的断裂带，从约旦一直延伸到莫桑比克；它是由努比亚、索马里和阿拉伯三个板块相互张裂拉伸形成的。大约8亿年前，大裂谷内的板块运动导致海水进入铜矿带地区的一个封闭盆地。大部分海水蒸发掉，而一些含盐海水则流入盆地内的沉积物中，从中溶解抽离出金属，其中就包括铜和钴。在6.5亿—5亿年前的某个时刻，由于板块运动，盐层向上移动，形成盐底辟（salt diapir）——一种圆顶状岩层，其中的岩心向上运动数公里，从而穿透地球表层。美国墨西哥湾沿岸也发生过类似的运动，形成了无数可进行钻探的油气田。

由于海洋沉积及后来的板块运动，目前在地下深处和近地表处均可发现中非铜矿带中的铜钴矿石。地下水位上下波动变化，在其以下深处，铜和钴与硫结合生成硫铜钴矿，这是刚果工业采钴的主要矿源。在近地表处，水与硫结合产生硫酸，导致矿石"生锈"。这种风化作用将硫化物变成氧化物。氧化钴在水钴矿中形成氢氧化钴。据希茨曼介绍，"加丹加的氢氧化钴矿是独一无二的。它们形成的矿石块长度可达数十米至数千米，就像蛋糕上的葡萄干一样，随意分布在水钴矿里"。手工采矿者在深达 60 米的隧道挖掘，寻找水钴矿里的"葡萄干"一般的氢氧化钴矿石块。已探明的最大的氢氧化钴矿床之一位于科卢韦齐一个名为卡苏洛（Kasulo）的街区之下，全世界再也找不出第二个像卡苏洛这样的地方，全街区的人都在疯狂地挖隧道采矿。

电车革命阴暗的一面

刚果民主共和国的钴矿规模大，埋藏浅，品位高，这是该国矿业省份钴矿的突出特点。对钴的需求则是因为全球的锂电池几乎都要使用到钴。锂电池的发展可以追溯到20世纪70年代的埃克森石油公司（Exxon）。当时石油输出国组织（欧佩克）宣布石油禁运，人们由此开始探寻能替代石油的能源。在20世纪90年代初，索尼生产出第一批可以商用的锂电池，主要用于小型消费类电子产品。技术革命带来的智能手机和平板电脑使锂电池的需求量首次呈现爆发式增长。苹果公司在2007年发布了第一代iPhone手机。2008年，安卓智能手机系统问世。此后，智能手机的销量已达数十亿部，每部手机的电池都需要使用数克精炼钴。平板电脑市场同样发生了类似的爆发式增长。苹果在2010年推出了平板电脑系列iPad，紧接着三星也上市其平板系列Galaxy Tab。此后平板电脑销量也达到数十亿台，而每台平板电脑的电池中需要使用多达30克的钴。再加上笔记本电脑、电动滑板车、电动自行车以及其他可充电的消费类电子设备，所有这些设备所需的钴总量（除了四轮及以上的设备）每年数以万计。

然而，电动汽车市场才是真正使钴矿需求量呈爆炸式增长的源头。第一辆可充电电动汽车发明于19世纪80年代，但直到20世纪初，电动汽车才开始进入商业化发展阶段。到了1910年，美国已经有约30%的车辆是电动汽车。若照此发展趋势，我们现在将生活在一个更清洁、更凉爽的星球上。然而，在随后的一个世纪中，内燃机占据了汽车工业的主导地位。有几种发展情况可以解释这种向使用汽油驱动车辆的转变。首先在1916年，美国通过联邦援助道路法案（the Federal Aid Road Act），美国政府开始大力投资于扩展道路基础设施。在当时的技术条件下，电动汽车的续航里程有限，不足以满足人们开车穿越全国的需求。此外，美国在得克萨斯、加利福尼亚和俄克拉荷马等州发现了大量的石油储藏，大大降低了内燃机的使用成本。

电动汽车原来针对的不过是小众市场，但自2010开始，可再生能源的发展得到推动，电动汽车市场也由此进入复兴时代。2015年《巴黎协定》签订后，电动车市场从复兴时代转入了超高速发展阶段。签署这项协议的195个国家承诺做出共同努力，把全球平均气温较前工业化时期上升的幅度控制在2摄氏度之内。为了实现这一目标，2040年前二氧化碳排放量较2015年必须降低至少40%。由于约四分之一的二氧化碳排放由内燃机车辆产生，推广电动化交通便成了唯一的解决方案。

2010年，全球只有1.7万辆电动汽车上路。到了2021年，这个数字已经飙升至1600万辆。为实现《巴黎协定》宏大的指标，到2030年全球电动汽车总数需达到1亿辆。2017年，为了加快电动汽车的发展，一个目标更为宏大的计划——EV30@30行动（The EV30@30 campaign）——开始启动，旨在到2030年前将电动汽车的市场份额提高至30%。为实现此目标，2030年全球电动汽车的总量需达到2.3亿辆，是2021年的14倍。[6]在第26届联合国气候变化大会上，有24个国家承诺到2040年将完全停止销售燃油汽车，因此电动汽车的销售可能还会增加。实现此目标将需要数百万吨钴，这会继续将成千上万的刚果女性、男性和儿童推入危险的矿坑和隧道。

为何锂电池离不开钴？

为使电动汽车的使用达到预期水平，电池的价格需要更为低廉，续航能力需要更强。由于生产商致力于使电动汽车的生产成本与内燃机汽车的生产成本相当，锂离子电池组的价格已稳步下降。以千瓦时价格计算，锂离子电池组的生产成本已从2010年的1200美元下降至2021年的132美元，降幅达89%。到2024年，锂电池生产成本预计达到每千瓦时100美元，这将是一个重要的里程碑，届时电动汽车的生产成本将与燃油汽车的生产成本持平。[7]与控制生产成本同样重要的是提高电动汽车的续航能力。为增加续航里程，电池需要更高的能量密度，而目前只有负极材料含钴的锂离子化学电池才能够既保持热稳定性，同时又提供最高的能量密度。要理解当中的原因需简要回顾一下电池的工作原理。

电池通过重新平衡阴极（正极）和阳极（负极）之间的化学反应，提供便携式的电能来源。阴极和阳极被一种称为电解质的化学屏障隔开。当阴极和阳极连接到一个设备时，就会形成电路，从而导致阳极产生化学反应，产生正离子和负电子，而在阴极则发生相反的反应。大自然总是寻求平衡，因此阳极中的正离子和负电子会移向阴极，但是它们到达目的地的路径不同。离子直接通过电解质流向阴极，而电子则通过外部电路流向阴极。电子不能通过电解质移动，因为电解质的化学性质就是充当屏障，这迫使电子通过外部电路或设备移动。电子的流动为设备提供了电能。随着电池产生电能，其中的化学物质逐渐"被耗尽"。而可充电电池允许利用另一个电源改变电子和离子流动的方向，将一切都推回到起点。不同材料释放、吸引和储存电子与离子的能力不同。

锂是世界上最轻的金属，这为消费技术和电动汽车应用带来诸多益处，故而锂基础化学物质在可充电电池中占主导地位。钴被用于锂离子电池的阴极，因为它拥有独特的电子配置，能让电池在重复的充电、放电周期中，在更高能量密度下保持稳定性。更高的能量密度意味着电池可以储存更多的电荷，可将电动车在充电后的续航能力最大化。

如今使用的锂离子可充电电池包含的化学物质主要有三种，分别是锂钴氧化物（LCO）、锂镍锰钴氧化物（L-NMC）和锂镍钴铝氧化物（L-NCA）。在这三种类型的电池中，锂仅占材料的7%，而钴的含量可高达60%。[8]每种化学电池都有其优点和缺点。

锂钴氧化物电池提供高能量密度，能够按电池重量存储更多的电能。这一特点最适合用于移动电话、平板电脑和笔记本电脑等消费型电子设备。相应地，锂钴氧化物电池的寿命较短，提供的电量也较低，这些特性使其不适合用于电动汽车。

锂镍锰钴氧化物电池广泛应用于大多数电动汽车中，而特斯拉公司使用的则是锂镍钴铝氧化物电池。自2015年以来，这类电池的发展倾向于通过增加镍的比例来减少对钴的依赖。[9]镍的热稳定性比钴低，所以镍的使用比例越高，电池的稳定性和安全性就越低。

钴的供应有限，成本高昂，这已经引起了电动汽车行业的关注。电池研究人员正在研究可替代的设计，以最小化或消除对钴的依赖。目前，大多数不含钴的替代品在能量密度、热稳定性、制造成本、使用寿命等方面存在严重的缺点，其中许多此类产品还需十年或更长时间才能投入商业规模的生产。

在可预见的未来，我们无法避免从刚果获取钴，这也意味着无法避免钴矿开采给刚果民主共和国矿业省份的人民和环境带来破坏。即使电池设计师们找到方法，可以在不牺牲性能或安全性的情况下不使用钴，刚果人民的苦难也不会结束。全球经济自然会将沉睡于刚果大地之下的另一种宝藏变得奇货可居。这是刚果人民世世代代遭受的诅咒。无与伦比的矿产财富非但没有造福于刚果人民，反而给他们带去了难以言尽的痛苦。

一个多世纪以前，莫雷尔将刚果自由邦描述为"一个残酷的、巨大的奴隶农场"。[10]钴矿开采就是这个奴隶农场的完美演绎——非洲人民的劳动价值被一笔勾销，因为他们沦落于一条经济链的最底端，这条经济链通过一套掩人耳目的阴谋诡计，辅之以保护人权的虚假口号，将链条中各方需承担的责任撇得一干二净。这是一个为获取绝对利润而建立的彻头彻尾的剥削体系。在历史上，刚果人民长期饱受种种"可怕的弥天大谎"的折磨，钴矿开采就是一个最新版的"可怕的弥天大谎"。

真相不容被掩盖。所有人都在等待，等待着真相大白于天下。

第二章

"最好别出生在这里"

在人类坑害同类的所有无耻手段中……这种卑鄙行径竟敢自称为商业。

——［英］罗杰·凯斯门特，致外交部信函，1903年9月6日抵达卢本巴希的那一刻，你对这座城市就已经一目了然。机场旁边有一个巨大无比的露天铜钴矿区，这就是鲁阿希（Ruashi）。

在我的首次刚果之行开始前，我在当地的向导菲利普（Philippe）说："你降落在卢本巴希时，飞机航线经过的下方正好是鲁阿希。"

这个矿区是不容忽视的。它仿佛大地张开的森森巨口，由三个大型矿坑组成，每个矿坑的直径均达数百米。重型挖掘机就像黄色的小蚂蚁一样，沿着梯田一般层层叠叠的矿道行驶。矿坑旁边是一个矿物加工厂，里面堆放着无数的化学品储藏桶，还有一个个的长方形水池。加工厂产生的有毒废料被丢弃到一个方形的大型堆放场，面积大约有一平方公里。整个矿区占地十多平方公里，规模比我们后面在前往科卢韦齐的路上遇到的一些巨型工业矿区要小得多，但仍是一个无法忽视的存在。

从停机坪望去，鲁阿希卡其色的土墙矗立于地平线上，分外夺目，就像澳大利亚著名的乌鲁鲁（Uluru）巨岩。成千上万间深浅不一的红色和棕色砖砌小屋挤在矿区旁，向西绵延好几公里。1910年，比利时人在这里建立了一个名为伊丽莎白维尔（Élisabethville）的矿业城镇，开采他们在加丹加的第一个矿区——埃图瓦勒（Étoile du Congo，"刚果之星"），位置就在鲁阿希的南面。鲁阿希的开采随后在1919年展开。最初的定居点开设有白人经营的商业店铺，周围是欧洲人居住的绿树成荫的街道。供非洲工人居住的成片矿工大院则建造在埃图瓦勒和鲁阿希附近。这两个矿山至今仍在运营，对于附近居民区的许多人来说，工作和生活条件与比利时人最初到来时相比，变化甚微。

虽然刚果的时间流逝缓慢，但国名却随着每一次政权交迭而变更。刚果自由邦的所有权由国王利奥波德二世移交给比利时政府时，这块比利时的殖民地更名为比属刚果（the Belgian Congo）。1960年独立后，国家更名为刚果共和国（Republic of Congo）。20世纪70年代初，约瑟夫·蒙博托开始了"非洲化"运动，将所有殖民时期的地名改为非洲名字。此后，伊丽莎白维尔变成了卢本巴希，利奥波德维尔（Léopoldville）改为金沙萨，加丹加改为沙巴（Shaba），国名刚果共和国则改为扎伊尔（Zaire）。1997年，洛朗·卡比拉占领刚果，从蒙博托手中夺取了刚果的控制权，并将其更名为刚果民主共和国。卡比拉出生在加丹加，因此他将沙巴重新改回原来的名字。2001年洛朗·卡比拉遇刺身亡后，他的儿子约瑟夫掌权，将刚果当时的11个省拆分为26个省。加丹加省被拆分为四个省，下半部分的两个省——上加丹加和卢阿拉巴囊括了全国的铜钴矿。

加丹加这个名字最初来自离伊丽莎白维尔不远的一个村庄。在比利时人到来之前，土生土长的加丹加人就已经从该地区丰富的矿藏中开采铜矿。早在16世纪，加丹加铜矿石就通过葡萄牙奴隶中间商首次进入欧洲。1859年，苏格兰探险家大卫·利文斯通（David Livingstone）从南非徒步来到加丹加，他发现当地有一种X形的大铜块，外形接近"圣安德鲁十字"，可以用作支付方式。[1]在同一次旅行中，利文斯通成为第一个见到军阀姆文达·姆西里·恩格伦格瓦·希坦比（Mwenda Msiri Ngelengwa Shitambi）的欧洲人。姆西里用铜与欧洲人交换火器，建立了一支强大的军队。他以暴力著称，更以收集明光锃亮的人类头骨而臭名昭著，《黑暗之心》的作者康拉德的灵感可能正来源于此，他在书中创造的人物库尔茨（Kurtz）同样热衷于收集头骨。

1867 年夏天，利文斯通回到加丹加去寻找尼罗河的源头。他在文章中写道，当地人熔化孔雀石，制造出状如大写英文字母"I"的大块铜锭，有些铜锭重达 50 多公斤。维尼·洛维特·卡梅隆是第二个来到加丹加的欧洲人，他于1874 年开始了横跨大陆的跋涉。他同样也记录了当地人生产的大型铜锭，还有军阀姆西里，这位军阀用加丹加的铜矿石购买奴隶。随后，苏格兰传教士弗雷德里克·斯坦利·阿诺特（Frederick Stanley Arnot）于1886年抵达加丹加，希望将基督教传给当地人。他描述了当地人开采铜矿的方法，这种方法与今天手工采矿者挖掘钴的技术非常相似：

> 在一些光秃崎岖的山顶上发现了大量的孔雀石，铜就是从孔雀石中提取出来的。在寻找孔雀石时，当地人挖掘的圆形矿井很小，深度很少超过6米。他们不会横向扩大矿井，如果一个矿井挖得太深，他们无法继续挖掘下去时，就会离开，然后另开一个矿井。[2]

1886 年，阿诺特的描述引起了英帝国的拥护者塞西尔·罗兹（Cecil Rhodes）的注意，他是著名的罗德奖学金（Rhodes Scholarship）的创始人。罗兹从根据他的名字而得名的罗得西亚（今赞比亚）进入加丹加，与姆西里会面，希望签署一项条约，将加丹加置于英国统治之下。姆西里没有答应签订条约，让罗兹卷铺盖走人。1885年刚刚建立了刚果自由邦的利奥波德国王听闻罗兹对加丹加的企图后，立即派出三支队伍，以确保能与姆西里签订一纸条约。1891 年 10 月 6 日，比利时探险家亚历山大·德尔科姆尼（Alexandre Delcommune）率领的探险队首先抵达，与

姆西里会面。与罗兹一样，德尔科姆尼也遭到了拒绝。1891 年
12 月 20 日，利奥波德的第二次出征由英国人威廉·格兰特·斯
泰尔斯（William Grant Stairs）率领桑给巴尔雇佣军（Zanzibar
Mercenaries）开启。姆西里虽然与斯泰尔斯进行了会见，但他第
二天就躲到邻近村子去了。斯泰尔斯派了他最信任的两个手下去和
姆西里周旋，但三天的谈判以失败告终后，欧洲人索性枪杀了姆西
里，砍下他的首级，高插在柱子头上，让所有人都看到与利奥波德
和他的刚果自由邦作对的后果。[3]通向加丹加财富的路途是用鲜血
铺就的，利奥波德不达目的绝不善罢甘休。

利奥波德派出的第三支队伍于1892 年1月30日抵达，彼时刚果
自由邦的旗帜已经飘扬在城市上空。这支队伍中恰好有一位比利
时地质学家儒勒·科尔内（Jules Cornet）。1892年8月8日至9月12
日，科尔内对加丹加地区进行了勘测，对该地区的矿藏进行了编目
和登记，他将这次勘测描述为 "名副其实的地质丑行"。科尔内
是第一个对非洲丰富铜矿储量进行记录的欧洲人，他所记录的正是
后来的中部非洲铜矿带。当地甚至有一种矿石以他的名字命名——
蓝磷铜矿（cornetite）。1902年，美国矿业专家约翰·R. 法雷尔
（John R. Farrell）受比利时委托，带队对加丹加进行了又一次的勘
探，对该地铜矿进行了更详细的评估。法雷尔在给利奥波德国王的
报告中指出：

> 要在本世纪内开采完陛下掌握的、如此大体量的氧化
> 矿石，是绝无可能的……因此这里的铜矿取之不竭——您
> 想要多少，就有多少。您可以开采出比现在任何矿山都要
> 多的铜，价格也更为便宜。我相信将来全世界的金属铜供

应都得仰仗您的铜矿。[4]

虽然几乎所有的铜矿都与钴伴生，但我们还需再等待110年，可充电电池带来的革命才会使钴的价格十倍于铜。

在拿下加丹加之后，利奥波德可谓一夜暴富，比利时人迅速开始进行矿产开采。1906年10月18日，比利时人成立了上加丹加矿业联盟（Union Minière du Haut-Katanga，简称UMHK），负责开采加丹加地区的铜矿。比利时将上加丹加矿业联盟作为半国营企业，授予其广泛的权力，包括可以建立和管理城市中心、使用非洲劳工开采矿产等。在埃图瓦勒和鲁阿希附近的伊丽莎白维尔迅速发展起来，很快就建成了酒店、英国领事馆、运动俱乐部、酒吧及基波波湖（Lake Kipopo）旁的高尔夫球场，该球场至今依然存在。加丹加的本地人口不足以满足上加丹加矿业联盟快速增长的采矿业务对劳动力的需求，因此该公司招募了数千名工人，还购买奴隶到矿区工作。非洲劳工被塞进破烂简陋的工房，被强迫劳动，遭受剥削，这不禁让人想起非洲最严酷的奴隶制度。采矿利润飙升，尤其是第一次世界大战开始后，英美军队发射的数百万发子弹都是用来自加丹加的铜制造的。[5]

随着上加丹加矿业联盟在铜矿带的采矿业务不断扩大，欧洲人纷纷涌入伊丽莎白维尔寻找机会。他们有的在上加丹加矿业联盟工作，有的开始创业，还有的来到新成立的学校担任欧洲侨民孩子的老师。其中一位教师的儿子叫大卫·佛朗科（David Franco），是位作曲家，现在居住在洛杉矶的好莱坞，从1940年到1960年，他在伊丽莎白维尔度过了人生的头20年：

　　我们在伊丽莎白维尔生活的方方面面都围绕着上加丹加矿业联盟展开……尽管与祖国相隔遥远，比利时还是通过从当地和欧洲引入重要人才，在整个殖民地开展了积极活跃的艺术和音乐文化生活。我永远难忘的一次活动是在我九岁那年，我和父母一起参加了世界著名小提琴家耶胡迪·梅纽因（Yehudi Menuhin）的独奏音乐会。（他当时）是古典音乐领域最出名的人物。你能想象吗？我被他的演奏深深地吸引住了。就在那天，我决定成为一名音乐家。

　　第二次世界大战期间，加丹加再次证明它对于盟军来说不可或缺，因为它为盟军军械生产提供了黄金、锡、钨、钴和超过 80 万吨的铜。比属刚果时任总督皮埃尔·雷克曼斯（Pierre Ryckmans）在1940年6月如此说道："比属刚果是比利时在目前战争中最重要的资产。它全心全意地为盟军服务，并通过盟军为祖国比利时服务。如果祖国需要男人，它就奉献男人；如果祖国需要劳动，它就奉献劳动。"[6]成千上万的刚果人为了比利时及其欧洲盟国的利益，在铜矿坑里卖命，还要被迫上战场送死。

　　1960年6月30日刚果获得独立，当时的国家经济几乎完全建立在加丹加省矿产开采的基础上。大部分开采活动由上加丹加矿业联盟控制，而该组织完全不愿放弃利润丰厚的采矿业务。它和比利时军事力量扶持了一位加丹加政客莫伊兹·冲伯（Moise Tshombe），在国家取得独立11天后，宣布加丹加脱离刚果共和国。

　　佛朗科回忆说："我还记得，半夜我被金属撞击路面混凝土的声音惊醒。我透过窗帘，看到坦克在街上穿行……我叫醒父母，告诉他们'我们必须得离开这里'！我们去了一所供人们避难的高中。几天后，我们驱车南下，来到罗得西亚边境。我们抛下了一切。"

这是为控制加丹加矿产资源而发动的又一次政变。不断有更多的人流血牺牲，其中甚至包括了当时的联合国秘书长。

如果说人们降落在卢本巴希机场时就深刻体验到该地采矿业的规模，那么他们也同样能体验到什么是警察国家。飞机降落时，一脸严肃的刚果士兵挥舞着卡拉什尼科夫步枪（Kalashnikovs），在停机坪上对旅客进行仔细搜查，另一批士兵则在狭小的到达大厅里等候，将选中的旅客引导至锁住门的安检室进行二次安检。我几乎每次都被选中接受二次安检，这次检查需要回答几个关于旅行目的、下榻地点等问题，并填写各种表格。只有在完成二次安检程序后，我才被允许穿过大厅提取行李。

卢本巴希机场的行李提取大厅只有一间学校教室那么大。行李装在金属板条箱里，由一辆农用拖拉机拖运。行李员仅有一名，行李传送带也仅有一条，行李员一次仅卸下一个包放到传送带上。行李大厅有第三批士兵把守，他们在外国乘客的行李箱中翻找是否存在可疑物品，证明其所有者有可能在刚果打探些不该打探的事情，比如采矿业相关的事情。第四队士兵在航站楼出口处巡逻，这里经常停着几辆锈迹斑斑的出租车，司机站车旁，附近还有一块广告牌，上面写着英文"欢迎来到卢本巴希"。在机场出口和卢本巴希周围的检查站，也有士兵进行随机搜查，并要求核实外国游客的旅行证件。在卢本巴希和科卢韦齐之间的公路上有五个收费站，每个收费站都会重复上述程序。即使是崭新的证件，受到检查站士兵的反复盘查也是司空见惯的事情。

　　我在刚果民主共和国的大部分旅行都是在旱季进行的，因为雨季会出现道路被洪水淹没和山体滑坡等问题，导致许多矿区无法通行。在旱季旅行的代价是，矿区省份到处尘土漫天，让人深受其扰。那时的楼房、住宅、道路、人和动物，都蒙上了一层厚重的灰尘。天地难以两分，皆融在一片铜色的混沌之中。树木凋零，枝条干脆。枯竭的小湖小河裸露出焦褐色的河床和湖底。旱季也更加炎热，不过由于铜矿带海拔在1500—2000米之间，所以是干热。在我的刚果之行中，只有一次持续到雨季。久违的暴雨来临时，雨水倾倒如注，以雷霆万钧之势席卷天地，干涸的土地一夜之间焕然一新。绿植在荒山上迸发出无尽生机，树木傲然地伸展着新生的枝丫，空气清新凉爽，"流放在外"的蔚蓝天空也最终回归。

　　没有人知道卢本巴希——或者任何其他刚果城市——有多少人口，因为政府最近一次进行的人口普查是在1984年。据当地人估计，卢本巴希的人口超过200万，是仅次于金沙萨的刚果第二大城市。卢本巴希的主要干道被称为"1960年6月30日街"，这是刚果独立的日子。摩托车和保养良好的车辆在路上飞驰。黄色的小巴上挤满了乘客，每隔50米就停下让乘客上下车，还有一些乘客挂在后保险杠上。广告牌上是银行和移动电话服务的宣传。穿着制服的孩子们放学步行回家会经过当地市场外的大喇叭音响，音响高分贝播放着最新的说唱歌曲或舞曲。大多数成年人的着装都充满活力，这是一种在当地被称为 "里普塔"（liputa）的服饰风格，色彩极致丰富，图案大胆奔放。在比较正式的场合，妇女们会穿上华丽的套装长裙，当地称为"帕尼"（pagne），是包括长裙、上衣和头巾的三件套，服装色彩绚丽，图案非常醒目。"1960 年6月30日街"上有不少宗教活动场所，其中包括一座犹太教堂、一个清真寺和数座基督教堂。刚果有一半人口信奉天主教，约四分之一的人口信奉新教。

卢本巴希的主干道上挤满了各种小商店，有发廊、汽车修理店、手机充值亭、面包店、餐馆、咖啡馆和杂货摊等。大多数商店都是单间的混凝土小屋，正面墙上可以看到手绘的店名，有些店名里包含上帝的字样，例如"来自上帝馈赠的食品店"，有些包含店主的名字，比如"朱莉亚购物店"（Julia Shopping）或"比阿特丽丝肉铺"（Beatrice Boucherie）。我发现，在去往农村地区之前，解决给养问题最好的地方就是哈罗超市（Jambo Mart）。那里的商品琳琅满目，几乎全部进口于南非、中国和印度。

刚果有相当多的印度人，这极大帮助了我在矿区各省走动时不会引起过多的关注。印度人拥有或管理着卢本巴希和科卢韦齐等城市的许多酒店，大量印度人移居刚果从事劳工和贸易工作。身为印度人，我在深入铜矿带的过程中就可以编造各种故事掩盖自己的身份。我假扮过商人，装着想做进口生意或投资酒店；我假扮过矿产中间商，装着想了解钴矿买卖的门道。在与政府官员会面时，我总是以真面目出现——一名来自美国的研究人员，希望进一步了解钴矿开采领域的情况。在抵达的第二天，我与刚果政府官员进行了第一次会面。

我在卢本巴希省政府总部会见了上加丹加省省长的内阁主任姆潘加·瓦·卢卡拉巴（Mpanga Wa Lukalaba），争取让他批准我进入矿区。有人告诉我，没有他的同意，我就无法深入上加丹加省的矿区。我与卢卡拉巴主任会面的目的有两个：一是不要打草惊蛇，以免阻碍我进入矿区；二是确保他在我的签证随附的"安全担保函"（engagement de prise en charge）文件上盖章签字。如果矿区警察或民兵队试图拘留我，我可以向他们出示卢卡拉巴主任的签字，以证实我在矿区的活动得到了省长办公室的支持。

我已经做好了被盘问一番的心理准备，但卢卡拉巴主任热情地欢迎了我，而且只问了一个问题——为什么我想把时间花在令人讨厌的矿区，而不是去省里一些更好的地方呢？我解释说，据我了解，手工采矿者并不能从刚果矿产的价值中分得合理的利益，我希望如果有更多的人了解他们的工作条件，可能会推动人们努力解决这一不平等。我小心翼翼地避开了童工等问题，在关于剥夺人民公平分享该国矿产资源权利的问题上，我也没有指责刚果政府应对此负有一定责任。我和卢卡拉巴主任愉快地交流了他在美国攻读研究生的经历，之后他从办公桌的抽屉里拿出了他的私人印章，盖在了我的安全担保函底部，并签上了自己的名字。当时我并不知道，这个印章和签名很可能会救我一命。

尽管卢本巴希是刚果采矿业的行政首府，但该市的采矿业务开展寥寥，采矿多在附近的鲁阿希和埃图瓦勒两个矿场里进行，这两个矿场在2021年的钴产量合计约为8500吨。[7] 1967年蒙博托将该国采矿业国有化后的第一天，两座矿山都从上加丹加矿业联盟移交给了刚果国有矿业公司吉卡明。吉卡明开展的采矿生产时断时续，最终在20世纪90年代初公司财务崩溃后完全放弃了采矿生产。非洲化工公司（Chemicals of Africa，简称CHEMAF）于2003年收购了埃图瓦勒，这家铜钴矿业公司由总部位于迪拜的沙里纳矿产资源（Shalina Resources）公司持有。非洲化工公司也是刚果民主共和国手工采矿业的主要参与者之一。该公司与总部设在美国的非政府组织倍能（Pact）合作，在科卢韦齐经营着一个雇用手工采矿者的"示范点"。虽然被冠以"示范"的名号，但我慢慢发现，这个所谓的"示范点"表里显然并不一致。

埃图瓦勒之所以值得一提，不仅因为它是比利时人1911年开始在刚果开采的第一个矿山，还因为从20世纪90年代末开始，它就是刚果第一个正式鼓励手工采矿者工作的工业矿山。洛朗·卡比拉通过1997年的军事政变夺取国家的控制权后不久，就在埃图瓦勒推广手工采矿，彼时新政府羽翼未丰，急需创造财政收入。当地村民得到承诺说会提高他们的收入和改善生活条件，但实际上他们到手的工资微乎其微，他们的劳动力不过是用来重新启动埃图瓦勒的生产罢了。至今，手工采矿者仍继续在埃图瓦勒工作，为促进钴矿生产贡献力量，但他们的收入依然少得可怜。

马卡扎（Makaza）来自附近的穆克温巴村（Mukwinba）。他说："他们付的工钱太少了。他们拿走了我们所有的矿产，却不帮助这里的人。"

马卡扎的茅草屋旁有一棵高大的鳄梨树，树荫下放着一把塑料椅，马卡扎坐在上面说道，他、他的几个儿子及村里的许多男性村民，都是埃图瓦勒的手工采矿者。

据马卡扎的介绍，他在大的矿坑里或沿着坑壁挖矿，一天通常能生产出40—50公斤的水钴矿矿物，报酬在2000—2500刚果法郎（约合1.10—1.40美元）之间。我问是谁付给他报酬，马卡扎说："非洲化工公司的人。"他感叹道，收入太过微薄，不足以满足家庭的需要。非洲化工公司对附近村庄的帮助非常有限，他对此也表示了不满。他带我参观村子，村里的条件确实非常糟糕。没有电力，也没有卫生设施。用水来自狭窄的水井，井口上放着旧吉普车轮胎。村民们靠在几块盐碱地上种植蔬菜维持生活。最近的诊所在五公里之外，最近的学校在七公里之外。

马卡扎一家以前住的村子条件更好，离基本生活设施近得多，但那个村子在埃图瓦勒的一次扩张中被拆毁了。与刚果的大多数工业矿山一样，埃图瓦勒获得的特许矿区多年来不断扩张，致使数千名当地居民不得不搬离原有的家园。矿山扩张导致当地居民颠沛流离，这正是矿业大省面临的一个重大问题。生活条件恶化，又丧失了家园，村民的绝望情绪也随之增长，这种绝望情绪又驱使成千上万的当地居民在他们曾经居住过的土地上冒着危险挖钻。马卡扎说，他一直生活在恐惧之中，生怕下一次矿山扩建，或新建矿山时，自己就会无家可归。

他说："最后，刚果人在刚果将无处可去。"

我考察了埃图瓦勒附近的几个村庄，它们的情况与穆克温巴村相似。看上去有相当多的成年男子和男孩，可能达数千人，在矿区内挖钻，每天挣一两美元。我原来曾尝试直接去埃图瓦勒调查，但我的第一次努力不得不中止，因为该地区突发民兵暴乱。这支名为"马伊–马伊·巴卡塔·加丹加"（Mai-Mai Bakata Katanga）的民兵组织极端暴力，不时会夺取村庄和矿产地的控制权，宣称要将加丹加省从刚果分离出去。这并不是我在矿区受到当地民兵阻碍的唯一一次行动。我第二次考察埃图瓦勒时，矿区主要入口处的非洲化工公司安保人员拒绝我进入。当然这也不是我唯一受到安保人员的阻挠的一次。

虽然我无法深入埃图瓦勒矿区进行调查，但有一点似乎很清楚——矿区附近村庄的村民居无定所，仿佛还生活在石器时代一样。20世纪初，上加丹加矿业联盟将非洲劳工带到伊丽莎白维尔的埃图瓦勒矿区工作。如今的埃图瓦勒矿区周边村民的生活条件，与那批劳工的生活条件相比，并无二致。

刚果大部分主要的手工采矿点都位于卢本巴希以西，利卡西市和科卢韦齐市之间。在出发前往这些矿区之前，我在卢本巴希大学遇到了三个充满活力的学生——格洛丽亚（Gloria）、约瑟夫（Joseph）和蕾妮（Reine），他们正在组织活动支持手工采矿社区的活动。三位学生请我吃乌伽黎（ugali）作为午餐。这是一种刚果传统主食，用玉米面做成面团煮熟，和炖菜一起吃。这种食物看起来与我最喜欢的南印度菜之一——蒸米糕加扁豆炖菜（idli sambar）非常相似，只不过南印度蒸米糕是用大米做的。学生们都是卢本巴希本地人，计划申请欧洲和加拿大的研究生课程。他们意识到，相对于他们国家的大多数人，尤其是矿区的人来说，他们是多么幸运。在他们看来，问题始于领导层。

蕾妮说："刚果的政府软弱无力。我们的国家机构能力也欠缺。这是有意为之的，如此一来，总统就可以操纵这些机构来满足他的野心。"

"刚果只是总统的一个银行账户。"格洛丽亚补充道。

当我问及他们对手工采矿的印象时，他们很是直言不讳。

"卡比拉允许外国人窃取国家资源，手工采矿者因此受苦。"约瑟夫解释说，"卡比拉收受贿赂，矿工被当作牲口使唤，他却对此视而不见。"

"所有矿业公司都把刚果人当奴隶使。"格洛丽亚说，"他们认为我们的国人穷，所以我们就可以被羞辱。"

"在他们眼里，所有非洲人都是穷人。是他们偷走我们的资源，让我们一直穷下去！"约瑟夫喊道。

"你看到矿业公司对我们的森林和河流所做的一切时，连你的心都会哭泣。"蕾妮补充道。

蕾妮表达了对矿业公司破坏环境的担忧。格洛丽亚表示赞同，然后进一步提出一个更大的忧患：

> 让我来告诉你一件最重要的事情，这件事没有人在讨论。刚果的矿产储量还能维持40年，也许50年？在此期间，刚果的人口将翻一番。如果我们的资源被卖给外国人，为政治精英牟利，而不是投资于我们人民的教育和发展，那么两代人之后，我们将有两亿人贫穷潦倒，没有受过教育，没有任何有价值的东西留给我们。这就是正在发生的事情，如果不加以制止，那将是一场灾难。

在对未来的展望中，格洛丽亚指出了刚果可能会面临的问题极为严峻。我不禁在想，刚果国家领导层是否明白，任由刚果民主共和国的资源被外国利益集团榨干，而本国人民却受益甚微，会带来多么严重的长期后果。我是在2018年8月遇见这三位学生的，当时约瑟夫·卡比拉仍在掌权。在推延了两年多之后，选举定于2018年12月30日举行。卡比拉任期届满，无法再次参选，这意味着22年来必然会首次出现一位卡比拉家族以外的国家元首。我问三位学生是否认为选举后情况会有所改善。

约瑟夫回答说："卡比拉已经钦点费利克斯·齐塞克迪作为选举的赢家。他会成为卡比拉的傀儡。每个人都知道这一点。"

齐塞克迪确实赢得了选举，但在他上任后的最初几个月里，出现了令人颇感意外的事情——齐塞克迪发起反腐运动，对卡比拉在采矿业的一些交易进行审查。大选结束几个月后，我与精明务实的美国驻刚果大使迈克·哈默（Mike Hammer）进行了交谈。

他说："我刚到刚果时，卡比拉还在掌权，我可不能谈论腐败问题，否则就有可能因'干涉内政'而被驱逐出境。齐塞克迪总统上任后，人们对腐败问题的心态发生了变化。我们现在可以谈论腐败问题了。他们已经意识到这是一个严重的问题，需要优先处理。"齐塞克迪和卡比拉自此开始了一场权力角逐。

在离开卢本巴希前往矿区之前，我参观了市郊附近一个废弃的吉卡明矿区。这个名为吉卡明南矿的矿山曾是卢本巴希的骄傲和经济实力的象征。在鼎盛时期，吉卡明南矿雇用了数千名矿工，年产铜数万吨。该矿于20世纪90年代初停止开采，此后一直处于停工状态。在废弃的矿区内，矿渣和瓦砾堆成了一座100米高的小山，紧挨着高耸的矿石加工设备的烟囱。宽阔的泥土地上到处是锈迹斑斑的金属器件，乱糟糟地堆在一起。影影绰绰的阳光照射下来，一切都显得灰暗苍白。

吉卡明南矿的变迁形象地展示了采矿业对刚果的冲击——这片曾经伟大的土地沦为了一片废墟。在这片废墟上，一种新的采矿业诞生了，它比以往任何时候都更加暴力和贪婪。在通往科卢韦齐的路上，我们处处都会感到，充电电池技术的革新释放出了一股控制刚果的邪恶力量，在猎取钴矿的路上，它无情地将一切践踏于脚下。

我们将沿着卢本巴希到科卢韦齐的公路向西北行进，揭露刚果钴矿开采的真实面目；但首先，我们必须绕道前往一个叫基普希（Kipushi）的小镇。基普希位于卢本巴希西南方向约40公里处，正好与赞比亚交界。与铜矿带的大多数城市一样，基普希最初也是一个采矿城镇。这里有一座超大矿山——基普希矿，由比利时人于1924年所建，最初的名字是"利奥波德王子矿山"（Prince Leopold

Mine）。当时，该矿拥有世界上已知最大的铜、锌矿藏。该矿一直供上加丹加矿业联盟开采，后来蒙博托将其国有化，归属吉卡明。基普希矿在吉卡明的管理下运营了近30年后，与吉卡明南矿大约在同一时间关停。2011 年，加拿大艾芬豪矿业公司（Ivanhoe Mines）与吉卡明合资重开该矿，占比为68：32，合资企业名为基普希公司（Kipushi Corporation，简称KICO）。

从卢本巴希到基普希的公路是刚果民主共和国钴矿和其他矿产的主要出口路线。这条公路一直路况良好。1997年，洛朗·卡比拉与卢旺达人及乌干达人组成"解放刚果–扎伊尔民主力量联盟"（Alliance des Forces Démocratiques pour la Libération du Congo-Zaïre，简称 AFDL）攻入刚果民主共和国。军队炮轰了这条公路，以切断与约瑟夫·蒙博托结盟的赞比亚援军的来路。2010年，这条公路得以重新铺设。

和我一起驱车从卢本巴希前往基普希的是我那为人可靠的向导菲利普。他对手工采矿有深入的了解，是我在早期探索刚果采矿业的最佳伙伴。一路上，我们经过了几个紧邻主干道的村庄。这些村庄里的土屋呈棕褐色或卡其色，是我在矿业省份里看到的唯一不是铁锈色的房屋。这里是铜矿带的东南角，泥土中铜和氧化铁的密度较低，因此这里的土坯屋与普通的土屋更相近。许多土屋都建在树枝搭起的平台上，以防雨季洪水泛滥。大多数土屋的屋顶铺的是茅草或用大石头固定的金属板。远处，几十个大土堆散落在地表，其中一些高度超过五米，上面长满了树木。

"那些是白蚁山，"菲利普解释说，"土里含铜，白蚁就被吸引过来，在那个地方建造蚁丘。采矿者有时会在蚁丘下挖矿，因为他们知道那里有铜和钴。"

　　我们驶近边境时，满载矿石的十八轮大卡车轰隆隆地在狭窄的公路上疾驰而过，所经之处，一片狼藉。每一间土屋，每一棵树，每一个村民，每一个孩子，都被蒙上了一层灰尘。公路上有一个横跨两边的拱门。拱门绿白相间，已经饱经风霜，上面写着法语"欢迎来到边境小镇基普希"。我们驶过拱门后不久，十八轮卡车就将这条路堵得水泄不通。卡车维持着怠速空转的状态，每一辆都塞满了货物，用粗绳绑在车床上，半掩着蓝色和粉色的防水油布。

　　"我们管这叫'高费公路'。"菲利普说，"每辆卡车都要在边境称重，大多数卡车都会超重，需要缴纳超重费。"

　　由于堵在高费公路上的卡车太多，我们不得不逆行了几公里，好绕过拥堵路段，这样车子就得急转向来躲避迎面而来的车辆。

　　"卡车要等三四天才能通过边境，"菲利普解释说，"这些卡车装满了来自加丹加各地的矿石——来自卢阿拉巴和上加丹加的铜、钴、镍和锌，以及来自坦噶尼喀（Tanganyika）的黄金、钶钽铁矿石、锡石和黑钨矿石。"

　　坦噶尼喀省是旧加丹加地区的一部分，紧挨着上加丹加省北部。这里是一个非常危险的地区，马伊–马伊（Mai-Mai）民兵众多。除了马伊–马伊·巴卡塔·加丹加等少数几个组织外，马伊–马伊民兵在加丹加铜带地区并不活跃，因为那里军队的防守更为严密。马伊–马伊这个名字的意思是"水–水"，据传他们拥有神奇的力量，能把敌人的子弹变成水。1997 年，这些民兵最初拿起武器的目的是支持约瑟夫·蒙博托对抗洛朗·卡比拉的攻打。但不久之后，马伊–马伊民兵就堕落为四处流窜的流氓团伙，为争夺地盘而相互斗殴，他们转向采矿业谋求活动资金。坦噶尼喀省蕴藏着大量的钶钽铁矿石，以及大量的锡、钨和金矿。这些金属正好都是制造微处理器所必需的。马伊–马伊民兵坐拥宝库，自世纪之交以来，他们不惜诉诸暴力，迫使当地居民开采这些财富来满足他们的私利。大部分矿产被走私出境，经由卢旺达和乌干达，或越过与赞比亚接壤的基普希边境点，进入正规供应链。[8]

经过基普希边境地区的欢迎标志后不久，我们来到了一个路口，从"高费公路"转入一条名为基普希路的单行道，这条路穿过一片偏远的密林地区。路上没有其他车辆——没有卡车，没有喇叭声，没有任何声音，只有燥热的微风。

菲利普指了指窗外："这片森林里有很多手工采矿点。村里的采矿工每天早上都来这里挖矿。"我问这些人里是否有孩子。"当然有，"菲利普回答，"不然他们还能干什么？村里没有学校。为了整个家庭的生计，每个家庭成员都必须挣钱。"随后，我和菲利普花了一天的时间在这些矿点调查，每个矿点都开辟了一块块面积不大的平地，由几十名手工采矿者，包括儿童，进行挖掘。他们就是我即将在基普希看到的景象的缩影。

驶离"高费公路"大约十分钟后，我们来到了一个安全检查站，那里有五名刚果民主共和国武装部队士兵把守。菲利普曾说过，这种时候要保持安静，不要让人看到我的手机。士兵们仔细检查了我的证件，问了几个我们来这里干什么之类的问题，最终允许我们通过。几分钟后，我们来到了基普希的中心地带，这是一个典型的边境小镇，驻扎着大量军队。除了常见的教堂、发廊、手机充值亭和当地杂货店外，这里还有许多酒吧和舞厅，估计是为了迎合军人的需要。我们距离基普希公司矿区还有几百米的时候，我听到了一阵巨大的嗡嗡声，淹没了周围所有的噪声。

菲利普解释说："那是基普希公司的主通风机，向主矿井下吹风，这样工人才能呼吸。"

我问井下有多深。

"超过一公里。"

基普希公司矿区大院用栅栏围了起来，戒备森严。我们把车停在离主入口一段距离的地方，沿着矿区外围走了一圈。就在西边，有一个直径几百米的大型废弃露天矿坑。

"吉卡明最初就是在这里采矿的。"菲利普说。

向矿坑内望去，我勉强可以看到几十个人在坑底部的不同沟壑里采挖矿石。菲利普解释说，吉卡明早在多年前就已经从露天矿中挖出了大部分铜、钴和锌，但手工采矿者仍在现场捡拾他们能找到的任何残渣，就像在狮子饱餐后，鸟儿在剩下的残骸上啄点碎肉一样。在废弃的矿坑远处，我可以看到一个巨大的、形似火山口的地方，上面有几千个人在移动。

"那里是主要的手工采矿区，"菲利普说，"一直延伸到赞比亚。"

我准备前往矿区一探究竟，但菲利普说，我们首先要获得艾芬豪公司的许可。虽然严格来讲，手工采矿者是在基普希公司矿区外进行挖掘，但菲利普非常肯定地说，未经许可，基普希公司的保安不会让我们靠近手工采矿点。

"他们不希望记者对自己矿区附近的情况拍照或进行报道。"菲利普说。

我们走到基普希公司矿区大院的正门，武装警卫迎了上来。在进入矿区之前，我们必须通过酒精测试。一进门，大院的规模和先进程度就给人留下了深刻印象。基普希公司有专门的电力供应，为艾芬豪外派员工提供舒适的住宅设施，还有健身房和娱乐区。工地上停放着许多货运卡车、越野车、叉车和挖掘机。刚果员工穿着米色制服，腰部和手臂上有霓虹黄色条纹，戴着黄色的安全帽和工业手套。除了办公主楼外种植的几棵绿树外，整个矿区都是混凝土、金属和尘土。

警卫把我们领进一间会议室，里面有一张大方桌。房间的墙壁上贴满了矿藏和矿井的详细示意图。基普希公司的工作人员到来后，我提出希望去手工采矿区进行调研。在回答了关于调研原因、持续时间、调研目的等问题后，我们获准进入基普希公司矿山旁边的手工采矿区，但必须由基普希公司的一名保安陪同。我担心警卫会妨碍我们进行访问，无法获得坦诚的回答，但幸运的是，他在跟随我们一小会儿后就觉得无聊，回到了大院里，这样我和菲利普就可以自由与手工采矿者交谈。

基普希手工采矿区位于吉卡明废弃矿坑南面的一片开阔地上。这是一片广袤的荒地，仿似月球的地表，面积数平方公里，与旁边先进的基普希公司矿区大院形成了奇特的对比。基普希公司拥有世界一流的采矿设备、挖掘技术和安全措施。这个手工采矿场却仿佛时光倒流回几个世纪之前，矿工用着那时的农民使用的简陋原始的工具凿土开矿。3000多名妇女、儿童和男子顶着毒辣的太阳，在尘土飞扬的手工采矿区里铲土、刮土、搜寻。每铲一下土，就扬起一股粉尘，它们像幽灵一样飘入挖矿工人的肺部。

当我们沿着矿区外围行走时，菲利普伸手向下捡起一块石头递给我。石头大小约为我拳头的两倍。他说："你看。"

水钴矿矿石。我仔细研究着这块石头。它质地致密，纹理粗糙，点缀着诱人的蓝绿色块和天蓝色块——钴、银色斑块——镍、橙色和红色的斑块——铜。就是它，可充电电池驱动的经济发展跳动的心脏。水钴矿矿物大小不等，大的差不多像菲利普递给我的这块，有些小如鹅卵石，或者风化成沙子。接触和吸入钴都会令人中毒，但令手工采矿者担心的最大问题是，矿石中往往包含着微量放射性铀。

我放下石头，跟着菲利普向矿区深处走去。我经过时，大多数手工采矿者都向我投来疑惑的目光。一个十几岁的少女母亲停了下来，在阴暗的日光下靠在铲子上。她注视着我，仿佛我是一个入侵者。灰尘吞没了她背上瘦弱的婴儿，婴儿的头向一边耷拉着，与羸弱的身体形成一个直角。菲利普问她是否愿意与我们交谈。她生气地回答："和你们说话，那谁来装袋？"我们在矿井里走更远些后，发现有六个浑身沾满泥土的男性，年龄从八岁到三十五岁不等。

"Jambo。"菲利普向他们打招呼，这在斯瓦希里语里表示"你好"的意思。

他们回答说："Jambo。"

这群人正在一个五米深的矿坑里挖着，坑口宽六七米，坑底宽约三米，与弗雷德里克·斯坦利·阿诺特在1886年描述的矿坑相似。年龄较小的男孩用小铲子挖离地表较近的地方，而男人们则向黏土状沉积物的更深处挖去。坑底浸没在约0.3米深的铜色水中。这群人中最年长的名叫福斯汀（Faustin）。他身材瘦削，面色冷峻，脸上五官紧凑。他脚蹬塑料拖鞋，身穿橄榄色长裤和浅棕色T恤，戴着棒球帽。

福斯汀说："大多数在这里挖矿的人都来自基普希。也有一些人来自赞比亚那边的村子。"

他指了指模糊的远方。基普希这一带没有正式的过境点，只有一条当地人每天都要跨过而形成的隐形边境线，在手工采矿区之外的某个地方。

据福斯汀的介绍，他和兄弟、连襟、妻子、堂亲以及自己的三个孩子一起干活。他说："我们只和自己信任的人一起干活。"每天，他们把从坑里挖出的泥巴、矿土和水钴矿矿石装满拉菲麻袋（raffa sack），将较大的石头用金属锤敲碎成鹅卵石大小，这样每个麻袋里就能装得更多。麻袋装满后，他们将其拖到附近的水池，用一个金属筛子进行过滤。过滤后的水钴矿矿石再装回麻袋。每天都要重复几次这样的步骤，才能获得足够装满一个大麻袋的水钴矿矿石。

"一天下来，我们可以产出三袋水钴矿矿石。"福斯汀说。

我问他如何处理这些矿石。

"我们把它们运到基普希公司附近。钴中间商会到那里去，我们把钴卖给他们。"

"中间商又怎么处理他们收购的矿石？"我问。

"中间商会把矿石运出去，卖给交易站。"

"那你为什么不自己把钴运到交易站呢？"

福斯汀解释道："我没有摩托车。其他一些矿工可以自己把钴运到交易站，但这样做有风险，因为在刚果运输矿石必须有许可证。如果警察发现我们在没有许可证的情况下运输矿石，我们就会被逮捕。"

我问需要什么样的许可证。福斯汀不太清楚细节，只知道对大多数手工采矿者来说许可证太贵了。菲利普向我补充了其中的细节："运输矿石有三种价格不同的许可证，办证价格取决于矿石的运输数量和运输距离。钴中间商每年必须支付80或100美元，能运输的矿石数量为一吨，运输距离不超过十公里。交易站需要运输好几吨的矿石，运输距离可能达到50公里。矿业公司运输的矿石数量得有几千吨，如果是从科卢韦齐运到基普希，距离可能超过300公里，这种情况下，缴费每年可达数千美元。"

矿石运输费看上去不过是政府的敛财手段。不然不过是把石头从此地运到彼地，为什么要向运送的人收费呢？由于无力支付税费，大多数手工采矿者无法直接进入市场。既然与市场隔绝，他们就不得不出卖苦力，然后接受中间商在下级市场提供的低价，这进一步加剧了他们的贫困，而他们之所以从事手工采矿，正是因为贫困。

我向福斯汀以及他这个挖矿小团队里的其他人询问了他们的健康状况。他们抱怨说咳嗽持续不断，而且经常头痛。此外，他们还受小伤痛折磨，比如割伤、扭伤等，还有背部和颈部疼痛。他们中没有人愿意天天都来挖矿，但他们觉得自己别无选择。

"我可以告诉你们的是，生活在这里的大多数人都没有其他工作，"福斯汀说，"但任何人都可以挖钴赚钱。"

我计算了一下福斯汀这个团队的收入。八个人平均每天产出三袋洗净的水钴矿矿石，每袋平均重40公斤。来这里的钴中间商每袋支付5000刚果法郎，约合2.8美元。这意味着团队每天的人均收入约为1.05美元。孩子们实际上并没有拿到一分钱，他们只是不得不来给家里人搭把手。基普希的水钴矿矿石的品位为1%或更低，远低于科卢韦齐附近的水钴矿矿石，那里钴的品位可能超过10%。基普希的低品位钴直接影响到该地区手工采矿者本就微薄的收入。

在我与福斯汀的家人结束交谈后，两个分别八岁和十岁的男孩安德烈（André）和基桑吉（Kisangji）主动提出演示筛洗过程。他们拖着一个装满矿泥块的拉菲麻袋，我跟着他们从坑里走出来。袋子重量可能超过他们两人的体重总和。走了30多米后，我们来到了一个清洗池，几群手工采矿者正在将矿石从泥土里筛洗出来。水池直径约六米，深半米。水池的一端放着一个生锈的铁桶和一把铁锹，铁桶附近的水里放着一个长宽约一米的铜色金属筛子。水池像是一片腐臭的、冒着气泡的铜色沼泽。像安德烈和基桑吉这样筛洗石头的男孩被称为"洗石男"（laveurs），而妇女和女孩则被称为"洗石女"（laveuses）。

两个男孩把麻袋倾翻过来，用手把里面的东西掏空，在水池旁堆成一座小山。安德烈光着脚踩进有害的水里，拎起筛子一头的两个手柄，把筛子的另一头插进水池另一端的泥土里。基桑吉用小铲子把麻袋里的东西舀到筛子上。然后，安德烈使劲在水面上将筛子上下颠簸，把泥土和石头分开。他那瘦小的肩膀每颠簸一下，就好像要从肩窝里蹦出来似的。几分钟后，筛子里只剩下鹅卵石般大小的矿石了。安德烈看上去已经筋疲力尽，但还在勉力把筛子举在水面上，而基桑吉则用手舀出矿石，把它们堆在一起。孩子们还要重复10—15次这个艰苦费力的过程，才能把麻袋里的矿石全部筛洗好，每天都要筛洗好几麻袋。

"我们的妈妈和姐姐把矿石捡起来，放进那个桶里，"基桑吉解释说，"然后把桶里的这些矿石再装进另一个麻袋里。"

从矿坑到筛矿水池，再到装满矿石的麻袋——这个家庭按部就班把从地下挖出的钴，包装好交给中间商。然后，中间商通过公路沿线那些毫不起眼的交易站将钴卖给正规的供应链。将童工用血汗换来的、制造电池的钴"洗"干净，就是如此简单。

我和菲利普离开洗矿池，经过连绵起伏的矿坑、深浅不一的褐色背阴地带，继续深入手工采矿区。空气中弥漫着压抑的阴霾。地上一棵树都看不到，天空中也毫无鸟儿的踪影。目之所及，全是光秃一片。矿区里似乎有一半十来岁的少女背上都绑着婴儿。而男孩们则两脚大开，使出浑身力气，用瘦骨嶙峋的手臂挥动生锈的铁锹挖着矿土，有些男孩年纪不过六岁。其他孩子则拖着塞满矿石的拉菲麻袋，踉跄着从矿坑里走到筛洗水池边。我又找到更多的挖矿家庭与之交谈，他们的工作方式都与福斯汀家的类似。我经过了更多腐臭的筛洗水池，还有数十个矿坑，坑里满是男人和男孩们一刻不停地挖着矿石。时不时能看到一群筋疲力尽的孩子坐在泥地里，在午后刺眼的阳光下，啃着肮脏的面包。

在靠近赞比亚边境的某个地方，也可能就在边境的那一侧，我遇到了几位身着裹裙和T恤的年轻妇女，她们站在浅坑里，坑底约有15厘米深的铜色水。她们互无亲缘关系，只是为了安全而结伴挖矿。在矿区，来自男性手工采矿者、中间商和士兵的性侵很常见。这群妇女说，她们都听说过有女性曾被人推入矿坑，遭到侵犯，这也许至少可以部分解释一些少女母亲背上婴儿的来历。在我走访的几乎每个手工采矿区里，性侵犯都是一大祸害。这些遭受伤害的妇女和未成年女性代表了全球钴供应链中隐身的、受到冷酷对待的核心群体。遭受性侵的妇女和女童为供应链上层四处挖钴，而他们中甚至没有一个人愿意费点事发表媒体声明，表示对性侵她们的行为采取零容忍政策。

一位名叫普里西尔（Priscille）的年轻女子站在其中一个矿坑里，右手拿着一个塑料碗。她迅速地用碗舀起泥水，泼到身前的一个筛子上。她的动作精准娴熟，就像一台专门为此设计的机器。在筛子上装满灰白色的泥浆后，普里西尔将筛子上下拉晃，直到筛子上只剩下砂子为止。这些砂子中含有微量的钴，她用塑料碗把钴砂舀进一个粉色的拉菲麻袋中。

我问她用多长时间才能装满一袋。她回答："要是我拼命连续干 12 小时，每天就能装满一袋。"

一天结束时，妇女们互相帮忙，把50 公斤重的麻袋拖到一公里外的工地前，钴中间商以每袋 0.8 美元左右的价格向她们购买钴矿砂。普里西尔说，她没有家人，一个人住在一间小屋里。她的丈夫曾经和她一起在这个工地上挖钴，但一年前死于呼吸道疾病。他们试过要孩子，她也怀过两次孕，但都流产了。

"感谢上帝带走了我的孩子，"她说，"最好别出生在这里。"

傍晚时分，我结束了最后一次采访，回到了靠近基普希公司矿区边缘的手工采矿区。几十名手工采矿者已经拖着一袋袋水钴矿矿石来到矿区前，准备卖给钴中间商。我本以为会看到一队正规的矿产交易商，穿着政府制服或佩戴政府徽章，但钴商们却是穿着牛仔裤和休闲衬衫的年轻人。与满身污垢的手工采矿者不同，他们的衣服干净明艳。大多数交易商都是骑着摩托车来的，还有几个开着皮卡车，这是他们将麻袋运到交易站的交通工具。手工采矿者旁边堆放着数百个白色、蓝色、橙色和粉红色的拉菲麻袋。钴中间商粗略地看了一眼麻袋，然后开出一个价格，手工采矿者无法还价，必须接受。菲利普告诉我，同样一袋钴，妇女得到的报酬总是低于男子。

他说："因此，只要你看到女的来卖钴，就说明她肯定是单干的。"

我问菲利普，如果手工采矿者把一袋钴的下半部分装满泥土，上半部分则装满水钴矿矿石卖给钴中间商，会发生什么情况。

"中间商早晚会在交易站识破这种情况。然后会带一帮人来暴打一顿矿工。没有钴中间商会再向那个矿工买钴了。"

我看着几个钴商把麻袋装上摩托车。他们把一个个麻袋绑在后座上，直到后座上再也装不下为止。一位名叫伊莱（Eli）的中间商说，他之前曾在卢本巴希担任通信运营商Africell公司的手机充值业务员，但他的亲戚说服他取得授权，成为钴交易商，授权费用是150美元，而且必须每年支付。

伊莱说："现在我一天的收入是以前的两三倍。"

我问他能不能给我看看授权文件。

"两年前就过期了！"伊莱回答说。

"如果你在运矿时，碰到警察要求你出示许可证，会怎么样？"

"那就要交罚款。也许十美元，但这种情况并不常见。"

又与另外几位钴商交谈后，我漫步回到矿区，想在夜幕降临前最后再看一眼这里。满目疮痍的土地就像空中轰炸后的战场。熬过一天的幸存者吃力地从"弹坑"中爬出来，步履艰难地走回自己的小屋，喘上一口气后，第二天又要重复那场让人备受煎熬的劳作。

一个女孩孤零零地站在土丘顶上，双手叉腰，目光久久地投向这片曾经被参天大树覆盖而现已荒凉的土地。在她打量着这片与此地人民一样一无所有的土地时，她那金色和靛蓝相间的裹裙在风中肆意飘扬。在地平线的另一端，越过了所有理性和道德底线的那一端，来自另一个世界的人们从睡梦中醒来，起身翻看他们的智能手机。我在基普希遇到的手工采矿者中，甚至没有一个人见过手机。

在探访基普希之后，我去调查钴矿交易站，钴中间商就是将手工采矿者挖掘出的钴转卖到这里。这些交易站毫不起眼，却是非正规采矿区和正规钴供应链之间的重要枢纽。基普希以及附近森林中较小的手工开采点的大部分钴交易站都位于"高费公路"上。这些交易站都是木头搭建的棚屋，门口悬挂着大块粉红色的防水油布。油布上用黑字写着交易站的名字，有些直接用美元符号加上"交易站"三个字，比如"$交易站"，有些加上老板的名字，如"贾法尔交易站"（Depot Jafar），有些干脆只写铜和钴在元素周期表中的符号——Cu-Co。门口挂着空拉菲麻袋，上面用黑色记号笔写着每公斤水钴矿矿石的价格，价格以 0.5%—2%的钴含量为区间，以0.1个百分点为单位递增。我走访了基普希东北方向六公里范围内的九个交易站，其中两个仓库由印度人哈迪普（Hardeep）和阿米特（Amit）经营，他们都来自旁遮普邦（Punjab）。

哈迪普和阿米特说，他们持工作签证在刚果从事酒店业工作。虽然都是大学毕业生，英语也说得相当好，但他们说在印度很难找到工作。于是两人来到卢本巴希的一个酒店上班，酒店老板（他们不愿意告诉我酒店和老板的名字）恰好也兼职矿产交易，就安排两人来管理两个交易站——老虎交易站和 233交易站。哈迪普和阿米特每天早上十点到交易站上班，日落时分下班。两人交易所得的钱就放在一个上了锁的铁箱子里，看上去任何人只要动动脑子都能偷走。

哈迪普说："我们用麦特瑞克（Metorex）分析仪检测钴矿石的纯度。"他向我展示了一把小型激光枪，当激光枪对准水钴矿矿石时，就会显示钴的含量等级。

阿米特说："基普希的钴矿石通常只有1%的含量。"

每天工作结束后，哈迪普和阿米特开车把一袋袋水钴矿矿石运回卢本巴希。他们说，老板把矿石卖给了卢本巴希的一个加工商，但他们不知道是哪一个加工商，也不知道加工商支付的价格。据菲利普说，从基普希购买水钴矿矿石的主要有两家矿业公司。这两家公司在卢本巴希都有钴加工厂，而且恰好都经营着刚果仅有的两个手工采钴"示范点"。我们后面将对两个"示范点"进行走访。

在老虎交易站和233交易站，含量为1%的一公斤水钴矿矿石的价格为200刚果法郎（约合 0.11 美元）。因此，一袋40公斤重的矿石售价约为4.40美元。基普希的钴中间商向福斯汀支付的价格约为每袋2.80美元。拥有运输矿石的许可证和运输工具意味着，在基普希经营的钴中间商能够保留每袋近40%的矿石价值。这似乎是供应链中一个不必要的环节，它将价值从工作最辛苦的手工采矿工人身上转移走了。如此说来，交易站似乎也是供应链中一个不必要的环节，它为手工开采的钴进入正规供应链提供了一个非正规且无法追踪的入口，从而营造出一种虹吸效应，将更多价值从系统中抽走。事实上，不存在任何障碍阻止矿业公司前往手工采矿区，直接向挖钴的妇女、男子和儿童购买钴矿——唯一的障碍是亲临薪资微薄的手工采矿者工作的矿区会带来负面观感，在这样一个有害的工作环境里，儿童却随处可见。

在基普希，我总有一种陷入有毒物质包围圈的感觉，而且这种感觉在我结束访问的几天后依然挥之不去。矿区的土地、空气和水看上去全都受到了彻底的污染，这也意味着手工采矿者在矿区挖矿的每时每刻都暴露在有害物质中，可能会对他们的健康造成严重后果。为了更好地了解这些后果，我会见了卢本巴希大学一位名叫杰曼（Germain）的研究员，他一直在收集铜矿带地区的采矿对公众健康和环境影响的数据。杰曼是一位条理清晰的研究人员，同时也是一位推动改变的社会活动家。他告诉我，他的工作必须非常谨慎，因为他的一些研究成果已经引起了矿业公司或刚果政府的不满。以下是他的讲述：

> 在我们进行的研究中，手工采矿者尿液中的钴含量是对照组的40多倍，铅含量是对照组的五倍，铀含量是对照组的四倍。即使是住在矿区附近但不从事手工采矿的居民，他们体内的微量金属含量也非常高，包括钴、铜、锌、铅、镉、锗、镍、钒、铬和铀。

杰曼指出，没有从事手工采矿工作的人间接接触重金属，也会对他们的健康造成负面影响，尤其是对儿童而言——"哪怕儿童不在矿山工作，父母间接接触重金属对他们的影响也比成人直接接触重金属更严重。这是因为儿童的身体不能像成人那样很好地清除重金属。"杰曼补充说。遭受有毒污染的不仅仅是人类——他检测过的鱼和鸡等动物体内的重金属含量也非常高。

重金属对当地居民和食品供应的污染正在铜矿带地区产生一系列负面的健康影响。根据杰曼的最新纪录，采矿社区已成婴儿出生缺陷的高发地区，这些出生缺陷包括全前脑畸形、无下颌并耳畸形和低出生体重，其他问题还有母亲生下死胎、流产等。[9]杰曼说，在大多数情况下，这些问题婴儿的母亲在受孕时，其父亲都是手工采矿者，孩子出生时采集的脐带血样本显示钴、砷和铀的含量很高。呼吸系统疾病也很常见——"吸入钴粉尘会导致'硬金属肺病'，这种病可以致命，"杰曼说，"此外，手工采矿者长期接触钴会导致急性皮炎。"

手工采矿者所在的社区癌症发病率也在上升，尤其是乳腺癌、肾癌和肺癌。"接触镍和铀是导致癌症的最大诱因。"杰曼说。铅中毒也非常普遍。在整个铜矿带的住宅内采集的灰尘样本中，每平方英尺平均含铅170微克。据杰曼的解释，铅尘可能来自矿工的衣服以及一些大型矿场的金属加工。相比之下，美国环境保护署建议室内每平方英尺铅含量的最高安全限值为40微克。高达每平方英尺170微克的铅含量会导致神经损伤、肌肉和关节疼痛、头痛及胃肠道疾病，并降低成年人的生育能力。对儿童来说，铅中毒会造成不可逆转的发育损害，以及体重减轻、呕吐和癫痫发作。

杰曼慨叹道，刚果的公共卫生系统缺乏足够的能力来处理采矿社区居民所遭受的大规模的、严重的负面健康后果。他说："医生没有获得培训去学习如何进行诊断和治疗重金属污染引起的健康问题。"许多村子和手工采矿社区没有基本的医疗诊所来治疗简单的疾病，更不用说癫痫发作或癌症了。杰曼认为，采矿社区面临的公共卫生问题应由多方负责，但他对于外国采矿公司的言辞尤为严厉：

> 矿业公司没有控制其加工作业中的污水排放。化学品泄漏时，他们也不进行清理。采矿厂和柴油设备产生的有毒粉尘和气体扩散数公里，被当地居民吸入。采矿公司污染了整个地区。所有农作物、动物和鱼类都未能幸免于难。

杰曼指出，该国的《矿业法》（Mining Code）包含了旨在防止采矿公司倾倒有毒物质的条款，但这些条款或任何其他有关环境保护的法律都没有得到充分执行。"在获得特许权之前，矿业公司必须向政府提交一份废料管理计划。当然，他们并没有遵守自己的管理计划。但政府也没有派人监督他们的经营活动。"

我问杰曼，为什么刚果政府没有让他协助开展更广泛的检测计划，并在大型矿山实施废料管理制度。他叹了口气，解释说，可以预见的是，政府官员希望最大限度地提高矿山开采权使用费，这意味着矿业公司会最大限度地开采矿石，也就是说只要支付使用费，矿业公司就可以为所欲为。因而不管是对于政府还是矿业公司来说，杰曼所做的研究就是一种阻碍，而不是什么好事。事实上，他已经受到施压，要求停止进行他对我所讲的那种试验。他解释说："这不仅仅是因为外国采矿公司。刚果的公司也有向环境中倾倒废料的行为。他们同样不喜欢我的调查。"

杰曼认为，除非强制企业遵守可持续发展和环境保护的最低标准，铜矿带采矿活动对公众健康造成的影响几乎不可能得到改善。"就像在美国一样。"他说。

我问道："怎样才能做到这一点？"杰曼认真思考了一番，想给出一个周全的回答，最终却沉默无语，只是无力地耸了耸肩。

在我到刚果的早期，就出现了一种模式——我走访手工采矿区的消息会不胫而走，不久之后，就会有人打电话给我的向导，或者在我入住的宾馆留言，要求与我会面。我刚见过杰曼，菲利普就告诉我，有人请他安排我与一个名为"加丹加可持续投资"（Investissements Durables au Katanga，简称IDAK）的组织会面。IDAK是刚果民主共和国手工采矿业积极的参与者，该组织的三名领导成员——亚历克斯（Alex）、福尔图纳特（Fortunat）和姆布亚（Mbuya）——约我在卢本巴希的一座教堂见面。见面的房间看上去应该是做储藏之用。我们坐在塑料椅子上，房间里没有灯光，只有一盏台灯和两扇敞开的窗户，外面车水马龙的嘈杂声充斥着整个房间。IDAK的领导人似乎热衷于向我强调该组织在帮助手工采矿者方面的重要性。

亚历克斯解释说："我们在2011年成立了IDAK，目的是为地方政府、国家政府、民间团体和矿业公司的代表提供一个论坛，讨论采矿业面临的挑战，以合作的方式找到解决方案。IDAK正在努力改善与利益相关方之间的合作，发展民间社会的能力和技能，为手工采矿者提供支持。"

亚历克斯补充说，IDAK的努力得到了国际社会的支持，其大部分资金来自德国国际合作机构（Deutsche Gesellschaft für Internationale Zusammenarbeit），这是一家为德国政府和企业提供可持续发展和国际发展咨询的公司。

亚历克斯说："这笔资金是由德国的汽车公司启动的，目的是帮助他们清洁钴供应链。"

IDAK团队分享了一份他们于2014年出版的综合指南，其中概述了他们对提升刚果采矿业企业社会责任的建议。

姆布亚解释说："这个指南包括一项禁止儿童从事手工采矿的计划。"

除了关注童工问题，IDAK提升企业社会责任计划还介绍了帮扶当地社区、开设学校并为其配备教工人员、促进替代生计、提高公共卫生能力和改善基础设施等计划。这一切听上去前景大好，但我不禁要问，为什么这些计划似乎很少付诸实施。我描述了在基普希的所见所闻——成百上千的儿童在泥土里刨矿以换取微薄的收入，成千上万的人遭受着有毒物质的侵害，而对虐待劳工的行为却没有任何监管。

福尔图纳特说："是的，我们是有这些问题，但如果没有IDAK，情况会更糟。"

IDAK团队一定从我的脸上读出了我掩饰不住的怀疑，因为他们又花了一个小时介绍该组织为改善手工采矿者的条件所做的一切努力。他们还强调了他们在调解手工采矿者和外国采矿公司双方冲突中的重要作用。

"如果出现土地纠纷，我们会努力以建设性的方式解决问题。如果矿场发生事故，我们会维护受伤矿工的权利。"姆布亚说。

从与穆克温巴村的马卡扎等一些人的交谈中，我就知道解决土地纠纷是一项重要举措，尽管在纠纷案件中，我从未听说过有哪一起的解决是有利于流离失所的村民的。

我问IDAK团队，他们认为让儿童远离手工采矿的最大障碍是什么。不出所料，他们说："贫穷。"

姆布亚说："父母迫于压力，不得不把孩子带到矿上工作。如果父母能挣到一份不错的工资，孩子们就可以去上学，而不是在矿上工作。"

这显而易见，那么为什么"高工资"对那些矿工来说如此遥不可及？

只要给手工采矿工人发放合理工资，是否就能解决他们面临的一些困难？或者至少能减少童工的数量？让我们暂且假设一下，给成年手工采矿者支付合理的工资可以让矿工的孩子上学，而不是在矿山工作，而且还能帮助家庭在生病或受伤时负担得起医疗费用，存下钱来帮助抵御收入受到冲击或其他不幸事件带来的风险，减轻社区的压力和暴力。一份体面的工资，就可以实现上述一切，甚至更多——但谁来支付这份工资呢？外国矿业公司会争辩说，他们并没有雇用手工采矿者，所以责任不在他们，尽管手工开采的钴矿石最终进入了他们的供应链，尽管在某些情况下他们为了提高产量，允许手工采矿者在他们的特许矿区工作。刚果政府会争辩说，他们没有钱来负担工人足够合理的工资或其他合理的工资体系，尽管采矿特许权的售价高达数十亿美元，每年收取的特许权使用费和税收也高达数十亿美元，而这里面有相当一部分价值是手工采矿者挖掘出的矿产创造的。钴矿精炼商、电池制造商、科技公司和电动汽车公司会争辩说，责任应该由下游承担，尽管是他们对钴的需求才带来对钴的争夺。这就是刚果矿业大省的最大悲剧所在——产业链的上游企业没有一个认为自己应该对手工采矿者负责，尽管他们都从中获利。

与IDAK的会面让我了解到当地为解决手工采矿业的弊端做出了切实努力，虽然这些努力尚未完全落地，也并未转化为有实质意义的改变。菲利普提出了一个理论："IDAK的目标是正确的，但只要政府腐败，IDAK的目标就不可能实现。外国人将数十亿美元送入政府的腰包，政客们就对他们睁一只眼闭一只眼。像IDAK这样的组织及其他民间组织之所以可以存在，只是为了做做表面文章。"与菲利普相处的时间越长，我就越能体会到他对刚果手工采矿者的深切关注。我们之间建立了足够的信任后，他告诉我他曾是一名手工采矿者，在利卡西附近挖了四年钴。在那期间，他忍受了无数的撕裂伤、皮疹、呼吸道疾病，还在一次坑壁坍塌中摔断了腿。坍塌事故发生后，他停工两个月来养伤。到了返工的时候，他做出了不再重返矿井的艰难决定。"事故那天我有可能会丢掉性命的。真是这样的话，我的妻子和孩子该怎么活下去？"菲利普把家人搬到了卢本巴希哥哥的家里，自己则努力尽早站稳脚跟。他靠打零工维持生计，但始终心系那些在矿井下劳作的工人们。据菲利普的介绍，采矿业的问题可以追溯到几代人之前：

> 如果你真的想了解刚果矿业的现状，你必须首先了解我们的历史。刚果独立后，矿山由比利时人管理。他们拿走了所有的钱，却没有给人民留下任何好处。在比利时人之后，蒙博托推行"非洲化"运动。他将矿山国有化，但同样，这些矿山只惠及政府，而非人民。约瑟夫·卡比拉政府于2002年制定了《矿业法》，这为采矿业带来了外国投资。他们说《矿业法》将改善刚果人民的生活，可是人民现在的生活却更糟了。现在你看明白了吧，刚果人民从未从刚果矿业中受益。我们只会变得更穷。

菲利普成立了一个支持手工采矿社区的组织。他的团队致力于帮助孩子们继续学业。他认为，接受完整的教育是打破贫困循环的唯一途径。他同意IDAK的观点，即贫困是导致手工采矿者遭受剥削的主要因素，但他也指出了另一种同样阴险的力量："有人对这里状况的宣传是虚假的。采矿公司声称这里没有任何问题，说他们遵守国际标准。每个人都听信他们，所以什么都没有改变。"菲利普所说的让我想到了一些公司的新闻声明，它们宣称自己遵守国际人权标准，对使用童工采取零容忍政策。全球电池联盟（GBA）和负责任矿产倡议组织（RMI）本应通过对钴供应链的实地评估和对手工采矿点使用童工情况的监测，协助企业遵守这些规范。我问菲利普是否看到或听说过这些倡议。他是这样说的：

　　这些组织向国际社会宣传他们在刚果的项目，大谈这里的钴是如何"干净"，好让他们的拥趸们说一切正常。事实上，这让情况变得更糟，因为那些利益相关的公司会说："GBA向我们保证了情况很好。RMI说了，钴是干净的。"正因为如此，没有人做出改变的努力。

　　菲利普描述的正是强大的利益相关者设置的烟幕弹，其作用是掩盖钴矿开采的残酷现实。我在刚果待的时间越长，越感到他言之有理。时至今日，我在刚果从未见过任何与GBA或RMI有关的人，也从未听说过在刚果有任何相关人员打着他们的旗号对手工采矿区进行检查。我努力争取与这些组织就我的调查结果进行沟通，但我一直没能获得回应，直到2020年夏天，时任GBA负责人的马蒂·斯坦尼斯劳斯（Mathy Stanislaus）才同意与我通话。我们就刚果的手工采矿问题进行了融洽的交谈，并简要回顾了GBA的各项举措。当我向斯坦尼斯劳斯先生追问我在当地看到的情况时，他承认的确存在一些问题，至少是与童工有关的问题。

　　"根据经济合作与发展组织（OECD）的数据，刚果民主共和国高达70%的钴都或多或少牵涉使用童工。供应链上存在巨大的信息缺口，因此我们必须以可让人信赖的方式解决信息流通问题。"他说。

　　让我们先看看斯坦尼斯劳斯先生说的第二句话。所谓的"解决信息流通问题"到底意味着什么？为手工采矿者解决这个问题意味着要对当地的现实情况进行真正独立和客观的评估。为其他人解决这个问题则恰恰相反。"让人信赖"中的"人"指谁呢？这同样是一个相对而言的问题。消费科技和电动汽车巨头、矿业公司和刚果政府所信赖的信息流通肯定不同于手工采矿工人所信赖的信息流通。这正是菲利普所认为的、阻碍手工采矿取得实质性进展的对立关系。当前的信息流通呈现的是一种虚假的现实，让大家以为情况并没有那么糟糕，他们正在接受监督以根除问题。而更准确的信息流通则恰恰呈现相反的一面——手工采矿者须面对有害的工作环境，工作中受到非人对待，而每天都有数以万计的儿童在这样的条件下开采钴矿。

我们再回过头去看第一句话，因为这句话很重要。如果经合组织及其成员承认，在全球72%的钴供应量中，70%"或多或少牵涉"童工，这就意味着全球一半的钴都牵涉刚果的童工。仅这一事实就足以说明钴矿的全球供应链中存在大量童工，然而童工远非刚果手工采矿业的唯一问题。成千上万的刚果人因接触钴、铀、铅、镍、汞和其他重金属而受到毒害，他们"接触（牵涉）"多少刚果的钴矿石呢？每天在手工采矿场吸入有害矿尘的婴儿又"接触（牵涉）"多少钴矿石呢？还有受到有毒气体和排放废物污染的铜矿带的空气、土地、农作物、动物呢？还有为给巨型露天矿山让路而遭到砍伐的数百万棵树木呢？我们也不要忘记，在采矿事故中受伤甚至死亡的人数更是难以计算。等到我们能把其中的数字——算清，世界上还有多少钴没有牵涉发生在刚果的那些灾难呢？

我还没有充分认识到这些灾难的严重程度。如果有人认为基普希至少能让我们对刚果手工采矿者所遭受的严重伤害略知一二，那么在通往科卢韦齐的路上，这个想法将会被无情地打消。

第三章

山中藏匿的秘密

白人精明得很。他们满脸和气，带着他们的宗教，悄然而至。我们被他们的傻气逗乐了，让他们留了下来……他们在我们同胞血脉相连的纽带上插了一把刀，我们就此分崩离析。

——［尼日利亚］钦努阿·阿切贝（Chinua Achebe），《瓦解》（*Fall Apart*）

　　我结束刚果之行回到家后，发现一切都已不复从前。家乡周遭的世界已经失去了它原有的意义，我很难相信刚果和我所生活的世界竟共存于同一星球之上。食品杂货商店里一堆堆码放整齐的蔬菜不再令我赏心悦目；明晃晃的灯光和哗哗响的抽水马桶像是邪恶的黑暗魔法；享用清新的空气和干净的饮用水让人感觉像是在犯罪。这些金钱和消费的标志透露出暴力的意味。毕竟，我周遭这个世界主要是建立在暴力之上的，而惯于美化真相的史书已经将这暴力巧妙地掩盖起来。

　　很少有人要求我们去正视非洲人民长久以来忍受的无尽苦难。你能想象得到，一个非洲人是如何被迫离开家园，与伴侣和孩子分离，最后到达美洲的吗？先是被铁链锁住、被打上烙印、被殴打、被强奸，然后被监禁——经历这一切之后，又被送上贩运奴隶的船只，扔进充斥着腐臭味的、供奴隶乘坐的货舱中，与数以百计痛苦不堪的男人、女人、孩子和婴儿挤在一起。在这样一个货舱里得待上六周。货舱空间狭小，不能坐直，手脚日日夜夜都被锁在镣铐里。在船只穿越海浪时，不得不在数百人面前用水桶如厕。舱里的孩子因为害怕，或发烧，或晕船而啼哭不止，父母却无法安抚。病得奄奄一息的人还未断气，就像垃圾一样被扔进海里。熬过地狱般的旅途到达美洲后，就被卖身为奴，而真正的折磨才刚刚开始。

　　设想一下，历经了几个世纪的奴隶贸易，再加上一个世纪的殖民统治，这会给一个人、一个家庭、一个民族、一个大陆，带来多么深重的灾难。西方世界就是这样建立起一个又一个的帝国，积累起一代又一代的财富。西方世界和非洲大陆最大的差异也许是——西方的国家运转顺畅，局势安定，人民的生活惬意，但这一切都是建立在对非洲人民进行无情剥削的基础之上的。刚果矿业省份当今发生的灾难便是这段历史的重演。

利 卡 西

卢本巴希到利卡西之间的路段地域开阔，丘陵连绵起伏，阴沉沉的烟霭模糊了地平线，一切都笼罩在一片铜锈色之中。有些村庄就建在公路旁，就像抓紧悬崖边缘的指头。片片红砖房一直延绵至灌木丛深处。女人们在室外的火堆旁烹煮木薯，小孩们玩着泥巴，少女们在离她们最近的井旁排着队，用黄色的塑料罐装水。灰色烟雾从森林深处袅袅升起，男人们在那里将树木烧制成木炭，这是他们取暖和照明的唯一来源。这片土地拥有世界上最大储量的钴矿石——制造当今世界最主流的可充电电池的关键材料，这里却仍然没有通电。

双车道公路极大地帮助了人们穿越铜矿带地区，但这条道路比较狭窄危险。小轿车，越野车，以及载满乘客、车顶上货物高达三米的小面包车，从缓慢行驶、满载矿石的大货车后面冲出来，疯狂地超越一辆辆货车。马路边散落着数以百计的车辆残骸，因为司机超车时没有把握好距离和速度，往往酿成事故。我曾看到一辆小面包车装满了一袋袋的钴矿石，车顶上绑着床垫，为了超越一辆大货车而驶入逆行车道，之后为了避开迎面驶来的客车，又想迅速返回之前的车道。但车失控了，在我的吉普车正前方被撞散了架。我们猛踩刹车，才避免遭遇同样的命运。当地村民费了一个小时才把残骸从公路上清理干净。车子残骸上一切有价值的东西——发动机零件、座椅和轮胎——最终都会被一一拿走，只剩下铁锈斑斑的废铜烂铁。

　　在公路的每个收费站点，车流都只能缓慢向前挪动。骨瘦如柴的孩子们围在汽车旁兜售蔬菜、木炭和野味。士兵们面无表情，手持AK–47步枪盘问那些一眼就能看出非本地人的乘客。移民总局的官员一丝不苟地检查着乘客们的旅行证件。有一次在进入利卡西前的最后一个检查点，一个穿着暗黄绿色连体裤的人走到我跟前，自称是"迈克上尉"，说他是刚果特工部门的人，需要检查我的行李。这种把戏很常见，使得检查点的流程既漫长又烦人。不过，该走的流程终归会一一走完，车辆最终会被放行通过检查点。

　　20世纪初，铜矿最先吸引了比利时人来到利卡西附近的山区。巨大的矿储量激起了他们的发财梦。1917年，他们以上加丹加矿业联盟首任总裁让·雅多（Jean Jadot）的名字，建立了一个名为雅多维尔（Jadotville）的矿业城镇。比利时人在利卡西附近发现的不只是铜矿，1915年4月11日，他们还发现了铀矿。这些矿床的U_3O_8（八氧化三铀）的平均含量为65%，是当时世界上品位最高的铀矿资源。上加丹加矿业联盟立即在利卡西西南部建立了一个名为欣科洛布韦（Shinkolobwe）的铀矿。在20世纪20年代，铀与钴的作用相似，在国际市场仅限于用作陶瓷颜料的原料。因此与附近的铜矿相比，铀矿盈利不多。在1937年，欣科洛布韦铀矿最终关停。不久之后，美国实施曼哈顿计划，制造原子弹需要高品位铀，欣科洛布韦矿场就是最理想的矿源。1942年9月18日，在曼哈顿市中心的一个办公室里，上加丹加矿业联盟的股东们同意以每磅约一美元的价格将欣科洛布韦的铀矿出售给美军。1945年8月，轰炸机艾诺拉·盖（Enola Gay）在日本广岛和长崎投下原子弹，制造这两颗原子弹使用的铀中有75%来自欣科洛布韦矿区。[1]尽管欣科洛布韦矿场已停产数十年，但根据传闻，有军队官员和有组织的犯罪分子非法挖掘铀矿，并将其销售到黑市，买家包括伊朗、朝鲜和巴基斯坦等地。据说其中有一个名叫阿伦（Arran）的人，雇用了一批童工在一个名叫蒂尔韦泽姆贝（Tilwezembe）的矿场里挖钴，这个矿场仿佛一个死亡陷阱，隐患重重，离科卢韦齐不远。

　　漫步在利卡西街头，你会发现许多稀奇古怪、摇摇欲坠的建筑，有殖民时期的装饰派艺术建筑，以及比利时人最初居住的林荫大道。小城中心是一座土黄色、带有湖绿色装饰边的双层建筑，那就是利卡西市政厅。商店的店面摆放着蔬菜、来自附近卢菲拉河（Lufira River）的干鱼，以及茶叶（chai）——"chai"这个词由英国人贩卖到非洲的印度抵债奴隶的后裔传入斯瓦希里语。在这个矿业省份的三个主要城市中，利卡西的街道状况无疑是最糟糕的。挖路、重铺和改道等街道整修工作周而复始，没完没了。大型货车拥堵在被挖翻出泥土的路上。穿着鲜艳制服的孩子们为了上学，得爬过一个又一个的石堆和沟壑。贯穿全城的主干道路一旦发生事故，交通就可能会陷入长达数小时的瘫痪。

　　利卡西建有数个铜钴矿场和矿石加工厂，一家负责拆迁的工厂，以及一家生产硫酸的化工厂，硫酸用于加工许多工业采矿点的铜钴矿石。许多手工采矿区分散在延绵不断的丘陵和森林中，从利卡西一直延伸到附近的坎博韦（Kambove）镇。坎博韦镇的铜矿储量惊人，两位地质学家儒勒·科尔内和约翰·R.法雷尔曾分别在1892年和1902年对此发出过赞叹。许多手工采矿点由非正规民兵组织负责安保，其中一些由矿业公司支付酬金，这些组织通常由一名"上将"领导，其指挥的武装组织通常由10—12个年轻人组成，配备有卡拉什尼科夫自动步枪、手枪和砍刀，他们在坎博韦附近的一些村庄和手工采矿点十分活跃。

当地向导阿瑟（Arthur）解释说："坎博韦是铜矿带采矿区中最无法无天的地方，和坦噶尼喀的钴矿区差不多。"

但在探访利卡西、坎博韦及其周边的采矿区时，我发现那里的情况比我预期的还要糟糕许多。

即使在旱季天气酷热无比的时候，铜矿带地区的清晨也十分凉爽。由于海拔高，湿度低，太阳下山后，这里温度会骤降。夜间潮气加重，到了日出时分，银灰色的薄雾如同迷失的精灵一般在山丘间弥漫。许多村子星罗棋布于利卡西和坎博韦周围的边远地区。

我设法探访了其中一些村子，里面有一个条件尤其恶劣。我的向导阿瑟请求我不要公开这个村子的名字，因为这可能带来负面影响，但他说我可以用一个类似的村庄的名字代替，村子也位于这片区域，名叫卡马坦达（Kamatanda）。

他说："你可以告诉人们，我要带你去的那个村庄和以前卡马坦达村的情况一样。"

曾经的卡马坦达村位于利卡西北部一个旧铜钴矿旁边，铜钴矿归属于吉卡明。自2014年到2018年，这个村子里的大部分村民，包括大部分儿童，都在挖掘和清洗水钴矿石。到了2018年，一个矿业公司购买了这块地和周边山丘的采矿权，包括卡马坦达。阿瑟说，那时曾有军队强制1000多名村民离开卡马坦达村，这和埃图瓦勒矿场附近的马卡扎村情况相似。这个地区其他村庄的居民也可能面临相同的命运，在将来的某天也被迫离开他们的家园。他们唯一的祈愿是，在下一个村庄生活时，土地之下不要再有任何矿藏。

为了到达阿瑟想带我去的手工采矿村庄，我们从利卡西开车出发，沿着一条泥土路深入一处偏远地带，停在了一处荒山野岭，之后沿着一条石径小道步行前进。小道泥泞不堪，崎岖不平，车辆很难通过。晨雾已经消散，我们在稀疏干枯的灌木丛中艰难跋涉。不久就传来了一阵喧闹的声音，掩盖了我们的脚步声，村庄赫然出现在我们眼前——那里是一片破旧的棚屋，土地被刨开，还有一条只有两三米宽的细流蜿蜒穿过这片地。村里没有通电，也没有卫生设施。几十个孩子站在水中，弯着腰将水钻矿矿石里的土筛掉。山丘那边传来一片喧嚣声——有水流哗啦啦的声音，有铁铲铲土的刺耳声音，还有人们狂热的喊叫声。这里就像一个蜂窝，人们忙碌、嘈杂，使人无法将注意力集中到任何一个人身上。这里的村民看起来比我在基普希遇到的人更穷。相较之下，他们的衣服更加破烂，几乎每个人都蓬头垢面，瘦骨嶙峋。溪流周围堆着石头、四处散落的白色拉菲麻袋和垃圾。破烂残旧的棚屋附近种着芭蕉树，是村民们主要的食物来源。有一小片田里种着木薯和洋葱。小溪散发出一股下水道特有的臭味。几个人持枪在现场巡逻。他们没有穿制服——只穿着牛仔裤和衬衫，戴着棒球帽，穿着运动鞋。

阿瑟带着我们走向民兵，有时他们也被称为突击队。阿瑟说，我们需要得到民兵队的许可才能和村民交流。民兵队和阿瑟很熟，因为阿瑟和他的同事向该地区的几个村庄提供药品、食用油、面粉及其他物资。阿瑟走向民兵的头目布卡萨（Bukasa），布卡萨身形瘦弱，脸型较长，牙齿发黄，双眼布满血丝。布卡萨穿着牛仔裤、运动鞋，还有一件阿迪达斯T恤。阿瑟用斯瓦希里语解释说我是一位来自美国的教授，来这里的目的是为筹款做准备。布卡萨允许我们考察村庄，并和一些居民交谈，但他要求我们不得在村子以外活动。

我们沿着穿越村庄的小溪走着，这里可以观察到正在进行的手工采矿流程。年龄在8岁至13岁之间男孩们徒手拿着两块裹满泥污的水钴矿矿石对撞，好把矿石撞开，变得更小些。与基普希大多数手工矿工不同，这里的工人没有锤子或榔头。男孩们用手把矿石撞碎后，就把它们传给另一组儿童，这组里有女孩，负责在小溪中清洗石块。有几个孩子使用了金属筛子，但大多数孩子只能用一层撕下来的拉菲麻袋布来冲洗石头。两个孩子抓着麻袋布的两端，就像要折叠床单一样。另一个孩子在麻袋布中间放满泥和石头。然后，拿着麻袋的孩子们将其浸入小溪之下。男孩们配合默契，快速抬起右臂，然后放下，再抬起左臂，放下，这样来回左右使劲晃着麻袋，让泥土和污物渗过麻袋过滤掉。最终，麻袋布上只剩下水钴矿矿石。孩子们将矿石装入其他拉菲麻袋，运送给布卡萨的民兵队，再由他们把这些麻袋装运到一辆海拉克斯（Hilux）皮卡车上。民兵队负责用卡车将这些麻袋运送到利卡西。我问阿瑟是否知道村里的矿石卖给利卡西的哪些交易站，他说卖给很多家，但主要卖给了其中三个交易站。根据阿瑟的介绍，这三个站点都将他们的矿石卖给了矿业公司。他还暗示布卡萨和他的团队受雇于矿业公司。他说："他们被称为'私人保安'。"

后来我走访了阿瑟说的三个交易站，虽然走访的时间只有一个下午，且现场受到一定的监控，我还是看到了几宗钴矿交易。交易的双方是经营交易站的代理商和刚果钴中间商。钴中间商用摩托车运来的装满水钴矿矿石的拉菲麻袋就堆在交易站里。我数了一下，总共有26个麻袋。阿瑟告诉我，这三个交易站里的所有水钴矿都被送往矿业公司在利卡西和卢本巴希运营的加工厂。他很直接地说："这些矿业公司的人说他们不从这些村庄购买钴。那么钴矿运去了哪里？如果没有人买，这些村民为什么还在开采？"

村里大多数家庭都认识阿瑟，但很少有人愿意长时间与我交流。当然，有些人是因为有民兵在场而不愿意与外人交谈，有些人则只是不希望我妨碍他们的工作。最后找到的访谈对象是两兄弟，他们是10岁的丹尼斯（Denis）和11岁的阿维洛（Awilo）。阿瑟发现他们时，两兄弟正在洗矿石。阿瑟将他们带到一个相对安静的区域与我们交谈。两人穿着棕色短裤和塑料人字拖，一个穿着绿色T恤衫，另一个身着天蓝色T恤衫，两件T恤衫都是破破烂烂的。丹尼斯戴着一个超大号棒球帽遮阳。孩子们不知道生父是谁。他们的母亲在利卡西的一家招待所工作，一个月来看望他们一两次。

"我们和祖母住在一起，"丹尼斯说，"我们还有两个哥哥，但他们去了赞比亚。"

因为吸入了金属粉尘，孩子们边说话边咳嗽。他们抱怨腿上的皮肤发痒，还伴有灼烧感，背部和颈部疼痛不停。自记事起，他们就在村里撞碎矿石，清洗矿石，从未上过一天学。他们说每天早晨一睁眼，就急着想回到小溪边干活儿。

丹尼斯和阿维洛带我去见他们的祖母索朗热（Solange），她坐在泥地上，用一把小刀削木薯。她穿着干净但褪色了的棕黄色衬衫和裙子，眼睛深陷，手指看上去脱节似的，像是患有关节炎，她皮肤干瘪，如同龟裂的土地。索朗热解释说，孩子们的父亲在他们还是婴儿的时候就离开他们，去跟另一个女人生活了。她在28岁的时候也碰到了同样的遭遇，从此不得不独自抚养四个孩子。她那时在利卡西也待不下去，就搬到了附近的一个村子，她的哥哥住在那里。她说，在20世纪80年代中期她第一次离开利卡西，那里还没有出现手工采矿。最初的比利时铜矿由吉卡明公司运营，利卡西和坎博韦的大多数男性都在那里工作。吉卡明公司的矿场倒闭后，人们开始自行挖掘矿石。

"那个时候，男人们从铜矿挣到的钱是够用的，"索朗热说道，"我们不必送自己的孩子去挖矿。"

索朗热说，一切都在2012年发生了天翻地覆的变化："都说挖矿是件大好事。都说挖了钴就能赚到钱。所以人人都开始挖起钴来，但也没看到谁赚了钱。挣的钱甚至还不够自己用的。"

索朗热削完木薯，将水从一个黄色塑料容器倒进铁锅里，把木薯放进锅里后，用火柴点燃柴火。她先拨了拨柴火，把火烧旺起来，然后把锅放在柴火上面。她一边煮着木薯，一边忧心忡忡地说："看看我的孙儿们，这就是钴对刚果孩子做的事，他们再也没有未来了。"

在大部分时间里，民兵队还算能接受我的存在。但当我开始和另外几个孩子交谈时，布卡萨就神色不安地盯着我。这几个孩子里有一个名叫基容格（Isiyonge）的男孩。九岁的他比同龄孩子瘦小，穿着磨损了的黑色短裤和一件满是泥点的衬衣，衬衣上印着一个emoji笑脸表情。他不停地用手指按压自己的左眼。我问他眼睛怎么了，原来他的眼皮里长了一颗麦粒肿，令他疼痛难忍。离这里最近的医疗诊所在利卡西，如果村民生病、受伤或者眼睛长了麦粒肿，只能选择忍受。基容格右边太阳穴后面还有一块大约硬币大小的斑秃。他的皮肤上长满了疹子，声音沙哑如老人一般。

"我们原来住在麦乐村（Milele）。两年前，我妈妈把我们兄弟几个带到了这里。几个月后她去接我的两个妹妹，但再也没有回来。"他说道。

基容格和他三个哥哥住在村子里。他说，几个人本来是要一起挖钴矿的，无奈他年龄太小，只能在小河里洗矿石。

基容格带我们看了他和三个哥哥住的小屋。小屋用茅草搭成，用一块塑料布当作屋顶。孩子们的短裤和衬衫挂在一根绳子上晾着。小屋里面大概长宽各三米，没有地板，地面就是又硬又冷的泥地。角落里有一个白色塑料碗，还有一口用大石头围着的大铁锅，用来做饭和取暖。还有一些刀子、勺子、塑料容器，以及一堆杂乱的衣物。男孩们用村边田里种出的木薯和洋葱来制作简单的富富（fufu），这是刚果民主共和国穷人的主食。他们睡在地上铺的垫子上，雨季时，他们会尽可能多找一些其他的塑料帆布和撕开的拉菲麻袋来铺在屋顶。即便如此，雨水还是不可避免地渗透进来，他们睡的地上就变得潮湿泥泞。

"你要想知道更多挖钻矿的孩子，你得去麦乐村，"基容格说，"那儿挖矿的孩子有成千上万。很多麦乐村的孩子会由资助人带到像我们这样的村子。"

阿瑟解释说，基容格所说的"资助人"指的是民兵队员或者钻中间商。大家都知道他们从其他村庄甚至邻近省份拐卖儿童，送到类似基容格所在村庄的手工挖矿点，以提高钴矿石的产量。麦乐村位于利卡西北面的偏远一带。那里的民兵尤其暴力，我找不到愿意带我去那里的向导。

几个小时后，我已经和村里的几个孩子、孩子的母亲还有祖母交流完毕。我还观察了溪流里洗矿和筛选矿石的过程。只有一个问题悬而未决：这些矿石从哪里来？基容格说他的哥哥们在村子外的另一个地方挖水钴矿，那里正是布卡萨不让我前去探访的地方。基容格说穿过灌木丛后有一条路，可以让我悄悄地进入那片地区，随后他还为我指明了方向。阿瑟和我穿过那些破败不堪的小屋，进入一个灌木丛区，最后来到一个差不多足球场大小的地方。大部分乔木和灌木已被拔除，地面看起来像是犁过。我看到有几个年轻男子和少年站在那片地上，旁边还有好几十只拉菲麻袋，每三四只堆在一起，每只袋子中装数量不等的矿石泥块。场地上还分散有至少15个隧道入口，每个隧道的直径大约一米。我问阿瑟隧道下大概有多少人，他说不确定，但估计至少有100人。

这是我第一次在刚果看到挖掘钴矿的隧道，想问的问题有一箩筐：隧道有多深？下面有多少人？他们怎么下去，又怎么回来？他们怎样把矿石弄到地面上？隧道有支撑吗？挖矿工人在地下能呼吸到空气吗？

遗憾的是，我无法进一步探索隧道内的挖掘区域。一是因为有一些民兵队员在巡逻，二是因为阿瑟不想再在这里停留，他害怕我们被民兵队抓个正着。那天的所见所闻，让我感觉好像在一个本来毫不起眼的山丘下面，看不到任何文明的迹象，蝼蚁般的一群人在挖隧道，开采、清洗、包装矿石，将宝贵的钴矿顺着供应链提供给世界上生产可充电设备和汽车的公司。在刚果的所有旅途中，我从未看到或听说这些公司或其下游供应商监管这部分供应链，或是类似这部分供应链的其他任何地方。

我在刚果走访的村庄越多，越发感受到这里的孩子上学有多么困难。我们大多数人认为受教育是理所当然的，而且经常尽力争取最好的教育，但是像丹尼斯、阿维洛和基容格这样的孩子连几年时间的小学教育都没有机会完成。利卡西周围规模较大的几个村庄里有学校，但大部分村庄，特别是偏远地区的村庄是没有学校的。我在利卡西遇到了一个名叫约瑟芬（Josephine）的教师，她曾在利卡西附近村庄的学校里工作，现在和丈夫以及三个孩子住在利卡西使命区（Quartier Mission）的一个小房子里。她30多岁，精力充沛，喜欢写诗，对儿童教育充满热情，总是在连续多月工资遭遇拖欠的情况下坚持教学工作。

"政府应该支付教师工资，但他们并不提供资金，所以学校必须收学费。"她说。

"学费是多少？"我问。

"每个月五美元。"

约瑟芬说，利卡西周围贫穷村庄的大多数家庭无法按时支付学费，因此，家长通常让孩子去工作，而不是上学。挖掘钴矿可以保障孩子们每天至少能带些钱回家。这实在让人难以想象，本该接受教育的学生，却因为区区几美元，就不得不沦为从事危险工作的童工。我询问她是否有外国政府援助，或是慈善基金会捐款可以帮助解决这一问题，或者给家庭发放补助金，帮助孩子们继续在学校读书。在其他贫困国家，这些方式已经有效提高了弱势儿童的教育普及率。

约瑟芬说，她知道过去有几所学校曾得到联合国儿童基金会的支持，但当财政援助结束时，许多儿童还是不得不回去工作。她认为，给家庭发放补助金并不是真正的解决办法。首先，孩子们住在离最近的学校也有好几公里远的地方，无法坚持每天都到校，特别是雨季，将更加困难。此外，"很多孩子本身就不愿意上学，即使他们的家庭能够负担得起学费，但他们面临巨大的压力，不得不去工作。去年，我班上最开始时有36个孩子。两个月后，只剩下了17个。甚至在每天早上来学校之前，那些孩子也都得工作。他们看起来总是饥肠辘辘，疲惫不堪。在这种情况下他们怎么能有精力学习呢？"约瑟芬解释道，有许多孩子就是在这样艰苦的条件下上学，加上许多教师工资受到拖欠而缺乏教学动力，即使村里的孩子们能去上学，但许多孩子到了十三四岁时，还是只掌握了最基本的识字技能。约瑟芬认为，刚果农村的教育体系已经完全崩溃了。

约瑟芬的这番言论让我感到万分沮丧。在刚果的贫困家庭里，似乎无论何时，收入几乎总是比教育重要，或者人们根本就认为教育不重要。食物、药品、修理房屋或任何其他开销都要求家庭的每个成员，包括孩子们，必须赚尽可能多的钱。教育所带来的回报对于那些日复一日为生存而奋斗的人来说，不过是纸上谈兵，实在是遥不可及，特别是当学校缺乏足够的支持，不能为孩子们提供良好的教育环境时。这也难怪刚果采矿省份的贫困家庭需要家里的孩子出去工作才得以维持生计。或许，钴矿供应链上的利益相关方就是看中了这一点。如果仅用几便士就可以让这些孩子挖掘钴矿，那么为何要帮助刚果建立学校？为何要为生活在采矿区的刚果儿童提供应有的教育？

坎 博 韦

我们要走访的下一站是矿业城镇坎博韦，位于利卡西西北面约25公里处。为了对坎博韦有一个全方位认识，让我们先改道至巴黎，回到约1873年7月10日的那一天。这是埃德蒙·迪恩·莫雷尔出生的日子，他母亲是一名英语教师，父亲是一名法国公务员。莫雷尔的父亲在他四岁时去世，他的母亲便将其带回英格兰抚养。1890年左右，大约在约瑟夫·康拉德开始刚果河沿途之旅的同时，莫雷尔进入利物浦一家名为埃尔德·登普斯特（Elder Dempster）的航运公司担任职员。这家公司负责处理利奥波德国王从刚果自由邦运来的所有货物。因为莫雷尔懂法语，公司便让他审查与比利时人的航运交易。自此，莫雷尔对非洲产生了浓厚的兴趣，阅读了他能找到的所有关于非洲大陆的资料。不久之后，他看到了刚果自由邦传教士的证言，描述了当地肆虐的暴行。然而，当时利奥波德的宣传机器将这些证言斥为谎言。就如当时大多数人一样，莫雷尔更倾向听信于位高权重的国王。

1900年的某一个时刻，莫雷尔在核对公司货运数据与刚果自由邦在安特卫普市场上橡胶销售的数据时，偶然间注意到了一件奇怪的事情。刚果运往比利时的橡胶数量从数字上来看是大幅增长的，然而除了运输成本，橡胶的全部价钱在账本上都记入贷方。这种异样对于莫雷尔来说，相当于劳动力成本是零。莫雷尔想，刚果当地人的工资难道是实物而非货币？但账本显示，进口到刚果自由邦的大部分货物都是武器，如子弹、步枪、雷管枪和手铐。莫雷尔认为："这些统计数据本身就是不容置疑的证据，表明刚果的土著居民正受到系统性的掠夺……既然整件事情显然并没有涉及商业交易，那么，刚果的土著居民是如何被说服去提供劳动的？"莫雷尔回想起传教士关于在刚果肆虐的暴行的报告，最终得出结论：刚果自由邦的运行机制实际上就是"一种通过暴力实施的、合法化的掠夺体系，将数百万人贬为不折不扣的奴隶"[2]。

通过分析数据，莫雷尔揭露了历史上最大的人权灾难之一。他进一步调查了数据，计算出在1895年至1900年间，刚果出口橡胶和象牙的公开价值与其抵达安特卫普时的公开价值之间存在着2350万比利时法郎的差额。[3]肯定有人从这个"不折不扣的奴隶制"中搜刮走了数千万法郎的利润，而这个人不会是别人，只可能是利奥波德二世。

1902年，莫雷尔出版了一本名为《西非事务》（*Affairs of West Africa*）的著作，对刚果自由邦进行了强烈控诉。他将创造这个剥削性体系的责任归咎于利奥波德二世，指出利奥波德二世"发明的奴隶制比以往任何形式的奴隶制都更为恶劣、更为残暴"[4]。莫雷尔的书促使英国下议院于1903年5月20日就此问题进行了辩论。英国驻刚果自由邦的领事罗杰·凯斯门特受命展开正式调查。凯斯门特根据他在刚果雨林地区的调查，以及当地居民的证词，于1904年初撰写了《凯斯门特报告》，报告证明了不管是传教士们的描述，还是莫雷尔从进出口数据中推断出的情况，皆是事实。

　　莫雷尔和凯斯门特在英国会面，并于1904年3月成立了刚果改革协会（the Congo Reform Association，简称CRA），以推翻利奥波德的殖民政权。刚果改革协会成为20世纪第一个国际人权组织，它是在（莫雷尔破译的）数据和（凯斯门特收集的）幸存者证言推动下建立的，其众多的支持者中包括约瑟夫·康拉德、阿瑟·柯南·道尔（Arthur Conan Doyle）、马克·吐温（Mark Twain）和布克·T. 华盛顿（Booker T. Washington）等人。1908年，利奥波德二世被迫将刚果自由邦转交给比利时政府，终结了非洲历史上最厚颜无耻的奴隶制度。从表面来看，奴隶制度是结束了。

　　利奥波德二世向世界展示了刚果数不尽的资源财富。比利时政府接管加丹加地区时，那里的矿产资源才刚刚得到探明，对矿产的争夺旋即展开。

　　莫雷尔和凯斯门特为终结刚果奴隶制而展开了一场非同凡响的人权运动，但一个多世纪后，这种"通过暴力实施的、合法化的抢劫"以一种新的体系形式在采矿省份蓬勃兴起。位于坎博韦附近的手工采矿点就是这种新型"合法化抢劫"中的典型。20世纪头10年，上加丹加矿业联盟在坎博韦开设了第一个矿场，对铜矿进行开采。吉卡明公司于1968年建造了坎博韦这座城市，供矿场全职员工队伍居住使用。20世纪90年代，吉卡明公司爆发财务危机，坎博韦镇陷入巨大困境。整个城镇的人都依赖这个公司谋生，但一夜之间，成千上万的人失去工作，有些人失去了收入来源。吉卡明公司的危机也引发了一系列不正当交易和贪污腐化，这些问题数十年来一直困扰着刚果采矿行业。几乎每个我走访的工业铜钴矿都是通过不正当交易才得以恢复运营的，而矿产利润通过这些交易从刚果人民手中流入了贪官污吏和外国利益相关方手中。利奥波德二世创立的模式分毫未损。

以下就是这种模式的再现。在2001年1月，洛朗·卡比拉将坎博韦周围所有隶属于吉卡明公司的采矿场地产权出售给卡巴班科拉矿业公司（Kababankola Mining Company，简称KMC）。吉卡明持有KMC 20%的股份，其他80%的股份由特雷马尔特有限公司（Tremalt Limited）持有。特雷马尔特公司由津巴布韦人约翰·布莱登坎普（John Bredenkamp）控制，他是一名权力掮客，曾在1998年部署了一支津巴布韦军队，帮助洛朗·卡比拉抵抗卢旺达和乌干达联合军事力量对刚果的攻打。一年前帮助卡比拉夺取刚果政权的正是这支军事力量。如果没有布莱登坎普的支持，卡比拉可能在几周内被他的前盟友倾覆。卡比拉欠布莱登坎普的这个人情，就通过KMC来偿还。特雷马尔特公司仅以40万美元的价格就收购了坎博韦周围六处矿点的采矿特许权。这项交易引起了人们的警觉，联合国下令展开调查。2002年10月，联合国发表了一份报告，确定了KMC以40万美元收购的采矿特许权，其真正市场价值超过10亿美元。这个差价如此之大，远甚于一个世纪前莫雷尔发现的刚果自由邦购买的橡胶和象牙价值与市场价值之间的差价。

联合国调查之后，布莱登坎普退出了相关交易，并以6000万美元的价格将特雷马尔特公司卖给了一位名叫丹·格特勒（Dan Gertler）的以色列裔美国籍商人，他当时已经在刚果拥有了数个钻石矿和铜矿。格特勒是刚果前总统洛朗·卡比拉的儿子约瑟夫的童年好友。1997年，在约瑟夫的帮助下，格特勒购买了其在刚果的第一个钻石采矿权。格特勒还向洛朗·卡比拉支付了2000万美元，以换取在刚果自2000年9月以后所有钻石交易的垄断权。和布莱登坎普一样，格特勒的商业交易也招致了国际社会的审查。国际货币基金组织和世界银行向刚果提供的有些贷款是以钻石作为抵押品的，因此两个组织对相关的钻石安全性进行了调查。调查发现，格特勒的名字在巴拿马文件中出现了200多次，许多他在刚果的矿产资源交易都是通过臭名昭著的莫萨克·冯赛卡（Mossack Fonseca）控股公司进行的。2017年12月，因涉嫌人权侵犯和贪污腐败，美国财政部对格特勒进行了制裁。但是，坎博韦地区可疑的矿石交易并没有就此结束。

虽然我无法进入位于坎博韦北部的铜钴矿区，但我得以进入该地区另一个大型手工采矿场所——托科滕斯（Tocotens）矿区。那是一处吉卡明公司废弃的铜钴矿区，位于小镇东南几公里处。坎博韦的手工采矿工每天步行进入矿区挖掘。我在这里走访时，并没有看到任何安保人员或武装民兵。在矿场内部，有数百名年轻男子和十几岁的男孩在一个大坑里及周围挖着矿石。年龄更小的一些男孩和女孩在冲洗池中清洗石头，池水看起来和基普希的池子一样腐臭不堪。矿工开采矿石时扬起的灰尘，加上货车行驶在利卡西坑洼不平的路面上带起的细砂，让矿井上方笼罩在一层烟霾中，令人感到十分不适。托科滕斯的手工采矿工通常将挖到的矿石卖给矿区旁边的非正规交易站。

一位热心的矿工帕托克（Patoke）解释说："我们把钴卖给交易站。"他指向位于托科滕斯旁边几个简陋的交易站，都挂着交易站标志性的粉白色油布。

尽管托科滕斯矿场之前隶属于吉卡明公司，但我在这里遇到的矿工年龄都较小，不记得吉卡明倒闭事件给坎博韦镇带去的影响。但帕托克的父亲姆贝塞（Mbese）对那时候的事情仍记忆犹新：

> 我就在吉卡明的托科滕斯矿场工作。公司给我们的薪水不错，还为每个矿工家庭提供住房，给矿工孩子开设学校。如果家里添了孩子，每个月还会多得一袋面粉。
>
> 吉卡明倒闭之后，我们就领不到薪水了。我们继续挖着矿，但不得不去卢本巴希卖矿石，只能赚到之前十分之一的收入。

就像索朗热一样，姆贝塞似乎十分想念那段吉卡明公司尚存的日子。但是，事实真的如他们所怀念的那般美好吗？在姆贝塞的时代，吉卡明的确为矿业省份数以万计的公民提供了有稳定收入的工作。公司建起了学校和医院，为员工提供保险，培养了员工的工作自豪感。吉卡明还培养了成百上千名矿业工程师，他们工作体面，享受具有竞争力的薪酬，有些甚至出国进入大型矿业公司工作。让人感到遗憾的是，这个体系的基础并不牢固。公司之所以破产，在很大程度上是因为公司高层管理人员、矿业官员和政府高层人员，尤其是约瑟夫·蒙博托，明目张胆地盗用公款。据说在蒙博托执政末期，他窃取了吉卡明公司账户的巨额资金。在这种情况下，财务危机自然不可避免地爆发了，给矿业省份的人民带来深远后果，而且其余威从父辈传递到子辈，一代代地影响着像姆贝塞和帕托克这样成千上万的刚果人。

除托科滕斯外，我在坎博韦附近还参观了其他几个手工采矿区，其中大多数都是非正规采矿点，位于主要干道南侧的森林中。其中最大的是夏米图巴（Shamitumba）矿区。它位于坎博韦向南大约十公里处，和欣科洛布韦在同一条路上。在我走访该地的一年后，土壤中勘探出了高浓度的铀元素，齐塞克迪随即下令关闭夏米图巴。坎博韦南部森林中这些非正规手工采矿地，大多数是在当地村民挖掘矿石并发现水钴矿的过程中形成的。其中一些矿点只有一个挖掘区，直径大约50米；其他矿点包括数个挖掘区，大小可达数百米。

就像基普希一样，这些偏远手工采矿区的采矿者一般以家庭为单位进行挖矿，由男性成员和年龄较大的男孩负责挖掘五到六米深的矿沟。在这些采矿点我没有看到任何矿山隧道。这里的土壤呈铜色，颜色比基普希的更深，还带有不同深浅的锈色、浅棕色和灰色。随着挖掘区域逐渐扩展到周围的森林，人们砍倒了树木，清理了灌木丛。树木被烧成木炭供手工采矿工人在村里取暖、烹饪。大多数挖掘工人居住在附近森林中的村庄，也有一些人每天步行或骑车从坎博韦来。这里动辄就有数千人挖掘和清洗水钴矿，其中还有成百上千名儿童。与阿瑟带我走访的村庄类似，这些采矿点没有一处受供应链上游的利益相关方监控或审查。卡本加（Kabenga）身材魁梧，是一位来自坎博韦的手工采矿者，他的手工采矿家庭小组包含了其兄弟、堂兄弟、两个儿子、妻子和女儿，他向我描述了家庭小组的采矿工作。

卡本加说："我们来这里挖矿是因为这里的矿石品位高，而且我们不用挖得太深。"他补充道，森林里的土壤比坎博韦周围其他手工采矿场地的更松软，还没有士兵或民兵巡查。卡本加说，他们每天能收获三袋清洗好的水钴矿，他和儿子们需要用自行车装运这三袋矿石，花上一个多小时才能把这些矿石运回镇里去。

我在森林中的一些手工采矿点看到了骑着摩托车的钴中间商。有些手工采矿工没有自行车，有些没有足够的力气和耐力搬运矿石，因为矿石每袋40公斤，一次要搬运三四袋的矿石，路上泥泞不堪，还得走一段数公里的上坡路。这些钴中间商就帮他们将水钴矿运送到坎博韦的交易站。我没有进行确认，但极可能是钴中间商将矿工们的矿石卖给了坎博韦的交易站。他们也有可能会把矿石运到利卡西，但去利卡西还要再走25公里，这意味着燃料成本将更高。除了这两个城镇之外，没有其他地区开设有交易站了。

由于安全部队的看守，我们无法接近坎博韦北部矿区附近的山区，但我想知道北部或西北部更远的山里是否还有手工采矿区，如果有的话，是否可以进入。我询问了几位同伴，阿瑟说在坎博韦以外的山区深处至少还有几个由当地村民开采的手工采矿点。他说自己大约两个月前去过其中的一个采矿点。当时那里尚没有民兵或其他安全部队管控。这样危险就可以排除了，我们打算前去探访。

我们从坎博韦向西行驶了几公里，然后向北驶入山中的一条狭窄的碎石泥路。这是一段缓慢而颠簸的路程，我们挂了低挡吃力地行驶在崎岖的山路上，连引擎都发出了一股汽油在燃烧的气味。我们又行驶了将近一个小时，将车停在一个空地附近，然后徒步向山区深处走了大约15分钟。山石嶙峋，除了干枯的灌木丛外，几乎没有其他植被。我只看到一棵大树，矗立在邻近的山顶上，纤细的树干上顶着苍白的枝丫，形成了一顶了无生气的树冠。到达了手工采矿区后，我看到至少有两百名儿童和几百名成人，在一条蜿蜒向东、穿过山丘的浅水沟中挖掘。离我不远处，两个女孩爬出水沟，一个是15岁的妮基（Nikki），另一个是14岁的钱斯（Chance）。妮基穿着桃色衬衫和深棕色裙子，头发扎成马尾。钱斯穿着及膝的粉红色连衣裙，裙上面是白色波点图案。妮基的女儿看上去大概一岁，钱斯的儿子应该只有几个月大。两个女孩膝盖以下都沾满了泥巴，她们的孩子看起来虚弱无力，一副病恹恹的样子。

妮基和钱斯是在刚果与我交谈过的最年轻的母亲。我并不知道她们的父母在哪里，甚至不知道他们是否还活着。在我们简短的交谈中，我了解到两个女孩需要步行30分钟才能从她们住的村庄到达手工采矿区。每天黎明时分，她们就醒来穿越山丘来搜寻钴矿。

"我们一起挖矿，在这条水沟里洗矿石。一天我们可以装满一麻袋矿石。"妮基说。

考虑到这里如此偏远，我问妮基和钱斯她们会如何处理矿石。

"有几个人会帮我们卖掉。"妮基回答。

"什么人？"我问道。

妮基的女儿开始号啕大哭。妮基本能地晃着小孩，轻拍她，想让她安静下来，但孩子哭得更厉害了。妮基看上去越来越沮丧，于是我转向钱斯，想继续多问她几个问题，但她说她必须回去继续挖矿了。她轻轻地将熟睡的孩子放在沟渠旁边的纸箱里，然后艰难地爬到泥潭里。妮基没有安抚好孩子，她想给孩子喂奶，但小婴儿并不理会，然后开始尖声号叫起来。谁知道她是不是肠绞痛，或是尿了还是拉了？在这样的情况下，怎么能照顾好一个婴儿呢？特别是当母亲本身还是个孩子。阿瑟示意我们应该继续沿着沟渠前进。在往前走时，我瞥了一眼纸箱里钱斯的儿子。在炽热的阳光下，他小小的胸腔快速地上下起伏着，浑然不觉地呼吸着那些未知的有害物质。

我们沿着矿工正在挖掘的沟渠深入山中。那里的矿工们四五人一小组，用铲子挖出矿石，然后清洗。并没有多少手工采矿者愿意让我们在旁边看他们如何挖矿，愿意与我们交流的更少。最终，我们来到了一群男孩工作的地方，他们年龄在12—17岁。年纪最大的彼得（Peter）穿着蓝色牛仔裤、塑料拖鞋和一件正面绣着字母 AIG（美国国际集团）的红色衬衫。谁能想象得到，在刚果矿业省份的偏远地带，一个孩子在一座偏僻的山里挖掘钴矿，穿着的满是泥点的衬衫上竟然印着美国金融服务巨头的标志，这家公司在2008年金融危机期间接受了1800亿美元的政府援助。试想一下，哪怕从那1800亿美元里只拿出1%投入这个贫困的地区里，捐助给真正需要这笔钱的人，而不是让那些剥削矿工的人窃取，会给这片贫困地区带来怎样的改变。

彼得精力出奇地旺盛，也愿意和我们交谈。他说，他小组里的男孩都是他的兄弟和堂兄弟，他们原本来自马诺诺镇（Manono）附近的一个村庄，在离钶钽铁矿产地中心北边的几百公里处。最近，人们在马诺诺也发现了锂矿床，由于生产锂离子充电电池需要更多锂金属，几个外国矿业公司正蜂拥而至，争夺那块矿床的开采权。马诺诺以"死亡三角"的北角而闻名。构成"死亡三角"的另外两个城镇是米图瓦巴（Mitwaba）和普韦托（Pweto），该三角地区的马伊–马伊民兵使用极其残忍的手段强迫当地居民挖掘钶钽铁矿和黄金，因而得名"死亡三角"。有消息称，马伊–马伊民兵对当地民众实施的暴力手段包括拷打、凶杀及砍断手脚等，这些手段都是从利奥波德残暴的军事队伍流传下来的。

"两年前，马伊–马伊民兵把我们从家里带到了麦乐村附近的一处钴矿。"彼得解释说。

麦乐村就是之前那个眼皮上长麦粒肿的基容格提到的地方，他说那里有成千上万的孩子在挖掘钴矿。

彼得说："马伊–马伊民兵把我们卖给了一个叫艾哈迈德（Ahmad）的黎巴嫩人。他强迫我们挖矿，然后拿走了所有的钱。他说我们必须还清他带我们到麦乐村的路费。我们就逃了出来，然后来到了坎博韦。"

这是我再次从利卡西和坎博韦的儿童口中听到麦乐村的儿童拐卖行为，我意识到这似乎不仅仅是巧合。现在我急切地想了解更多关于此事的信息，心中迸发出了一系列问题：有多少马伊–马伊民兵参与了儿童拐卖？有多少像艾哈迈德这样的人从武装分子那里购买儿童？有多少儿童是从彼得的家乡马诺诺附近的村庄被拐卖的？彼得还住在麦乐村的时候，总共有多少儿童在那里挖掘钴矿？

我还没来得及问出第一个问题，突然爆发出的一阵喧闹声响彻群山，紧接着是阵阵叫喊声和枪声。彼得跳进了沟渠中。我转身看到七个男人手持卡拉什尼科夫冲锋枪和手枪冲向我们。这群人一边朝天空射击，一边迅速将我和阿瑟围了起来。他们将武器对准我们，像维京人传说中发了怒的狂暴战士一样红着眼，喊叫咒骂，身上散发着酒气。他们问我们是否拍摄了照片，并要求查看我们的手机，又猛地一把将我的背包从肩上扯下来，推搡着我，开始翻检我的随身物品。其中一个人找到了我的笔记本并开始翻阅。幸运的是，他看不懂英文。

局势开始变得失控起来。我焦急地望向阿瑟，他脸色煞白，但用平静而坚定的声音让我向那些人展示带有卢卡拉巴先生印章和签名的安全担保函。这时我背包里的东西都散落在了泥地上，我只好开始翻找装有那份文件的文件夹，最后在一名民兵队员的靴子下找到了它。我取出那些文件，给戴着黑色贝雷帽的人看，我猜他是民兵的头目。阿瑟指向卢卡拉巴的签名，解释说我们在省长办公室的保护范围里。戴着贝雷帽的男人厉声吼叫着，但阿瑟依然保持镇定，没有退让。这个签名似乎平息了他们咄咄逼人的气焰，只是命令我们立即离开，但离开前，他们要再次检查我的手机里是否拍摄了照片。我给他们查看了一个没有近期照片的相册，才让他们安心下来。那些民兵不断驱赶我们离开矿区，在我们离开时又向空中射了几枪。

我们离开手工采矿区时，我看了妮基最后一眼。她的女儿终于不再哭闹，躺在她的背上睡着了，而她依然在挖掘着钴矿。妮基茫然地、冷冷地盯着我……然后，随着眼中一丝几乎无法察觉的微微颤动，她的脸上现出了一个惊恐的孩子模样。我们目光交接时，彼此心领神会。我想，我们都明白，她注定无法逃离这里。

荒　野

坎博韦西北部山区的经历让我惊魂未定，但在利卡西和坎博韦地区还有一个地方我要去探访——靠近赞比亚边境的一处极偏远之地。有人告诉我在公路南边大约30公里处，有一些大型的铜矿、钴矿和金矿，山区里还散布着许多手工采矿点。很少有研究人员进入这个区域。连当地人都不知道那些手工采矿点的具体位置。该地区由军队把控，进入其中需要获得官方正式批准。我得知获得批准的最佳方式是去手工和小规模采矿协助和监督服务部在利卡西的办事处申请。

我来到手工和小规模采矿协助和监督服务部在利卡西的办事处后，遇到了两位和善的年轻人——让（Jean）和帕特（Pathé）。当时离"小规模采矿协助和监督服务部"更名为"手工和小规模采矿协助和监督服务部"的时间已过去了16个多月，但因为所有矿业省份的工作人员都尚未能领到新的制服，所以他俩仍然穿着更名前的灰橙色制服，这种拖沓低效的官僚作风在刚果民主共和国很是司空见惯。早在1997年刚果就已经停止使用"扎伊尔"这个旧的国家名称，但时至今日，刚果民主共和国的公民都还未能使用新的国民身份证。因此，大多数人用选民登记卡来代替身份证。为什么刚果人民还在使用1997年扎伊尔时期的身份证呢？因为若要办理新的国民身份证，政府就要进行一次新的全国人口普查，而刚果最近一次人口普查是在1984年进行的。

我向让和帕特解释说，我来到刚果是为了进行一个研究项目，需要了解手工采矿是一种什么性质的工作，我很希望能去探访山区荒野中一些较偏远的采矿点。出乎我意料的是，他俩对我的请求给予了大力支持，这可能是出于无聊，因为他们看上去除了整天坐在办公室里，几乎无事可做。他们告诉我需要打几个电话，所以我就先离开了。后来他们通知我说，他们已经获得了批准，可以带我去深山区里一个名为金佩塞（Kimpese）的工业金矿，以及去往金佩塞路上的一个手工采矿点。不过批准仅仅适用于我们三个人。因此金佩塞之旅是唯一一次我没能带上自己信任的向导的行程。然而，行程并没能按计划进行。

第二天早上，让和帕特开着一辆中型越野车来接我。让身材瘦削，眼睛深陷，说话时习惯省略尾音。帕特个子较矮，看起来行事更加谨慎，他下巴坚挺，面颊窄小。他们两个都是卢本巴希本地人，也都从卢本巴希大学毕业。他们向我解释道，沿公路向南行驶30多公里就可以到金佩塞。我们的计划是先去金佩塞，然后在返程时参观手工采矿区。

"在去金佩塞大约中途的地方，有一个小村庄。从那个村庄出发，我们步行大约一公里，就能到达手工采矿区。"让解释道。

从坎博韦向西行驶几公里后，我们进入了一条向南的土路。说它是"土路"就好像称呼刚果为一个民主共和国那样不伦不类。通往我和阿瑟被民兵队驱赶的手工采矿区的道路已经极为崎岖难行，而这条路与之相比，有过之而无不及。路面布满凹凸不平的石块，一个又一个的深坑和土堆连绵不断，非常不适于车辆通行。我们只能以龟速前进，艰难地穿越了这段路。之后又行驶了好几处平坦的路段后，我们备受折磨的脊椎这才稍稍得到短暂的缓解。

"没有办法把重型机械运送到金佩塞，"让解释说，"在那你只会看到用于挖掘的小型设备。"

我问他们有多少人在矿场工作。让说金佩塞有3000人，在那里他们"通过手工技术"进行采矿。

我壮着胆子问是否有儿童在金佩塞工作。帕特毫不犹豫地回答："是的，有儿童。"

"有多少？"我问。

他们并不知道。

我感到相当惊讶，一个手工和小规模采矿协助和监督服务部的职员竟然承认这里的正规采矿点存在雇用童工的现象，因为我遇到的大多数政府官员都竭力否认或弱化刚果手工采矿中雇用童工的事实。金沙萨的一位高级议员就曾告诉我，国际社会对刚果手工采矿区的童工问题存在误解。他认为，这些童工实际上只是身材矮小的俾格米人（Pygmies）。

我们驶入深山时，荒无人烟、与世隔绝的感觉更强烈了。举目皆是岩石、泥土和树木。我问他们，在金佩塞工作的人有这么多，他们都住在哪里。

"山里有村子，"帕特回答，"也有些人住在矿山里面。"

"谁给他们发工资？"

"军队。"

我问军队会如何处理生产出来的矿石，就在这时，一辆货车满载着一袋袋的矿石，与我们逆向飞驰而过。我们不得不避让到灌木丛中以免被撞到。

经过一个多小时的颠簸，越野车开始不断发出很大的摩擦声。我们停下来，让爬到车下检查问题，发现有一块大石头卡在车轴上。我们花了大概半小时尝试把石头弄出来，但石头纹丝不动。我问两人金佩塞还有多远，帕特说，估计还有十五六公里——路程太远，我们无法徒步前往。我们获准访问的手工采矿区附近的村庄距离这里还有一两公里，因此我们决定前去那里。帕特拿出一个卫星电话，拨通后请求派另一辆车几小时后与我们会合。

我们沿着山上的土路走下去，一切都十分寂静，只有一股股炽热的气流穿过树木。微风干燥得不带一丁点儿湿气，因此一眨眼的工夫，我眼前的水雾就像热炭上的水汽一样瞬间蒸发得不见了踪影。最后，我们来到了一个小村庄，村里有30座木屋，屋顶用茅草盖成，沿着路的西侧而建。在小屋的后面，地势陡然下降成谷。道路的另一边是陡峭的山坡，坡上长满浓密的树木。村里没有通电，唯一的水源是村庄尽头的一口井，夹在两棵蓝花楹树之间。一个大约三岁的孩子，穿着淡棕色的连衣裙，盯着自己的脚丫子，无精打采地走过泥地。在她身后有两名士兵坐在塑料椅子上。他们穿着共和国卫队特有的制服——军装、黑靴子和红色贝雷帽。在他们旁边有几堆装得满满当当的拉菲麻袋。他们把守着一个临时收费站，收费站不过是路两边各竖起一根杆子，顶端再安装一根长木杆横穿路面。过路费要十美元，是我在矿区遇到的最贵的收费站。

我们到达村庄时，村里只有几个妇女和儿童。大多数居民都在手工采矿区挖掘。近距离观察后，我发现，这些简陋的屋子更像是某种宿舍，每个屋子住着两到三户家庭。这表明约有几百人生活在这个偏僻的地方。在徒步走来这个手工采矿区之前，我问让和帕特是否可以与这里的村民交谈。他们似乎不太情愿，但最终同意我进行一次采访。跟村里几位妇女交谈之后，他们选定了玛琳（Marline）—— 一位年轻的母亲——作为采访对象。我们来到她的屋子里，坐在了地上。屋子里摆放着三个塑料水桶、一个塑料大碗、一堆木薯、几个铁锅、一些刀具和餐具，两个角落里堆放了一些衣物。一面墙上贴着一张小小的、褪了色的耶稣画像，屋子的角落里结了许多蜘蛛网。一只短小的棕色蜥蜴紧贴着墙壁，盯着我们这群外来之客。

玛琳20岁，膝上抱着一个婴儿。她穿着一条褪色的红裙和一件绿上衣，剪着短发，说起话来轻声细语。虽然她坐在离我只有0.6米远的地方，但我知道我们之间隔着几道难以逾越的障碍。首先，她是让和帕特挑选的采访对象。即便他们能坦言说出金佩塞有童工，他们可能仍会选择说话懂得分寸的人。其次，让和帕特也在屋子里，他们为我翻译斯瓦希里语时自然是有选择性地翻译。再者，玛琳知道共和国卫队驻扎在此，所以说话必定会非常谨慎。我最终意识到这一整天余下的时间里我都只能待在让和帕特的眼皮子底下。而且因为已经没有机会去金佩塞，我能参观的手工采矿点也就这一个了。所以我提问时也必须小心，否则他们就会把我带回利卡西，并提醒其他人我是个可疑人物。

我先问玛琳来自哪里。她说住在这里的人都来自坎博韦附近的一个村庄。她解释道，村民们"跟着军队来到这里"，然后到附近的矿区工作。她通常每天都去矿区，但她的女儿最近生病了，所以她留在村里照料她。我问她村子里的手工采矿是如何运作的。玛琳说，村民通常整日在矿上工作，天黑前会把装满钴矿石的袋子背回来。每个星期六，一辆卡车会来村里装运这些矿石。买家每周支付给他们一笔工资，男性工资是1.5万刚果法郎（约8.30美元），女性的是1万刚果法郎（约5.50美元）。他们提前一周从镇上订购的物品，比如面粉、食用油、蔬菜和啤酒等，也由卡车运送过来。我问她买家是谁。玛琳说通常是军队。

我们在交谈时，村庄的一群妇女和孩子，以及两名共和国卫兵开始聚拢在玛琳的小屋周围。让和帕特似乎不愿在这群人面前继续交谈，所以他们建议我们徒步前往矿区。我站起来时，看向玛琳和她的婴儿，心里极其盼望能找到一个安全的地方，问她我真正想问的问题：村民们是自愿跟随军队来这里的吗？山区还有多少个像这样的村落？士兵是否使用暴力逼迫他们挖矿？他们可以自由返回原来居住的村子吗？如何处理矿工的工伤？在刚果，我这些没有得到答案的问题与日俱增。

我们穿过山坡上的树林，前往这里的手工采矿区。树木已经干枯，枝丫颇为锋利，但因为村民们往返矿区而踏出了一条狭窄的小路，我们的行进也方便了许多。我们走了不到十分钟，就听到了第一声枪响。紧接着又有两声。灌木丛中响起了急促的脚步声。村里的共和国卫队士兵们快速朝我们跑来。他们斩钉截铁地与让和帕特说着什么，声音还越来越高，说完后迅速向山上冲去。

"发生了一起事故。"让说道。

"发生什么了？"

"一个男孩摔倒了，头撞到了石头上。"

"他没事吧？"

"已经死了。"

军队正在封锁该地区。我们被下令离开此地。

让和帕特将我直接带到了停在村子外的越野车上，回去的路上我们并没有在村子里做任何停留。他们的同事开着第二辆车到达后，我和让一起先回利卡西，而其他人则留下来修理那辆故障车。第二天，我询问是否可以再次前往金佩塞，或者这些山区的其他手工采矿区，但这次没有获得批准。我再也没有机会回到赞比亚边境的那片偏远荒野，也无法再深入利卡西和坎博韦周围山区里了解情况，但我的所见所闻已足以让我断定，在这些山区中隐藏着一个不为外人所知的秘密世界，那里的手工采矿工作条件和环境比基普希和托科滕斯这些矿区里的更为残酷。成千上万吨的钴矿就由一群生活在奴隶般条件下、衣衫褴褛的人开采，从这个地下经济市场进入正规的供应链。

晚上，我把这天发生的所有事情告诉了阿瑟。他对我这次旅行一直感到忧心忡忡，我平安归来后，他才松了口气。对于当地人来说，那片与赞比亚边境接壤的荒野也仿佛是一处极其可怕的黑洞。阿瑟不确定在该地区有多少个采矿点："可能是50个，100个，200个。有些地方的开采只持续几个月，直到把矿石挖干净为止。金佩塞这些大一点的采矿点已经存在很多年了。"

我问阿瑟，他是否认为是军队迫使村民搬迁到那处定居点开采钴矿的。

"没人愿意住在那里！但是那里有钴和黄金，所以军队找最贫困的人，让他们开采。"

我问阿瑟镇里是否报道了这次事故，他说没有。他推测那个孩子可能被埋葬在山里，跟许多其他采矿工一样，死得悄无声息。

阿瑟喝了一大口啤酒，眼神中充满了哀伤。"这个孩子因为什么而死？"他问道，"仅仅是为了一袋钴吗？刚果的孩子只值这么一袋钴吗？"

第四章

世界的殖民地

造成非洲巨大历史悲剧的原因，不仅仅在于它与世隔绝的时间过于长久，更在于其与世界建立联系的方式；更在于欧洲"向外扩张"，使得非洲落入了毫无道德底线的金融家和工业巨头手中；更在于我们在前进道路上不幸遇到了那样一个欧洲，更在于欧洲制造了人类历史上最庞大的死亡数字。

——［法］艾梅·塞泽尔（Aimé Césaire），
《论殖民主义》（*Discourse On Colonialism*）

在刚果这个国家遭遇的所有危机中，也许历史是最危险的一种。历史是一种无情的力量，就像磅礴的大河一样令大地摧眉折腰，使大地屈从其意志，如同浩荡的洪流一样，裹挟了一切。我的朋友菲利普在我第一次去刚果的时候就告诉我，如果不先了解刚果的历史，我就无法真正理解矿业省份所发生的一切。但这从哪里开始为好呢？可供选择的开端不止一个，尤其是在刚果这样有着漫长悲惨过往的国家里。但如果非要找到一个可以探索刚果的历史起点，我们可以选择1482年的刚果，从刚果河的河口开始这段探索。21世纪在加丹加发生的一切都可以追溯到当时刚果河河口发生的一系列事件。然而，历史的轨道并非不可逆转。1960年，刚果独立的曙光初现，曾给这个国家带来过短暂得稍纵即逝的一线希望，刚果的命运本可以就此改变……但希望还没得到展翅翱翔的机会，就已经灰飞烟灭了。这是历史的滚滚车轮使然。在刚果，历史屹立于至高无上的地位，胜过任何一位国王、奴隶贩子、军阀或窃国大盗，在风雨欲来，第一道闪电撕裂天空的前一刻将黑暗降临于这片大地。[1]

侵略与奴隶贸易：1482 年至 1884 年

我们回顾的历史始于15世纪早期的伊比利亚半岛，这个时期正是所谓的"地理大发现时代"，但从那些"被发现"之人的角度来看，更准确的说法应该是 "侵略时代"。被誉为"葡萄牙航海家"的亨利王子派遣船队出发，寻找非洲的黄金。但西非水域险恶，当时的欧洲船只难以通过。15世纪40年代，葡萄牙人发明了卡拉维尔（Caravel）帆船，成功解决了这个问题——这种帆船的船体轻巧，使用三角形的拉丁帆，能够逆风航行。卡拉维尔帆船首次把欧洲人带到了加那利群岛以外的地方：1445年，他们穿越塞内加尔河河口；1462年，他们到达塞拉利昂；1473年，他们驶出几内亚湾海域，发现非洲海岸线重新向南推进。

继这一发现后，一位名叫迪奥戈·康（Diogo Cão）的探险家成为当时向南航行最远的欧洲人，他于1482年到达了刚果河河口附近的罗安戈湾（Loango Bay）；1492年，哥伦布抵达美洲；1498年，达·伽马从非洲航行到印度。至此，欧洲人对于南半球的探索工作很不幸地走向了完结，从此开启了欧洲主导的侵略时代。

迪奥戈·康抵达刚果河口后，成了首位与刚果王国子民接触的欧洲人。刚果河气势磅礴，将巨量沉积物冲入海洋，以至于距离海岸线100多公里的海面都呈棕色。迪奥戈·康询问当地人这条大河的名字，得到的回答是nzere（意为"吞噬其他所有河流的河"），但他的地图绘制师没听清楚，将大河的名字写为"Zaire"（扎伊尔）。迪奥戈·康返回葡萄牙后汇报了他的发现。短短几年内，葡萄牙人在罗安戈湾就建成了一个奴隶贸易站。从15世纪初期直到1866年奴隶贸易终结，从非洲穿越大西洋偷运出来的奴隶达1250万人，其中有四分之一是从罗安戈湾起程的。

在通过大西洋进行奴隶贸易的整个时期，欧洲人在非洲的活动范围基本上只限于沿海地区，对非洲内陆几乎一无所知。打开通往非洲内陆之门的人是大卫·利文斯通。利文斯通1813年出生于苏格兰，1841年前往开普敦向当地人传播基督教。1849年，富有冒险精神的利文斯通横穿卡拉哈里沙漠（Kalahari Desert）。1851年，他成了第一个见到赞比西河（Zambezi River）的欧洲人，彼时他心中诞生了一个新的梦想——是否可以找到一条联通非洲海岸和其内陆的河流？如果存在这样一条河流，那将有利于利文斯通实现其梦想——将"商业和基督教"带到非洲，他认为这会有助于彻底根除奴隶制。

带着这样的梦想，利文斯通将探险进行下去。1856年，他发现赞比西河并非一条从海岸通往内陆的水道。在这次探险中，多亏了他发现奎宁具有治疗疟疾的效果，他才能成功挺过了27次疟疾的攻击。多个世纪以来，疟疾一直阻碍着欧洲人对非洲内陆的探索。虽然奎宁并非治愈疟疾的药物，但它有助于降低死亡率。推动欧洲对非洲殖民的有两大关键因素，首要的因素非奎宁莫属。第二个因素则是蒸汽机车。19世纪50年代开始，蒸汽机彻底改变了人们的交通方式。蒸汽轮船的速度更快，成本更低，还可以抵御大风浪，能够帮助人们逆流而上，探索通往非洲内陆的河流。虽然无法从海岸通过赞比西河进入内陆，但欧洲人充满信心，在蒸汽动力的帮助下，尼罗河可以帮助他们达成心愿。

从1859年到1871年，利文斯通沿着东部刚果探索非洲大湖地区，寻找尼罗河的源头。1871年3月，他抵达卢阿拉巴河（Lualaba River）的河岸，附近有一个叫纳亚吉维（Nyangwe）的村庄，这里也是刚果雨林边缘。阿拉伯奴隶贩子拒绝利文斯通通过纳亚吉维村，利文斯通只好失望地返回坦桑尼亚西部的乌吉吉（Ujiji）镇。当时外界已经有好几年都没听闻利文斯通的音讯了，大家都不知道他是死是活。一位美国记者亨利·莫顿·斯坦利（Henry Morton Stanley）踏上了寻找利文斯通的旅程，他这趟旅程最终决定了刚果的命运。

斯坦利出生于威尔士，是一个私生子，他的母亲十几岁时就生下了他。他在孤儿院长大，辗转来到美国，南北战争中两方军队他都参与过，最后成为了《纽约先驱报》（*New York Herald*）的一名记者。听说利文斯通在东非失踪的消息后，斯坦利看到了成名的机会。他鼓动《纽约先驱报》开展寻找利文斯通的计划，这无异于一场19世纪的电视真人秀节目，不管利文斯通是死是活，他都可以从现场发回驻外新闻报道。最终在1871年11月，斯坦利在乌吉吉找到了利文斯通，他当时正生着病，疲惫不堪。根据传闻，斯坦利说出了他那句著名的问候："我猜，您就是利文斯通博士？"斯坦利与利文斯通共度了四个月的时光，逐渐与之建立深厚的感情，将利文斯通视为父亲一般的人物。

斯坦利受到利文斯通的鼓舞，意欲完成他未竟的事业——探索尼罗河的源头。1876年10月17日，他第一次看到了卢阿拉巴河，这里正是大约四个世纪前迪奥戈·康发现的刚果河的上游。那时还没有人能够成功从刚果河的源头探索到大西洋海岸。斯坦利乘坐蒸汽船沿河而下，到达了纳亚吉维村，也就是1871年阿拉伯奴隶贩子阻止利文斯通由此进入下一段旅程的地方。[2]斯坦利的解决方案是让提普·提卜（Tippu Tip）——非洲最大的阿拉伯奴隶贩子之一——与他同行，斯坦利来支付费用。提普则可以利用这次机会将他的奴隶贸易事业扩张到刚果内陆地区。

斯坦利得以由此深入刚果内陆。1877年2月7日，他经过了七个瀑布组成的瀑布群，他称之为斯坦利瀑布（现称博约马瀑布，Boyoma Falls）。在这里，斯坦利听到了当地一个土著部落将卢阿拉巴河称为"ikuta yacongo"。这个本土名字令他意识到卢阿拉巴河并非尼罗河的源头，而是刚果河的源头。斯坦利在艰苦的条件下继续稳步前进。1877年3月，他到达了一个长达320公里的瀑布群的上游，他将此地的湖命名为斯坦利湖（现称马莱博湖，Malebo

Pool），斯坦利湖附近就是现在的金沙萨。1877年8月10日，斯坦利和幸存的船员最终到达了刚果河的河口博马。通过这次航行，斯坦利证实了刚果河上、中、下游皆能通航，可将沿海地区与内陆腹地连接起来。利文斯通的梦想实现了，这却成了刚果人民噩梦的开始。

至1877年，非洲大陆的大部分地区已被英国、法国、德国、葡萄牙、西班牙和意大利瓜分。欧洲列强唯一未能染指的地区只剩下非洲大陆中部的广阔地带。但斯坦利的探险将刚果完全暴露于欧洲的虎视眈眈之下，比利时国王利奥波德二世迫不及待地采取了行动。他成立了一个名为国际刚果协会（Association Internationale du Congo，简称AIC）的控股公司，成为该公司唯一的股东。国际刚果协会对外宣称其目的是实现利文斯通的梦想，将基督教和商贸带到非洲中心地区。利奥波德给斯坦利提供了一份工作——返回刚果，代表国际刚果协会与当地部落签订条约。

在斯坦利代表国际刚果协会谈判签约的过程中，电池首次成了剥削刚果人民的工具。非洲裔美国牧师乔治·华盛顿·威廉姆斯（George Washington Williams）曾到刚果游历，他揭露了斯坦利如何玩弄奸计，震慑刚果的土著部落首领，从而达到与他签订条约的目的。在《致利奥波德二世殿下的公开信》中，威廉姆斯写道：

> 那些白人先在伦敦购买大量电池，然后将电池装在外套袖子里，手掌贴上电池线路，在他热情地和黑人兄弟握手时电击对方，这样黑人兄弟就会非常惊讶地发现，原来他的白人兄弟力气如此之大，以至于两人只是进行友好握手，黑人兄弟都差点被击倒在地。非洲土著询问为何自己

与白人兄弟之间的力量差距如此之大，他那白人兄弟告诉他说，白人可是力量超群，树木都能连根拔起。

至1884年初，斯坦利已经与400多个土著部落签订了条约，霸占了刚果大片土地。没有任何一个部落首领意识到，他们正将自己的土地割让给国际刚果协会，因为他们根本无法读懂任何一项条约。然而，利奥波德已经拥有了他所需要的一切，他在柏林会议这个瓜分非洲的帝国主义盛宴上宣称刚果已是他的囊中之物。

1884年11月15日，欧洲的主要殖民国家在柏林聚集，讨论如何瓜分非洲。利奥波德的特使们将国际刚果协会在刚果的圈地设为自由贸易区，约定刚果河开放航运，且不征收关税。会议最终达成了《柏林总决议书》（General Act of Berlin），确立了欧洲对非洲的分割原则。利奥波德解散了国际刚果协会，并在1885年5月29日宣布自己成为刚果自由邦的所有者和君主。利奥波德在非洲新获得的领地面积足足等于76个比利时。

殖民统治：1885 年至 1960 年

利奥波德打造出一台残酷的殖民机器，旨在从刚果的资源中榨取最大价值，俘获最多的刚果劳动力。他招募了一支号称公共军团（Force Publique）的雇佣军，迫使刚果人民充当奴隶。利奥波德第一个目标是象牙，但对非洲大象的大规模猎杀迅速造成象牙价格暴跌。就在利奥波德的初次尝试濒临失败边缘之时，一项新的发明及时拯救了他——橡胶轮胎。

1885年，德国人卡尔·本茨（Karl Benz）设计了一种只能低速行驶的车辆，以内燃机驱动，车辆为木制，由金属轮辋组成。为了提高车速，1888年，苏格兰发明家约翰·博伊德·邓洛普（John Boyd Dunlop）设计出充气橡胶轮胎。随着新生的汽车工业的发展，人们对橡胶的需求也随之增长。不论是当今的刚果民主共和国，还是利奥波德治下的刚果自由邦，都拥有推动汽车革命得天独厚的条件：前者享有世界上最大的钴储备，可以满足电动汽车革命的需求；而后者数百万平方公里上的橡胶树，恰好是第一次汽车革命所需要的。

利奥波德的公共军团强迫土著居民深入刚果雨林，从野生橡胶藤蔓上提取橡胶汁液。他们用一种叫"奇科特"（chicotte）的鞭子抽打土著居民，使其屈服，这种鞭子用河马皮编织而成，用来施行鞭刑，可让人皮开肉绽。公共军团绑架村民们的妻儿，然后命令他们每两周收集3—4公斤的橡胶汁液。如果村民收集的数量未达到定额，就砍掉他们妻儿的手、鼻子或耳朵。从1890年到1904年，刚果自由邦的橡胶出口量增加了96倍，成了非洲收益最丰厚的殖民地。

1890年6月13日，约瑟夫·康拉德开始其刚果河之旅，沿途目睹了利奥波德统治下的暴行。他在两个黑色笔记本中记下了他的所见所闻，这成为他日后创作《黑暗之心》的灵感，这部作品深刻反思并严厉控诉了欧洲对非洲毫无道德底线的殖民行径。康拉德在开始游历刚果河上游前，在马塔迪（Matadi）与罗杰·凯斯门特结为好友。他在给凯斯门特的信中写道："比利时人比《圣经》中埃及人所承受的七灾还要恐怖。"对于刚果自由邦发生的一切，世人一直被蒙在鼓里。直到1900年，莫雷尔发现了利奥波德藏在数据里的猫腻，这促使英国政府下令让罗杰·凯斯门特进行20世纪的第一次人权调查。

1903年6月5日，凯斯门特在刚果河上游出发。他用100天的时间调查了当地的情况，并记录了幸存者对利奥波德公共军团谋杀、奴役和残害土著等行为的证言。1904年1月8日，凯斯门特发布了《凯斯门特报告》，并与莫雷尔联手创立了刚果改革协会，旨在终结利奥波德的统治。³1908年11月15日，利奥波德被迫将刚果自由邦转卖给比利时政府，除了已经落入他手中的利润外，他还从这笔交易中净赚了数亿美元的巨款。但令人遗憾的是，比属刚果走上了利奥波德的老路，依然强制刚果劳工提取橡胶。橡胶价格开始在世界市场上大跌后，比利时人又为在殖民地赚取利润而费尽脑筋。在这关头，他们发现了加丹加的矿产资源。

自1911年起，上加丹加矿业联盟就开始强制当地居民从加丹加开采铜矿和其他矿产。当地铜的生产量从1940年的10万吨增长到1960年的28万吨，占全球产量的10%。此外，比利时人还将刚果远北地区7.5万平方公里的雨林卖给了利华兄弟公司（Lever brothers）。雨林里丰富的棕榈树资源可以提供该公司肥皂新配方所需要的棕榈油。利华兄弟公司沿用利奥波德的模式，强迫刚果劳工按照工作定额提取棕榈油。该公司赚取的丰厚利润使得日后的联合利华公司发展为跨国巨头。

第二次世界大战伤亡惨重，这血的教训使非洲人意识到，他们的欧洲主人并不像他们标榜的那样有能力开启民智，由此掀起了整个非洲大陆的反殖民浪潮。20世纪50年代末，民族主义领袖帕特里斯·卢蒙巴挺身而出，领导不断高涨的反对比利时统治的刚果民族独立运动。

希望的诞生与毁灭：1958 年至 1961 年 1 月

在遭受了几个世纪的奴役和殖民后，刚果终于迎来了独立的一线曙光，有望获得新生，成为一个拥有自由和自主权的国家。刚果独立斗争的阵地涌现四位知名人物。第一位是帕特里斯·卢蒙巴，一个出身卑微但魅力超凡的领袖。第二位是卢蒙巴的密友兼盟友约瑟夫·蒙博托。第三位是约瑟夫·卡萨–武布（Joseph Kasa-Vubu），是一名广受爱戴的刚果自由斗士。最后一位是莫伊兹·冲伯（Moise Tshombe），一位主张实行加丹加地方自治的政党领袖。

刚果的首次领导选举在国家获得独立的前夕举行——卢蒙巴当选为总理，卡萨–武布当选为总统。独立日当天，在利奥波得维尔（今金沙萨）举行了政权交接仪式。在仪式上，比利时国王鲍杜安（King Baudouin of Belgium）大言不惭地说道："为了刚果的独立，我们的国王利奥波德二世以其杰出的才干精心谋划，以坚忍不拔的勇气为刚果独立而努力，比利时孜孜不倦地继续我们国王为之奋斗的事业，今天刚果的独立是这一切奋斗的至高体现。"卢蒙巴激动不已，对比利时国王的言论作出了即兴回应，将被殖民领主的"杰出才干"所奴役的数百万非洲人的愤怒尽数宣泄出来。他谴责了比利时人强迫刚果人民接受"令人尊严丧尽的奴役"，赞扬刚果人民"不怕流血牺牲，历经烈火般的考验"也要争取自由的大无畏奋斗精神。他提醒刚果人民，永远不要忘记"我们所被迫承受的那些繁重无比的劳役，但我们得到的报酬竟不足以让我们充饥……或者养育我们视若珍宝的孩子"，也不要忘记在"残酷且非人道"的法律的幌子下，刚果人民"眼睁睁地看着资源被偷走"。卢蒙巴在结束他鼓舞人心的演讲时，庄严地向比利时国王宣布："我们不再是你们的猴子。"[4]

刚果独立11天后，比利时人实施了一项厚颜无耻的计划，以控制刚果最重要的资源——加丹加的矿产资源。他们扶持莫伊兹·冲伯上台，宣布加丹加省脱离刚果。上加丹加矿业联盟为冲伯的政府提供了关键性的资金支持，比利时军队则将刚果军队逐出加丹加省。比利时人以外科手术般的精确，将位于南端的加丹加省精准地从刚果切割出去，就像将手从人的身体上砍掉一样，如此一来，比利时人就带走了刚果70%的政府收入。刚果还没有真正站起来就已经被削去了左膀右臂。

卢蒙巴向联合国写信请求援助，想将比利时人驱逐出刚果，重新统一国家。联合国给予了积极回应，部署了自其成立以来最大规模的地面行动帮助刚果稳定局势，但联合国部队未获授权来驱逐比利时军队。卢蒙巴转而向苏联求助。这个举动有可能将刚果，尤其是加丹加省，置于苏联的势力影响之下，这种可能性使美国、联合国和比利时坐立难安，三方谋划如何迅速除掉卢蒙巴。1960年8月18日，美国总统艾森豪威尔与美国国家安全委员会开会讨论刚果局势，声称美国不得不"摆脱（卢蒙巴）这个家伙"[5]。美国中央情报局密谋利用含有眼镜蛇毒素的牙膏暗杀卢蒙巴；不过，他们最终还是决定采取另一个计划——笼络和利用卢蒙巴的朋友、刚果军队的总指挥约瑟夫·蒙博托推翻卢蒙巴。

1960年9月14日，约瑟夫·蒙博托宣布他已控制刚果政府。蒙博托不仅有军队支持，还有美国、联合国和比利时的后勤和资金支援。蒙博托驱逐了所有苏联的军队，将卢蒙巴软禁在家。1960年11月27日，卢蒙巴成功出逃。美国、联合国和比利时提供情报，协助蒙博托抓捕卢蒙巴。1960年12月1日，大约午夜时分，卢蒙巴被蒙博托的部队抓获后囚禁起来。卢蒙巴的支持者组织了反攻行动，很快占领了刚果一半国土。即将上任的美国总统肯尼迪担心卢蒙巴会重新夺回政权，便说服比利时政府将卢蒙巴送往他们在伊丽莎白维尔的据点进行处决。

1961年1月16日，帕特里斯·卢蒙巴被送往伊丽莎白维尔一座偏僻的大楼，在那里遭受了六名比利时人和六名加丹加人的折磨，其中包括莫伊兹·冲伯和他的副手戈德弗鲁瓦·穆农戈（Godefroid Munongo）。这真是历史上颇具讽刺意义的一个事件，穆农戈正是位于加丹加东南部的加兰甘泽国国王姆西里（King Msiri）的孙子。1891年，利奥波德派遣比利时雇佣军暗杀姆西里，以控制加丹加，而70年后的同一天，姆西里的孙子联合比利时人暗杀卢蒙巴，将加丹加交回给比利时人。在折磨卢蒙巴数小时后，冲伯和比利时人将他杀害。尸体被肢解投入装满硫酸的桶中。卢蒙巴的头骨、骨骼和牙齿被磨成粉末，在他们返程途中被撒掉，仅留下一颗牙齿，由加丹加警察局的比利时警长带走。

人间地狱：1961 年 2 月至 2022 年

在扫除民族主义者的威胁后，联合国派遣军队强制加丹加与刚果共和国重新统一，这也正是卢蒙巴所希望的。1961年3月，卡萨-武布、冲伯和其他刚果领导人会面，商讨国家的未来。他们同意建立一个联邦形式的独立主权国家，取代当时的刚果共和国。联合国和美国则要求建立一个统一的刚果，随后时任联合国秘书长达格·哈马舍尔德（Dag Hammarskjöld）单独与卡萨-武布进行了协商，以资金援助作为交换条件，让武布不要接受与冲伯等人的协

议。冲伯认为自己受到了背叛，在加丹加攻击了联合国部队。伊丽
莎白维尔街头爆发了全面战争。哈马舍尔德飞往伊丽莎白维尔，与
冲伯商谈订立和平协议，但1961年9月18日，他的飞机在降落机场
时被击落。一直有传言称是冲伯下令发起了这次攻击。

上加丹加矿业联盟继续直接向冲伯政府支付采矿税，支持加丹
加独立。冲伯的部队与联合国在加丹加又缠斗了两年后，美国总统
肯尼迪派遣美国战斗机，援助联合国进行最后的总攻。1963年1月
14日，冲伯投降。历经三年半的分崩离析，刚果终于重获统一，
1965年5月，刚果进行新的领导人选举，卡萨–武布当选总统。但卡
萨–武布的总统位置还没坐稳，约瑟夫·蒙博托就在当年的11月24
日发起了他的第二次政变，再次完全控制刚果政府。

在统治刚果的32年里，蒙博托完全就是第二个利奥波德，刚果
沦为他个人不折不扣的印钞机。1966年12月31日，他将上加丹加矿
业联盟国有化，归在吉卡明公司名下，直接获得数个采矿许可权。
他将国家矿产出口中的数十亿美元资金转入个人银行账户，摇身一
变，成为20世纪80年代世界上最富有的十个人之一。1971年10月27
日，蒙博托将刚果更名为扎伊尔共和国，他误以为这是刚果河在古
刚果王国时期的名称。实际上，这不过是一位葡萄牙地图绘制师将
土语中的"nzere"一词拼错所致。

虽然蒙博托明目张胆地大行贪污腐败之事，但在位数十年，他
拥护美国反共产主义事业，这为他赢得了尼克松、布什、里根和克
林顿等多位美国总统的坚定支持。加丹加的矿产流向西方，收益则
流入了蒙博托的银行账户。然而，加丹加成就了蒙博托，同样也能
将其毁灭。1974年4月，铜价达到每磅1.33美元的峰值，随后因其
他产铜成本低的国家增加产量，铜价在1982年6月暴跌至每磅0.59

美元。1988年，吉卡明公司的铜产量达48万吨，五年后骤降至3万吨。1991年，苏联解体，蒙博托此时对西方来说已毫无利用价值。发生在邻国卢旺达的种族大屠杀成了蒙博托倒台的催化剂。

1994年4月6日，一架载有卢旺达总统胡图族人（Hutu）朱韦纳尔·哈比亚利马纳（Juvénal Habyarimana）的飞机在基加利国际机场上空被击落。胡图族人将事故归咎于图西族人（Tutsi），随后爆发了对图西族人的大屠杀。在100天的时间里，胡图联攻派民兵组织（Hutu Interahamwe）至少屠杀了80万图西族人。超过200万难民越过了时称扎伊尔共和国的边境线，进入基伍省（Kivus）。胡图联攻派民兵组织在基伍省建立了一个"迷你国"，总部在戈马市（Goma）附近，继续对图西族人发动袭击。蒙博托时期，扎伊尔国力衰败，周围相对较小的邻国开始考虑入侵扎伊尔。卢旺达军队的首领、时任卢旺达总统保罗·卡加梅（Paul Kagame）抓住机会，联合乌干达，利用加丹加的头面人物、蒙博托的宿敌洛朗·德西雷·卡比拉，策划了对基伍省的攻打。

卡比拉将几个反政府组织合并为"解放刚果–扎伊尔民主力量联盟"（简称AFDL），领导一支部队迅速控制了加丹加。他居住在卢本巴希的卡拉维亚酒店（Karavia Hotel），在此安排了与西方的投资银行、戴比尔斯公司（De Beers）及来自美国和欧洲的众多矿业公司的会谈，讨论如何瓜分战利品。卡加梅忠诚的副官——詹姆斯·卡巴雷贝（James Kabarebe）领导剩余部队向西前往金沙萨。已至暮年的蒙博托逃亡至摩洛哥，最终在那里走向其生命的终结。1997年5月29日，卡比拉宣誓就任刚果民主共和国总统。他自称是帕特里斯·卢蒙巴的合法继任者，承诺给刚果人民带来自由和繁荣。

然而，洛朗·卡比拉走上了和利奥波德、蒙博托一模一样的治国老路，私吞国库，中饱私囊。他与外国矿业公司签订协议，然后将资金转入个人账户。不过卡比拉犯了一个致命错误，他与那些助他上台的人反目成仇。1998年7月26日，卡比拉命令所有卢旺达和乌干达军队撤出刚果，两国政府随即扶持詹姆斯·卡巴雷贝领导新的反刚果政府军队推翻卡比拉。一周后，卡巴雷贝第二次攻打刚果。

1998年8月2日爆发的这次冲突被称为"非洲大战"，共有九个非洲国家和30个民兵组织卷入其中，造成了两败俱伤的惨痛局面。刚果民主共和国沦为一片废墟，至少500万名刚果平民丧生。卡巴雷贝从戈马机场劫持了一架波音727飞机，将自己的部队运送至金沙萨，发动对刚果首都的攻击。卡比拉在最后关头与津巴布韦达成协议，以矿产资源交换津巴布韦的军事援助，其中包括坎博韦附近的矿山，这就是刚果与特雷马尔特公司签订的臭名远扬的那笔交易。在加丹加矿产资源的诱惑下，纳米比亚、安哥拉、苏丹和乍得等国家先后加入刚果阵营。卢旺达、乌干达和布隆迪的军队控制了刚果东部后，向金沙萨进发。战争持续了两年，之后联合国派遣了维和部队稳定局势。

2001年1月16日，洛朗·卡比拉被其一名保镖暗杀。卡比拉的儿子约瑟夫上任，继承了已成一片废墟的国家。为了加快复兴国家经济，约瑟夫·卡比拉重振刚果的采矿业，在2002年颁布了新的《采矿法》以吸引外国投资。卡比拉还发起了一项和平进程，旨在结束与卢旺达和乌干达的冲突。2002年12月17日，三方达成最终协议，按照协议，卢旺达和乌干达需从刚果撤出所有军队。但两国仍在刚果建立了势力范围，继续开发刚果的矿产资源。卢旺达军队控制了基伍地区的钽矿贸易；乌干达军队控制了金矿贸易，为争夺刚果利润丰厚的钻石矿产与卢旺达人展开激烈的争斗。

由于刚果东部深陷冲突泥潭，卡比拉将注意力转移到加丹加地区，希望借由采矿交易赚取利润。2009年，卡比拉陆续与外国矿业公司达成若干其他交易，通过其加蓬–法国国际银行（BGFIBank）的账户收受回扣。2016年12月，卡比拉的第二次总统任期结束，不过在接下来的两年中他继续把控大权，直到2018年12月30日，新一届的选举才得以展开。卡比拉一手提拔的继任者费利克斯·齐塞克迪最终胜出，于2019年1月25日举行了就职仪式。虽然选举结果受到质疑，但齐塞克迪的上任标志着自1960年该国独立以来，权力首次在和平中交接。

许多刚果人担心齐塞克迪将会帮助约瑟夫·卡比拉获取更多利益，但上任几个月后，齐塞克迪启动了针对采矿业的反腐败运动。他渴望与美国建立更加牢固的关系。据美国大使迈克·哈默透露，齐塞克迪政府相当重视人权问题："2019年1月，我与齐塞克迪总统进行了他上任后的首次会谈，其间我对人口贩卖和童工的问题表示了担忧。他向我保证，他将尽全力维护刚果人民的人权。"

为控制加丹加矿产财富的新一轮角逐已经开启。钴矿的去向，关乎可充电电池未来的控制权。但谁敢说无论出现哪一种结果，刚果人民的生活条件都能有所改善呢？自1482年迪奥戈·康让欧洲人意识到刚果的存在以来，非洲腹地就成了世界的殖民地。帕特里斯·卢蒙巴为刚果命运的转变带来了一个转瞬即逝的短暂机会，但他惨遭西方新殖民主义机器的碾压，被能够维持西方财富源源不断的人所取代。

钴不过是他们最新一轮掠夺的珍宝罢了。

第五章

"不挖矿，就挨饿"

我们是否能清醒认识到一场巨大的人类悲剧，是否能让历史永远铭记这场悲剧，取决于我们在多大程度上能够清楚认识到，并且准确认识到，这场悲剧受害者的真实处境。

——［英］埃德蒙·迪恩·莫雷尔，《刚果改革运动史》

从利卡西向西的旅行是一种十足的折磨。不仅路上经常出现交通堵塞，收费检查站处也经常排起车队长龙。货运卡车满载着矿产，在狭窄的公路上轰隆隆地驶过。阿萨德·汗（Asad Khan）是一家建筑公司的首席执行官，公司名为"刚果大老板"（Big Boss Congo）。"你只要在利卡西和科卢韦齐之间的公路上找个地方坐下来，看看有多少装满阴极铜和钴精矿的卡车经过，就能判断全球经济的状况了。"他说，"经济繁荣的时候，从矿区出来的卡车能把道路堵得水泄不通。"按照这个标准，在我走访刚果期间，全球经济形势应该一片大好，因为路上总是拥堵着形形色色的车辆——有大轮货车、外壳凹凸不平的皮卡车、锈迹斑斑的小轿车、突突作响的摩托车，还有满载一袋又一袋铜和钴的、车轮扭曲变形的自行车。汽油往往供不应求，这导致司机经常不得不满大街地找汽油中间商，当地人称之为"Gaddafis"，他们在汽油供应充足时用塑料桶囤积汽油，然后在汽油供应减少时高价售出。在刚果进行实地考察期间，我就不止一次求助于这些汽油中间商。

由于交通繁重，采矿作业又一刻不停，利卡西以西地区的空气污染极为严重。到处浓烟滚滚，尘土铺天盖地。群山那边的天际线若隐若现，宛如一片不可捉摸、遥不可及的无人之境。沿路的村庄全蒙上了一层尘埃。那些棚屋就像一颗颗泥球一样，孩子们跳着蹦着，穿行于其间。这里没有鲜花，没有鸟儿在天空翱翔，没有潺潺的溪流，没有怡人的微风。大自然的钟灵毓秀荡然无存。一切景象都黯然失色，混沌无形，余下的只是七零八落的生命碎片。

这就是卢阿拉巴省，钻石为王的地方。

从利卡西到科卢韦齐途中会经过非洲最大的两个工业矿山——滕凯丰古鲁梅（Tenke Fungurume）和穆坦达（Mutanda）。科卢韦齐之前的蒂尔韦泽姆贝是第三大矿，它可能是最大的但几乎完全进行手工采矿的工业矿区。卢本巴希附近的埃图瓦勒矿区和坎博韦以北的矿区采用了工业与手工采矿的混合作业模式，但卢阿拉巴省的许多工业矿区越来越向手工开采倾斜。钴产业链上游的企业不惜赌上自己的声誉，暗地里混淆工业采矿与手工采矿的边界，明面上却标榜两者之间存在着泾渭分明的界线。这种空洞无物的声明无异于一个人站在刚果河河口，却声称能分辨哪些河水分别来自哪条支流。

滕凯丰古鲁梅

在利卡西西北 75 公里处，坐落着刚果最大的特许采矿区：滕凯丰古鲁梅（简称TFM）。该矿以特许矿区西端（滕凯）和南端（丰古鲁梅）的两个小镇命名。滕凯丰古鲁梅矿山的面积超过1500 平方公里，略大于大伦敦地区。数以千计的人曾居住在整个特许矿区的村庄里，但在 2006 年，矿区开采权被出售给由美国菲尔普斯·道奇矿业公司（Phelps Dodge，占股 57.75%）、滕凯矿业公司（占股 24.75%）和吉卡明公司（占股 17.5%）组成的合资企业，之后村民们就被驱赶出来。2007 年，菲尔普斯·道奇公司与总部位于美国凤凰城的矿业巨头弗里波特-麦克莫兰公司（Free-port-McMoRan）合并，其在合资公司中的股份变更为56%，滕凯矿业公司被伦丁矿业公司（Lundin Mining）收购，在合资公司中占股24%，剩余的20%股份由吉卡明公司持有。

2016 年，弗里波特公司以 26.5 亿美元的价格将其股份出售。此次交易后，美国矿业公司完全撤出刚果。在钴矿革命即将到来的前夕，弗里波特公司却出售了如此宝贵的矿产资源，实在是一个令人费解的举动。一位不愿透露姓名、为该公司管理滕凯丰古鲁梅特许矿区的高管给出了解释："我们出售滕凯丰古鲁梅矿山纯粹是出于财务考虑。我们公司在石油和天然气的投资上犯了错误，给公司财务状况带来沉重负担。公司向市场承诺在一年内将债务减半，而做到这一点的唯一办法就是出售资产。"

熙熙攘攘的路边小镇丰古鲁梅是通往滕凯丰古鲁梅矿山的主要入口。大量居民沿路而居，加剧了该地区的拥堵。而且许多小商贩还在路边摆摊出售木炭和野味，提供手机代充值，这些摊贩更是将路堵得几乎水泄不通。在丰古鲁梅随意闲逛一圈，你就能看出来这个村庄发展的步子迈得过快了。丰古鲁梅的人口从2007年的5万人激增到2021年的25万多人，这给当地基础设施、住房和就业造成了相当大的压力。小镇的土路两旁挤满了各类小商店，有面包店、汽车修理店、理发店和餐馆，还有一个大集市，衣服、锅碗瓢盆、塑料容器、鱼干和蔬菜等商品琳琅满目。丰古鲁梅有几所学校，其中最大的是一栋淡红色的两层楼建筑，由黑色金属栅栏包围着。大多数住宅都是一室或两室的砖石结构，屋顶是金属的。镇上随处可见成堆的劈柴。片片浅绿色草地与红色棕色的砖屋和泥地倒也算得上相映成趣。有些家庭有条件安装卫星天线，当地人就聚集在那里观看足球比赛。商店外的喇叭落着一层灰，放着砰砰响的劲爆音乐，嘈杂刺耳，难以听清唱的是什么歌词。女人们鲜艳的衣物在阳光和风尘的侵蚀下慢慢褪了色。男人们抽烟、喝酒、赌博。除了年纪很小的孩子，没有人在笑。

滕凯丰古鲁梅特许矿区的主要入口位于丰古鲁梅正西方向。进入矿区前有两个戒备森严的检查站。第一个检查站装有一扇金属门，四周用倒刺铁丝网围住。检查站旁边的桥下流淌着一条小溪，溪水污浊不堪。每次来访，我都会看到妇女在小河里洗衣服，孩子们则在附近游泳。在第一个检查站以北约 250 米处，是第二个戒备更加森严的安全入口。入口处竖着一块牌子，上面写着"欢迎来到滕凯丰古鲁梅矿业"。负责安保的吉普车在第二道安全门来回穿梭，车上装着金属杆，杆顶插着粉色三角旗。虽然此地的矿企坚称它遵守刚果法律，不允许在滕凯丰古鲁梅特许矿区进行手工采矿，但我每次去都能看到几十个手工采矿者在矿坑壁上挖矿，有些就在第二个检查站后面。

事实上，在滕凯丰古鲁梅特许矿区进行手工采矿的工人非常多，以至于在丰古鲁梅以西几公里处形成了一个由手工采矿者组成的村庄，名为丰古鲁梅 2 号。一天下午，我坐在这个村子里，看到几十辆摩托车满载着一袋袋矿石，从滕凯丰古鲁梅特许矿区里面的土路上飞驰而来。有人告诉我，他们是从滕凯丰古鲁梅特许矿区的手工采矿者那里购买钴矿的中间商，正准备把收到的矿石运往该地区的交易站出售。

经过第二个安全检查站后，公路继续向北延伸至庞大的滕凯丰古鲁梅特许矿区。矿区的围墙从地上高耸而起。主干道边上有几个工业区，再往北走就是外国员工的住宅区。住宅区内绿树成荫，街道两旁至少有200多栋独立住宅，还有网球场、健身房和游泳池。住宅区北面有一个办公区，办公区北面有一个供公司飞机起降的私用跑道。除此之外，大部分矿区都是荒野。另外一条公路从主住宅区向西通往滕凯镇，滕凯镇的面积大约是丰古鲁梅的一半。滕凯丰古鲁梅的大型铜钴加工厂就在滕凯附近。它采用"溶剂萃取–电积"（SX-EW）的两步法工艺来生产阴极铜和氢氧化钴。加工过程中使用的有毒溶剂和含酸溶液本应该得到适当的处理再进行排放，但我在滕凯镇期间所观察到的情况却并非如此。

要了解滕凯丰古鲁梅矿区内外真实发生的一切，最好的办法莫过于与当地居民交流。按居民们的形容，丰古鲁梅和滕凯丰古鲁梅矿山之间的关系称得上是剑拔弩张。

"他们把我们从家里赶了出来！"一位皮肤斑驳的老人萨米（Samy）大声说道，"在采矿公司来之前，我们已经在这里生活了三代人。我们种菜、捕鱼。但他们把我们赶了出来，现在我们连吃的都不够……我们在这里没有工作。他们让我们怎么生活下去？"

许多丰古鲁梅居民和萨米一样，对 2006 年被赶出特许采矿区表示很愤怒。他们说，他们几乎没有得到任何通知，也没有得到任何补偿或搬迁援助。我的一位翻译奥利维尔（Olivier）对当时的情况做了最恰当的描述：

> 想象一下，如果一家矿业公司来到你住的地方，把你赶走，你带不走的财物都被他们毁掉。然后，他们建造矿山，因为地下有矿产，但那里有士兵看守，把你挡在外面。如果没人帮助你，你能怎么办？你也会觉得我们有权利回到生活过的地方，给自己挖一些矿石吧。丰古鲁梅人就是这么想的。

在丰古鲁梅矿区挖钴渣就成了许多当地人唯一的谋生方式。前面提到的解释弗里波特公司出售股份的高管也坦言道："非法采矿者一直都存在，主要集中在山区里采矿作业比较少的矿山上。也有一波又一波的非法采矿者进入繁忙的采矿区。我们和这些人勉强形成一种互不干涉的约定，虽然这种约定也不太牢靠。如果你不干扰工业采矿设备作业，不打扰任何人，我们也就对你睁只眼闭只眼。我们是有一支安全部队，但我们得集中力量干其他大事，在矿区里不可能面面俱到，不是每件事情都管得过来。"弗里波特和丰古鲁梅人之间这种"不牢靠的、互不干涉的约定"后来升级为一种一触即发的紧张局势。大批手工采矿者继续进入特许矿区，每当人数过多时，矿区只能命令安全部队进行阻止。而当矿区的安全部队无法应付时，军队会被调来加以援助，这时冲突就有可能爆发。

2021年8月，丰古鲁梅的居民因不满通往矿区的道路被封锁而开始暴动。一群暴徒涌上公路，阻止货运卡车进入矿区。随着骚乱的升级，暴徒们开始攻击其他过往的车辆。阿萨德·汗当时正开车从科卢韦齐返回卢本巴希，被卷入了暴力冲突。他说，有十几个人抓住他的越野车，用砖头和金属铁器打砸他的车窗。"我以为自己就要死在那里了，"阿萨德说，"我慌了神，赶紧把车挂到时速六七十公里的倒挡，走之字形路线，一个高速急转弯，才把那些人从我的车上晃下来。"

2019年6月爆发了一次更严重的冲突。大量手工采矿者在特许矿区内进行挖掘，有些甚至闯入主要的矿坑内。矿区的安全部队无法应对这种局面。一位名叫普罗梅塞（Promesse）的丰古鲁梅居民解释了接下来发生的事情：

> 军队派士兵将手工采矿者赶出了矿区。
> 他们用枪向空中扫射，还殴打这些人，迫使他们离开。

许多人开始愤怒起来，喊道："这是刚果，不是在国外！"

第二天，两辆满载矿石的卡车从矿区开出来。一天前卷入冲突的那批丰古鲁梅居民封锁了道路，殴打司机，放火烧了卡车。

普罗梅塞说，卡车被点燃后，大批全副武装的刚果武装部队士兵前来镇压暴徒。数人被枪杀，许多房屋和商店被烧毁。

丰古鲁梅居民与矿区之间的关系之所以如此紧张，不仅因为矿区定期封锁进入矿区的通道，还因为采矿公司尚没有兑现帮助当地社区的承诺，居民对此表现出明显的不满情绪。

"他们说要建学校，创造就业机会，但不管是学校还是工作，我们都还没见到。"一位名叫埃里克（Eric）的丰古鲁梅居民说，"他们只在乎钴。丰古鲁梅人对他们来说就像害虫一样。"

"他们买下特许采矿权，以为也买下了丰古鲁梅的人民。他们以为可以像控制囚犯一样控制我们。"另一位居民补充道。

一位失去右臂、名叫卡福福（Kafufu）的男子发出了以下关于矿区的抱怨：

你知道有几百名工人住在特许矿区吧？在采矿公司来之前，他们的宿舍离丰古鲁梅很近，所以他们会来这里购买生活用品，在餐馆吃饭。这样我们的生计就有了着落。但后来他们把所有工人都搬到了矿区的工地宿舍里，那里离这里很远，所以工人们不再来丰古鲁梅或滕凯了。

血钻
刚果人的血液如何支撑我们的生活

卡福福住在滕凯，来丰古鲁梅看望他弟弟。看到我在和一群当地人说话，他说想马上带我去滕凯，因为事情紧急，需要带我看看。我问是否可以等到第二天，但他坚持要我当天就陪他去。结束当地采访后，我和卡福福一起驱车前往滕凯。这个小镇位于滕凯丰古鲁梅特许矿区几个特大露天矿的正西。卡福福把我们带到滕凯镇北面的一个地区，那儿的住宅都是小的棚屋，人烟比较稀少。我们停好吉普车，下车步行。他走向几间破旧的小屋，其中一些用木头建成，屋顶铺着茅草。他指着其中一间茅草屋说："那就是我的家。"在南面时，我还没有看清楚这个地区的样貌，现在近前一看，才发现滕凯这个地区的一切——地面、树木、茅屋、自行车、人们——都覆盖着一层薄薄的黄褐色灰尘。我的目光落在两个坐在小屋外的孩子，他们年纪不会超过五岁，正在往空塑料瓶里装土一样的东西。他们的皮肤、衣服和脸都蒙着黄褐色的粉末。

"他们装的是什么？"我问道。

"是干硫酸。"卡福福回答，"他们用干硫酸来处理矿石。"

"你怎么知道？"

"我曾经在那里工作过。"卡福福用他剩下的一只手指着滕凯丰古鲁梅特许矿区说，"我的胳膊在一次事故中被压断了。他们给了我一周的工资，还支付了手术费。"

我问卡福福事故是什么时候的事情。

他回答说："两年前的事。"从那时起，他就不能工作了。

由于具备加工设施的相关知识，卡福福能够解释如何对矿石进行加工："首先，他们把矿石运到碾磨车间，车间里配备了金属碾磨机，有一辆汽车那么大，可以把矿石碾磨得像砂子一样大小。然后，他们用硫酸过滤矿砂，分离铜和钴。这个加工过程就会产生一些充满氢氟酸、二氧化硫和硫酸的气体。"

卡福福认为，矿业公司没有控制这些气体的排放，造成了问题。"他们就任由那些气体吹到我们家里，落在我们吃的、喝的上面，落在住在这里的每个人身上。"他说。

我看着在尘土里玩耍的两个男孩，他们仿佛被裹在一张毒气毯子里。我在想，他们父母每天眼睁睁地看着自己的孩子生活在这个遭到污染的环境中，却无力保护他们，是怎样一种感觉？虽然暴力绝不是一种可接受的应对方式，但我可以理解丰古鲁梅人为什么会感到绝望，不惜放火焚烧那些卡车。

希腊神话中，西西弗斯受到诸神惩罚，每日推动巨石上山，巨石滚落，再将其推上山，周而复始，永无休止。而丰古鲁梅的妇女们通常就以这种西西弗斯式的工作开启每天的生活——擦去一夜之间积落在家里的灰尘。镇上的大多数男人，比如弗兰克（Franck）和他14岁的儿子格洛里（Gloire），还想再补会儿觉。他们晚上大部分时间都在滕凯丰古鲁梅矿区挖矿。弗兰克和格洛里家住在丰古鲁梅西北边缘附近。我来到这里和两人见面。他们屋子的门口挂着一张淡绿色的薄床单，充当家门。屋内有两间房，一间是格洛里、母亲、父亲和两个弟弟睡觉的地方，床就是放在泥地上的垫子；另一间是他们做饭、吃饭和听收音机的地方。丰古鲁梅有些人家通了电，虽然供电时断时续，但格洛里家里没有通电，他们得购买电池为手电筒和收音机供电。电池的价格比我想象的要贵，一包四节AA 电池要2美元（大约是当地人一天的收入）。既然他们住处的旁边就是世界上生产电池组件所需金属的最大矿山，这个价格贵得有些离谱。

我见到格洛里时，他正靠墙而坐，双腿向前伸着。他紧咬着牙关，浑身是汗。他身边的角落里放着一张小木桌，上面堆放着家里的一些衣物，其余的挂在外面的绳子上。格洛里对面的砖墙上开了一个小口作为窗户，但通风作用不大。泥砖砌成的房屋和金属屋顶在清晨阳光照耀下热得像个烤箱。尘土透过金属和泥砖之间的缝隙，幽灵一般地飘进来。格洛里穿着一条深棕色长裤和一件墨绿色镶着白边的T恤。他不停地转动着身体，试图寻找一个舒服的姿势。

格洛里说，他原先在丰古鲁梅上学，到第三年时，家里已经负担不起每月六美元的学费了。11 岁时，他就开始和父亲一起在滕凯丰古鲁梅矿区工地上挖矿。

"我们晚上去矿区，给看守钱，他们就让我们在矿坑里挖。在那里挖到钴的机会更大。付不起钱了，我们就偷偷溜进去挖矿。有时我们会被狗追赶，但大多数情况下，我们不会受到打扰。"弗兰克说。

格洛里补充说："我们熟悉这儿，知道去哪里能在地下找到好矿石。"他说特许矿区有大量孔雀石和水钴矿石，是铜和钴的来源："我们把矿石装满麻袋，放在自行车上运走，因为石头很重。"

我问格洛里，把这些矿石运出矿区后，他们后续怎么处理这些矿石。

"我们把矿石卖给丰古鲁梅的交易站。"

"交易站又怎么处理矿石呢？"

"把矿石卖给滕凯丰古鲁梅矿区。"

2018年8月19日早晨，弗兰克和格洛里比往常醒得更早一些。格洛里记得他打开收音机，听到新闻消息里说因为种族冲突，有难民逃到了与乌干达交界的伊图利省（Ituri Province）。以前也发生过种族冲突，但这次据说特别激烈，导致大批人逃离故土，无家可归。当天晚些时候，格洛里帮家里处理了一些杂务——他到市场上买了木薯，还修理了家里自行车的前轮。当晚，格洛里和父亲进入滕凯丰古鲁梅矿区挖矿。他们趁着月色徒步走了一个多小时，来到一个硕大的矿坑前。许多手工采矿者已经在这里挖掘了几个星期。就在他们埋头苦干的时候，矿坑的一面墙倒塌了，将格洛里和其他五人深埋在石头和泥堆下。弗兰克和其他手工采矿者挖出了被埋的人，好在没有人丧生，但有些人受了重伤。

格洛里小心翼翼地挽起右裤腿，让我看他的伤情。他的右小腿让人触目惊心，腿肚的肌肉看上去像是被生生撕下来一样，伤口那儿覆盖了一层紧绷着的薄薄的粉色皮肤。格洛里脚踝外侧的骨头已经没有了，那里同样只靠一层紧绷的粉色皮肤连着。弗兰克指着格洛里的小腿给我看被砸碎裂的地方，那里有一个明显的凹口，整个小腿血肉模糊，残缺不全。

事故发生当晚，弗兰克一路背着半昏迷的儿子回家。他和格洛里的母亲整夜照顾着这个痛苦不堪的孩子，第二天一早，两人就赶紧把他送到丰鲁钴梅的一家医疗诊所。格洛里疼痛难忍，但诊所只有扑热息痛，没有其他止痛药，无法缓解他的疼痛。诊所也没有抗生素来预防感染，更没有 X 光机来确定骨头损伤的程度。一名护士为格洛里清洗伤口，包扎好后就让他回家了。

自从在坑壁倒塌中受伤以来，格洛里一直忍受着剧烈的疼痛和高烧。他无法自己行走、换衣服或上厕所。他的父母亲无力减轻他的痛苦或为他寻求治疗。据我的判断，格洛里需要做手术，打上石膏，然后进行大量的康复治疗，这些治疗只有科卢韦齐或卢本巴希的正规医院才能提供。格洛里受伤后，家庭经济陷入困境，家里必须想办法弥补失去的他这部分收入。

弗兰克说："我现在带着另一个儿子一起挖矿。"

"你不担心你或他会像格洛里一样受伤吗？"我问道。

"当然担心了，但不挖就没饭吃。"

弗兰克带我去看他说的卖矿石的交易站。交易站在丰鲁钴梅东端公路旁，那不过是一个废旧的砖瓦棚子，似乎是重新整修了一下专门来做钴交易的，连名字都没有，只有一张价目表贴在前面，用黑色记号笔写在一个拉菲麻袋上。紧挨着的还有两个交易站，也没有名字。第二天快下班时，我又回到交易站观察，看到刚果人把三个交易站的麻袋都装上了一辆灰色的货运卡车。我跟着卡车走下公路，看着它驶进了滕凯丰古鲁梅矿区。弗兰克说他认识的大多数手工采矿者都把矿石卖给了这些交易站及该地区的其他几个交易站，但他还说很多人把钴卖给了钴中间商。我问那些中间商又如何处理买到的钴石。据弗兰克说，他们把钴运到丰古鲁梅西南约十公里处的一个村庄，而且只在晚上运。

钴交易夜市对我来说是个新鲜事物。在上加丹加省，我从未听说过有类似的市场，但在卢阿拉巴省，我听说在森林中的村庄里有三个这样的市场。我只找到了其中一个，也就是弗兰克向我提到的那个。一天晚上，我沿着一条崎岖不平的土路向一处偏远地区深处走去，路上有许多来往的摩托车。朝西南方向行驶的摩托车装满了一袋袋钴，朝东北方向行驶的摩托车要么是空的，要么原来装钴的座位上现在载着人。除了摩托车的车灯发出的亮光，其余漆黑一片。

我来到村子里，只见一个个燃烧着的火堆，还有手电筒的亮光，浮尘在光亮里幽幽飘着，营造出一种影影绰绰的氛围。村子里的小屋大多由砖块砌成，散布在森林中一块宽阔的空地上。晾衣绳挂在小屋间，上面晾挂着衣服。满地都是塑料瓶、烟头和垃圾。在几间小屋前，数不清的刚果钻中间商在与代理商讨价还价。除了中间商，还有手工采矿者向代理商出售钻石。我猜想，这些手工采矿者可能住在附近的村庄里，他们来集市是为了出售从附近的采矿点挖掘出来的钴，这些采矿点应该就像我在坎博韦南部森林里看到的那些采矿点一样。

我从村里的几位钴中间商口中得知，他们通常每晚跑三四趟到丰古鲁梅，每趟能赚10—15美元。与手工采矿者相比，钴中间商一个晚上的收入已经相当可观了，一个手工采矿者可能要花上几个星期的时间才能赚到这个数目。我还得知，买家会付钱租用一些村民的小屋用作交易站。根据我目睹的交易量，每年通过这个市场交易的铜钴矿石数量应达数百吨。这种非正规市场的产品几乎无法溯源，因此在这种市场上交易的钴一旦混入工业开采的矿石一同进行加工，就无法辨别其来源。这种偏远地区的夜市除了把手工开采的钴石"洗净"，让其进入正规供应链之外，还能有什么其他目的呢？而且这些钴石肯定也不在一般钴供应链上产品应受到的追踪或审查的范围内。任何处于供应链顶端的公司能让别人相信其设备或汽车中的钴没有经过这样的乡村市场吗？

我越是深入矿业大省，越是发现钴供应链的底层疑云重重，而钴的流通受到充分监管，没有出现使用童工或其他虐待劳工行为的说法也越是难以成立。

丰古鲁梅居民与滕凯丰古鲁梅矿区之间的紧张关系反映出刚果矿区各省正在发生一场广泛的危机——外国矿业公司征用了大片土

地，使得村民流离失所，环境受到污染，当地居民获得的扶助寥寥，甚至得不到任何帮助，只能在他们曾经生活过的土地上以手工采矿者的身份在危险的条件下勉强谋生。我在丰古鲁梅遇到的一位名叫马卡诺（Makano）的16岁男孩也许最能说明这场危机的后果。我发现马卡诺的地方是位于镇西南端的一间砖房里。我走进去时，扑面而来的是一股腐烂的恶臭，而且这股恶臭挥之不去，就像不散的阴魂一样。马卡诺坐在泥地上，毫无生机，已经是皮包骨的四肢从瘦骨嶙峋的身体上伸展开来。他烧得很厉害，我甚至能感受到他身体散发出的热量。他说话的声音没有起伏，只是从喉咙里发出的一串沙哑的低语：

> 我父亲三年前去世了。我是最大的儿子，只能我去挣钱养家。我先是和一群朋友，都是男孩，在丰古鲁梅南部那里挖矿。我们挖的都是小的矿坑。有的时候能挖到矿石，有的时候挖不到。赚不到什么钱，所以我们觉得必须去（滕凯丰古鲁梅）矿区。

马卡诺没有自行车，他说他每天晚上都得扛着一袋矿石离开矿区。我问他怎么处理矿石，他说卖给丰古鲁梅的交易站。

马卡诺说："我们知道我们钴的纯度很高，但他们给的一麻袋的价格从来不超过2美元。"

2018年5月5日晚，马卡诺和朋友们一起去滕凯丰古鲁梅矿区挖矿。他们挖了几个小时，准备在黎明前长途跋涉回家。马卡诺肩上扛着一袋沉重的钴石，正想从一个六米深的坑里爬出来时，失足坠落坑底。接下来他只记得自己在科卢韦齐的吉卡明矿业公司医院里。

"我的左腿和臀部骨折了，全身都是伤口，我的头也肿了起来。"马卡诺说。

为了挽救马卡诺的生命，家里花光了所有的钱来支付治疗和初期手术费用。他在医院住了一个星期，之后他的母亲罗西娜（Rosina）不得不把他带回家，尽管他的伤还没有痊愈。

罗西娜帮马卡诺脱下裤子，让我看他的伤。

他的右臀部有一道溃烂的伤口，右腿上有一条长长的疤痕，医生在那里放置了一根金属棒来支撑碎裂的骨头。伤口似乎已经感染。马卡诺正在发烧，显然需要立即服用抗生素和接受治疗，否则很可能会出现败血症休克。

"我知道我的儿子快死了，"罗西娜流着泪说，"他需要去医院，但我没有钱。"

她绝望无助地看着我。

"请帮帮我们。"

罗西娜既不是刚果第一个也不是最后一个请求我帮助她孩子的母亲。我无法对她们一一施以援手，那么我该帮助谁呢？以什么方式帮助，帮助的周期又能有多长？我在刚果的大部分研究工作都是自费进行的，因此即使是最严重的情况，我也没有能力提供任何有意义的帮助。即使假设我可以帮助我遇到的每一个人，而且这些援助也完全出于善意，我也无法预估得到这些援助可能会给一个家庭带来哪些不可预见的负面影响。如果我把钱留给罗西娜帮助她儿子，这消息走漏出去，会发生什么情况？另一位同样绝望的母亲会不会不惜一切代价从罗西娜那里拿我留下的钱来救她的孩子呢？而且这还只不过是考虑不周的援助可能会带来的众多风险之一。然而，马卡诺就坐在我面前的泥地上，他的生命在一点点地流逝。我怎么能眼睁睁地看着这个孩子坐以待毙，却对他置之不理呢？

我尽我所能，尽可能周全地帮助马卡诺。虽然这可能无法为孩子争取到他所需要的一切时间和医疗护理，但在这个阶段，每一天都弥足珍贵。离开马卡诺和罗西娜时，我知道在他的损伤愈后效果不佳的情况下，我所做的最多只能让他多支撑一段时间罢了。我想到这一路遇到过的格洛里、玛琳、妮基、钱斯、基容格、基桑吉、普里西尔及其他许多人时，心中无比内疚。我与他们相逢时，他们的境况可能还没有马卡诺那么极端，但他们最终会走向与马卡诺一样悲惨的结局，我只是在他们通往同一个终点站的不同站点上遇到了他们而已。

我穿过公路，漫步于丰古鲁梅，穿过尘土飞扬的迷宫般的小屋和商店。我现在已经很熟悉这个小镇的金属味道，每隔几分钟就得吐出嘴里苦涩的泥糊糊。随着公路上的喧闹声渐隐渐弱，我听到了合唱团的歌声，那歌声振奋人心，把我吸引到了国际基督教联盟教堂（Église Alliance Chrétienne Internationale）。走进教堂，我发现里面颇为阔朗，挤满了信徒。他们站在木制的小小舞台上，一位充满激情的牧师带领着他们动情地歌唱。其中一个孩子望向我，那双明亮的大眼睛让人感到欣慰。我终于明白，刚果人民是如何熬过每天的煎熬的——他们以满腔的赤诚热爱着上帝，并从获得救赎的应许中得到安慰。

他们的爱虽然强大，但越来越多的证据表明，他们的爱得不到回报。

穆坦达

丰古鲁梅以西70公里处，坐落着嘉能可在非洲采矿业务皇冠上的明珠——穆坦达。富饶的红土从高速公路一直延伸到特许矿区的山脚下，庞大的矿山在地平线处高耸而起。在2020年1月暂停运营之前，穆坦达是世界上最大的钴矿产区。矿区是一个面积约为185平方公里的长方形区域，由几个深达100多米的巨型露天采矿坑组成。为了开辟这些矿坑，想必有成千上万棵树木遭到砍伐。但根据当地人的说法，即便有，也并没有看到多少补种补植的树木。嘉能可曾先后与吉卡明和丹·格特勒等共同持有该矿70%至80%的股份。2017年2月，嘉能可通过其刚果子公司穆坦达矿业有限责任公司（Mutanda Mining Sarl，简称MUMI）收购了该矿100%的股份，使其成为刚果唯一一家没有与吉卡明合资的大型铜钴矿。与滕凯丰古鲁梅一样，穆坦达也拥有自己的矿物加工厂，使用同样的 SX-EW 工艺，需要大量硫酸。特许矿区有一个外国员工住宅区，一个休闲区和一个小型高尔夫球场。

2018年，穆坦达的钴产量最高达到2.73万吨[1]，占全球产量的近30%，使得嘉能可成为全球最大的钴矿业公司。

2019年8月8日，嘉能可宣布从 2020 年1月起暂停在穆坦达的运营，为期两年。嘉能可给出的停运理由是其加工厂的硫酸供应不足，但滕凯丰古鲁梅和其他工业矿山的硫酸供应似乎相当充沛，完全足以维持连续运营。嘉能可给出的另一个停运理由是钴矿市场"低迷"。从2018年到2019年年中，钴价确实下跌了40%，因此许多行业分析师认为，此举是嘉能可想减少全球钴供应，从而重新提振钴价。

吉卡明的一位高级官员提出了不同的说法："嘉能可关闭穆坦达是为了向刚果政府施压，要求其在税收方面提供更好的待遇。"这位官员解释说，尽管遭到嘉能可的强烈反对，2018年3月7日，时任首席执行官的伊凡·格拉森伯格（Ivan Glasenberg）甚至亲自出马，与约瑟夫·卡比拉在金沙萨会面，刚果政府还是在2018年11月24日宣布钴为"战略"物质。这样一来，矿业公司必须为开采钴支付的特许权使用费从3.5%提高到10%。新政策还规定对超额利润征税50%。矿业公司在开始运营前需形成初步融资可行性报告，评估特许矿区内的地质储量，报告中包含相关矿产品的价格水平。在矿业公司开始运营后，如果一项产品的价格比可行性研究报告中提到的水平上涨超过25%，就需缴纳超额利润税。因此，如果钴价上涨到一定的水平，矿业公司将被征收超额利润税。伦敦金属交易所的钴价在 2019 年夏季达到低点，而2021年夏季的钴价较2019年同期增长了100%以上。对于嘉能可来说，这关系到一大笔钱，2018年，仅是穆坦达一个矿区，嘉能可就向刚果政府支付了6.269亿美元的税收和特许权使用费，而嘉能可在刚果上缴的所有采矿业务的税收和特许权使用费总额为 10.8 亿美元，这笔资金已经达到当年整个刚果国家预算的18.3%。嘉能可似乎有向刚果政府施压的经济杠杆，这一计划并未奏效，但有关嘉能可贪污和不正当交易的传言也没有给其运营带来影响。多年来，嘉能可被指控在刚果的采矿业务涉嫌洗钱、贿赂和腐败等问题，一直受到美国司法部、英国反重大欺诈活动办公室（the UK's Serious Fraud Office）和瑞士总检察长办公室（the Office of the Attorney General of Switzerland）的调查。[2]

我曾在2018年、2019年和2021年申请进入穆坦达矿区，但未获批准。然而，穆坦达的故事并未就此结束。

　　穆坦达与刚果的大多数工业矿山相似，都历经了多年的发展壮大。2015年，嘉能可公司在穆坦达矿业有限责任公司主矿区对面的公路以北购买了大片未开发土地。与滕凯丰古鲁梅矿区一样，这里也有数以千计世代居住在这片土地上的村民。不过，村民们拒绝搬迁，因为嘉能可收购这块土地已经令村民们意识到，这块地里一定埋藏着值钱的宝贝。村民们的"挖宝"工作旋即在矿山上展开。很快，卢阿拉巴省最大的手工采矿组织之一——加丹加手工采矿合作社（COMAKAT）建立起来，在一个名为沙巴拉（Shabara）的矿山组织采矿活动。采矿合作社最初根据2002年《采矿法》成立，初衷是管理正规授权的手工开采区内的手工采矿者。合作社负责将手工采矿工人登记在册，支付工人工资，保证安全的工作条件，避免在开采区出现使用童工现象。尽管沙巴拉不是一个获得授权的手工开采区，但在加丹加手工采矿合作社的管理下，这里的手工采矿业多年来一直在蓬勃发展。

　　虽然没能进入穆坦达主矿区，但好在我成功进入了沙巴拉矿区。要去那里，我得先驶离穆坦达附近的公路，然后沿着一条土路向北行驶，经过一个叫卡瓦马（Kawama）的村庄。近年来，随着手工采矿者的大量涌入，这个曾经宁静的村庄迅速发展起来。大量涌入的人口将卡瓦马村变成了一个大杂院，杂乱无章的房屋散落在巨大的白蚁丘周围。有些房子是村民居住多年的老砖房，有些则不过是塑料帐篷，看起来就像是上个星期才匆忙搭建起来的。村子里有汽油贩子，用黄色容器装汽油出售，有卖木炭的妇女，还有两个手机充值亭。

　　通往沙巴拉的土路横穿村庄，之后就转为平稳的上坡路，延绵超过一公里。随着海拔的升高，我看到了一望无际、树木稀疏的非洲大草原和连绵起伏的丘陵。我来到矿井入口处，这里有武装警卫把守。这次我的身份是加丹加手工采矿合作社的访客，因此警卫挥手放行，把我领到一座黄褐色的小型混凝土建筑前，大门上方写着"加丹加手工采矿合作社行政办公室"的字样。合作社的一名高级经理与手工和小规模采矿协助和监督服务部的一名官员接待了我，并带领我步行参观了矿区。在这里能看到手工和小规模采矿协助和监督服务部的官员，说明刚果政府目前在收取沙巴拉矿山的采矿特许权使用费，尽管准确来说，沙巴拉的手工采矿是非法的，因为使用费针对的是工业采矿。

沙巴拉矿区规模庞大，位于一片连绵起伏的山区中，矿坑绵延数十平方公里，直至一处悬崖边，从悬崖上可以俯瞰大片乡村。矿区不止一个大型仓库，里面摆放了1000多个装满矿石的淡红色拉菲麻袋。矿区里到处是运土的货运卡车，挖掘机轰轰地凿着土。加丹加手工采矿合作社的官员带我穿过几个大型挖掘区，向主挖掘区走去。我本以为会看到与基普希或托科滕斯类似的矿区，最多有两三千名手工采矿者在矿沟里挖矿石，然后往麻袋里装矿石。但我们绕过一个宽阔的山脊，我看到主矿坑后，顿时被眼前的景象惊得目瞪口呆。我在刚果期间，从未见过这种场面。

一个硕大无比的矿坑内挤满了密密麻麻的人群。矿坑至少有150米深，400米宽，1.5万多名男子和十几岁的男孩在坑里忙碌着，有的捶打矿石，有的挖着矿，喊叫声此起彼伏，几乎没有移动和呼吸的空间。工人们都没有穿戴任何防护装备——只穿着长短不一的裤子和拖鞋，有些人穿着衬衫。淡红色的矿坑里，红色、蓝色、绿色、黄色和橙色交织在一起，简直就是一场色彩风暴。挖矿区的边缘堆放着至少5000个装满矿石的拉菲麻袋，这只是当天一个上午的产量，且产量还在不断增加中。生长在这个矿坑里的仿佛不是泥土和石头，而是一座矿岩和水钴矿石组成的大山，正在由原始人力敲凿成鹅卵石大小的矿块。

加丹加手工采矿合作社的官员带着我走过一条凹凸不平的石头窄路进入矿坑。路上相向而来的男人和男孩肩上扛着满当当的拉菲麻袋，就像一列人肉货运列车，奉命为我们开路一样。结束沙巴拉的走访时，我的运动鞋鞋底已经被扯掉了，但这里许多手工采矿者都赤着脚。下到矿坑后，我看到矿工以五到十人为一组。一些小组把粗长的钢筋插进山体的裂缝中，然后用金属大锤击打钢筋，将大块矿石震碎下来。其他小组则用较小的钢筋和木槌将大矿石砸到鹅卵石般大小。年龄较小的男孩小组则将矿石装进麻袋。在矿坑里数十个区域内，手工采矿者不停上下穿梭于矿道上。一些矿工在矿道高高的上方来回穿行，仿佛悬崖上飞檐走壁的山羊。

矿坑里金属的撞击声震耳欲聋，我无法向加丹加手工采矿合作社官员提问，只好默默地看着这片人海仅凭蛮力与坚硬的矿岩对抗。尘土像野火中的浓烟一样从地底升起。无法想象在21世纪居然还会有这样的场面。与之类似的场景或许应该是数千年前，埃及数以万计的奴隶被迫开凿上吨重的石头来建造伟大的金字塔……但谁能想到在现代，价值万亿美元供应链的最底层还会重现那样的旧日呢？如果遵守国际人权规范，如果钴供应商百分之百完全接受了第三方的审计，不应该出现此情此景。

就在我站的位置附近突然传来了争吵声。加丹加手工采矿合作社的官员一边吹响系在脖子上的哨子，一边冲向冲突现场。矿坑里令人窒息，手工采矿者在炙热的阳光下工作，体力已近极限，脾气难免容易暴躁。加丹加手工采矿合作社的官员在处理冲突事件，我的目光停留在附近的一些工人上。他们有些人好奇地回头看着我，有些人则带着防备，还有些人对我视而不见，仿佛我只是土中的一块矿石。之后加丹加手工采矿合作社的官员回来带我离开这里。随着我们向上走出矿坑，炸雷一般的声浪逐渐消弱，我感觉自己终于可以呼吸了。

在加丹加手工采矿合作社官员的带领下，我继续徒步走访沙巴拉矿区。我的脑子里充斥了各种问题，但我不知道留给我的还有多少时间，所以我尽量先问最重要的。第一个问题是关于工资的。

加丹加手工采矿合作社的官员回答说："我们每天付给手工采矿者四到五美元，这取决于他们做什么工作。" 除了科卢韦齐卡苏洛街区在自己家里挖矿的那些人，这已经是我在铜矿带地区能收集到的手工采矿者平均日收入最高的工资了。

"这个矿区能产出多少矿石？"我问道。

这位官员回答说："我们每月生产 1.5 万到 1.7 万吨矿石。"

这个数字相当惊人。

经过两个多小时的走访，我们回到了加丹加手工采矿合作社位于矿区入口附近的办公室，这时，带我走访的官员向我解释了我被允许进入矿区的原因。

"外国采矿公司不给刚果人留下任何赖以生存的土地。我们在这片土地上生活了这么久。我们不会离开。"他宣称道。

这位官员说，他知道我是来自美国的研究人员，希望我能帮助人们进一步意识到沙巴拉以及在整个铜矿带工作的手工采矿者所面临的困境。在埃图瓦勒附近挖矿的马卡扎，在丰古鲁梅的萨米以及我在刚果遇到的其他许多人身上，我都能体会到与这位官员相似的感受——外国矿业公司每年都在侵占刚果人民越来越多的土地，他们正在将刚果人民推向悬崖边缘。加丹加手工采矿合作社的官员用"我们不会离开"这句宣言亮明了他们的底线，但问题并不只是让手工采矿者对抗外国采矿公司这么简单。刚果政府以数十亿美元的价格拍卖大量土地，然后一味坐收采矿特许权使用费、矿区土地使用费和税收，直接导致了这场危机。而那些资金很少进行重新分配，造福刚果人民。只要刚果的政治精英们心安理得地延续刚果前殖民者那套驭国之法，政府监守自盗，刚果人民就将继续遭受苦难。

根据我在沙巴拉看到的情况，加丹加手工采矿合作社在嘉能可公司穆坦达特许矿区内管理的这个手工采矿场可谓规模惊人，年产铜钴矿石约18万吨。考虑到这只是以手工采矿为主要生产模式的众多工业采矿点之一，似乎可以得出两个不争的事实：1. 在刚果的钴总产量中，手工开采的实际比例甚至可以超过最高估计的30%。2. 刚果大量手工生产的钴矿必然流入大型科技公司和电动汽车公司的正规供应链中，不然刚果每年产出的那18万吨钴矿石还能流向何方？

沙巴拉只是一个开始。在卢阿拉巴省还有其他几个工业矿山，那里的手工采矿已成常态。尽管沙巴拉是我唯一直接调查过的矿场，但数十名在其他矿场工作的人证实了我这个说法。情况最令人担忧的可能莫过于蒂尔韦泽姆贝。

蒂尔韦泽姆贝

在沙巴拉以西，公路深入一片荒芜之地的边缘区域。村庄从公路边消隐，被锁在一片雾霾中，只有它们的轮廓依稀可辨。如果说笼罩着卢本巴希周遭的烟雾浓重压抑，足以令人窒息，那么这里的一切只是乌沉沉的一片，前路不复清朗。当我们到达蒂尔韦泽姆贝时，之前存在的任何生命迹象都消失殆尽。

与卢阿拉巴省的许多铜钴工业矿区相比，蒂尔韦泽姆贝矿区的规模较小，但刚果采矿业暴力事件频发，蒂尔韦泽姆贝对造成这种局面负有极大的责任。据我所知，蒂尔韦泽姆贝虽是个工业矿区，但这里的采矿作业几乎都是手工采矿，是存在手工采矿的工业矿区中最大的一个。该矿区位于穆坦达以西几公里处，公路以南不到两公里处有一条土路，靠近穆班加（Mupanja）村。穆班加位于卢阿拉巴河尽头附近，卢阿拉巴河在非洲大陆腹地划出一道清晰粗犷的弧线，流经3000多公里后注入大西洋。亨利·莫顿·斯坦利正是在穆班加正北约1000多公里处开始了他史诗般的刚果河之旅。1953年，比利时人在穆班加旁边修建了一座水电站大坝，为该地区的上加丹加矿业联盟铜矿区提供电力。比利时人根据探险家亚历山大·德尔科姆尼的姓将大坝修建后形成的湖泊命名为德尔科姆尼湖（Lac Delcommune）。德尔科姆尼在1891年率领第一支比利时探险队进入加丹加，代表利奥波德国王谋求与姆西里签署条约。1877年，斯坦利沿着刚果河千辛万苦最终到达博马时，第一个迎接他的人也是德尔科姆尼。刚果独立后，刚果人将德尔科姆尼湖更名为恩济洛湖（Lac Nzilo，意为"年轻的湖"）。

除了为矿山提供水力发电外，卢阿拉巴河还是当地居民的鱼类和淡水来源。不过，要说这条河的河水是"淡水"并不准确，因为河水已经受到严重污染，当地居民将此归咎于附近矿山排放有毒废水。我走访基普希后遇到的卢本巴希大学环境研究员杰曼从穆班加附近的河水中提取了样本，发现样本中铅、铬、钴和工业酸的含量特别高。我仔细看了一下，发现河水颜色深得不正常，河面还漂浮着油膜和工业废物。河岸边除了四处浮着的死鱼之外，还有一些地方聚集着浮沫。我想起了卢本巴希大学的学生蕾妮曾对我说过，她看到采矿公司对刚果的森林和河流所做的一切时，连心都会哭泣。看着孩子们在有毒的河水中天真无邪地嬉戏，我感到满腔的悲愤。河上有桥，男人们在桥上钓鱼，为晚饭预备菜肴，妇女们在河岸边洗衣服，白毛鸬鹚从身边游过。污染在穆班加无孔不入。

穆班加是一个热闹的路边村庄。这里有数不清的商店，销售衣服鞋子、锅碗瓢盆、木炭、野味和早晨捕获的猎物等形形色色的商品。刚果武装部队士兵一边巡逻，一边偷觑着年轻妇女们。村子就紧邻水电站大坝，这里却没有可靠的电力供应。村里大多数房屋都是金属屋顶的红砖房，门口挂着床单充当屋门，不过我看到有一户人家挂着的是美国国旗。村里的女孩们头顶塑料水罐来回走着，还有人用大木杵捣着臼里的木薯叶，准备煮来当晚餐。孩子们抓了昆虫，然后放进空酒瓶里。塑料瓶、纸箱和其他垃圾散落在房屋之间的土路上。垃圾堆得太高了，村民就焚烧垃圾，空气中弥漫着垃圾燃烧释放出来的恶臭。

一位名叫莫德斯特（Modeste）的当地渔民在穆班加居住多年，他谈到了钴矿开采主导当地生活以来所看到的变化："十年前，这里还是一个宁静的村庄。现在，人们从四面八方赶来挖钴……酗酒嫖娼这些事情在村里到处都是……村里老是有士兵……为了争夺钴，大家能到互相残杀的地步。"

近年来，穆班加的暴力问题日益严重。我接触的人中没有人愿意提供具体事件的细节，但当我问到是不是刚果武装部队士兵所为时，许多人都点了点头。酗酒是村里的第二大问题。在蒂尔韦泽姆贝工作的男人们除了上班，别的时候都酗酒如命，这不可避免地导致了更多的暴力事件。穆班加居民面临的第三个主要挑战是洪涝。在暴雨季节，河水泛滥，经常淹没村庄的部分地区。修复或重建家园是居民们每年都要经历的磨难。许多人在屋顶被暴风雨掀翻后，干脆放弃了自己的小屋，只留下裸露的砖墙，等待下一个愿意住在这里的家庭。

嘉能可公司旗下的加拿大加丹加矿业公司拥有蒂尔韦泽姆贝100%的所有权，占蒂尔韦泽姆贝75%的股份（吉卡明拥有另外25%的股份）。该矿面积约 11 平方公里，铜钴矿床的储量达数十万吨。关于蒂尔韦泽姆贝，最应该知道的一点或许是该矿的工业运营已于 2008 年正式停止。不久之后，这里的采矿作业完全由手工采矿取代。

蒂尔韦泽姆贝是刚果所有工业矿区中手工采矿发展最成熟的矿区之一，虽然该矿区不应该进行任何手工采矿作业。多年前就有传言说蒂尔韦泽姆贝使用童工。英国广播公司（BBC）的系列纪录片《全景》（*Panorama*）曾在2012年4月15日播出的一集中重点报道了嘉能可公司在蒂尔韦泽姆贝使用童工的情况。[3]嘉能可公司和刚果政府都辩称该报道言过其实了。但事实上，蒂尔韦泽姆贝矿区的手工采矿已发展成为一个成熟的经济运作体系，其中包括卢阿拉巴省最大的两个手工采矿合作社，手工和小规模采矿协助和监督服务部的官员也参与其中。由于我曾两次被刚果武装部队士兵拒绝进入蒂尔韦泽姆贝矿区，我只能收集有关这个矿区情况的描述。我第一次试图进入蒂尔韦泽姆贝时，甚至连穆班加附近土路的路头都没走过去。在收集了无数矿区工伤的案例情况后，我又进行了第二次尝试，那一次我离真相更近了一步。

我的一个采访者名叫菲力克斯（Phelix），是个16岁的男孩，说话轻声细语，他给我提供了很多相关信息。菲力克斯2015年开始在蒂尔韦泽姆贝挖矿。菲力克斯家有七个孩子，他排行老二，和其他两个孩子一起在矿上挖矿。他11岁时，父亲去世，留下母亲独自抚养七个孩子。菲力克斯头部右侧有一道粗大的疤痕，疤痕上没长头发。他说，在蒂尔韦泽姆贝挖矿时，一块大石头掉在了他头上，留下这道疤痕。在家养好伤后，他又重新去挖矿，因为家里还得靠他去挣钱。菲力克斯说，他每天早上天不亮就出门去蒂尔韦泽姆贝挖矿，一般在日落前回家。他说自己总觉得疲惫不堪，咳嗽始终止不了。他左手有两根手指断过，中间的指关节永远都伸不直了。菲力克斯如此描述他所在矿区的工作状况：

> 你要知道，农用采矿合作社（Coopérative Minière Maadini kwa Kilimo，简称CMKK）和规划采矿合作社（Coopérative Minière KUPANGA，简称COMIKU）管理着蒂尔韦泽姆贝的大部分矿工，但两个合作社管理着特许矿区不同的区域。我在农用采矿合作社管理的区域挖矿。还有一些单干的老板，他们向两个合作社中的一个付费，以开采特许矿区的其他区域。
>
> 我没有在农用采矿合作社注册，因为要拿到注册卡必须年满18岁。像我这样没有注册的采矿工每天必须向合作社缴纳200刚果法郎（约合0.11美元）的费用，才能在蒂尔韦泽姆贝采矿。
>
> 小规模采矿协助和监督服务部的官员会到采矿现场来。一看到他们，我们都会很慌，因为我们知道他们会想

这样那样的办法从我们手里拿钱。

我们分组在矿场的不同区域工作。我所在的小组有20个男孩。年龄较小的男孩在矿坑里挖矿。年龄大的男孩在隧道里挖矿……我们挖的矿石都卖给老板。老板有刚果人和黎巴嫩人……我的老板安排我在矿上的工作。他告诉我们去哪里挖,给我们发工资。如果不听老板的话,他就会叫士兵惩罚我们。

无论我们挖多少,挣的钱都不会超过4000刚果法郎(约合2.20美元)。我的老板买了钴之后,就卖给农用采矿合作社。我们得把装着矿石的麻袋放到合作社在特许矿区的卡车上。

农用采矿合作社和规划采矿合作社是卢阿拉巴省最大的两家手工采矿合作社。规划采矿合作社的所有者是伊夫·穆耶伊(Yves Muyej),他是卢阿拉巴省第一任省长理查德·穆耶伊(Richard Muyej)的儿子。穆耶伊家族是约瑟夫·卡比拉的忠实盟友。农用采矿合作社由约瑟夫·卡比拉核心圈子里的一位官员拥有,初创者是伊隆加上校(Colonel Ilunga),现已去世。农用采矿合作社和规划采矿合作社向产业链上游出售铜钴矿石时,包含的承诺应该是保证向手工采矿者支付合理的工资、提供安全生产设备、在矿工受伤时提供医疗服务,还应该保证没有儿童参与开采矿石,且只有经两家合作社批准的注册手工采矿者才能在矿区工作。

我采访的几位手工采矿者证实了菲力克斯的说法,蒂尔韦泽姆贝的许多采矿工虽然在矿场工作,但确实没有在农用采矿合作社和规划采矿合作社注册,他们的老板也的确将他们挖掘的矿石卖给了两个合作社。他们还证实手工和小规模采矿协助和监督服务部官员在采矿现场，并称每天都有一两千名儿童在蒂尔韦泽姆贝挖矿。他们透露说，无论产量如何，儿童每天的工资都在两美元左右，而且即便受伤了，他们也几乎得不到任何救助。根据蒂尔韦泽姆贝挖矿工的描述，他们工作环境很恶劣，如果不服从老板的命令，他们就会遭到猛烈的报复。有些人会被关在一个集装箱里，矿工们将其称为"地牢"，有时被关上整整两天，其间得不到任何吃喝。

从一系列的描述来看，蒂尔韦泽姆贝手工采矿经济似乎遵循如下运行机制：一个孩子每生产一袋30公斤重的水钴矿石，他的老板给他约1.10美元的报酬，老板然后以7美元或8美元的价格将这袋水钴矿石卖给合作社，每袋矿石的利润为6美元或7美元。从这时起，矿石的价值链条就变得难以捉摸了，因为在钴矿到达伦敦金属交易所，由交易所为全球精炼钴市场制定价格之前，钴在价值链上游的定价几乎没有透明度。我所了解到的情况是，大多数矿业合作社（和交易站）向刚果的工业矿产公司出售品位为2%或3%的钴矿石，价格大约是伦敦金属交易所精炼钴价格的15%至20%。因此，如果伦敦金属交易所每公斤精炼钴的售价为60美元，那么合作社将以每公斤9美元至12美元的价格出售含钴矿石。别忘了他们购买30公斤矿石的价格大约是8美元，这样一来合作社在这个体系中就成了一个赚取巨大利润的企业。而这些利润大部分落入了合作社所有者的腰包，他们往往是商界领袖或政府官员。

我在科卢韦齐的同事以及我采访过的在蒂尔韦泽姆贝工作的手工采矿者一致认为，蒂尔韦泽姆贝钴矿的主要买家包括以下矿业公司：卡莫托铜业公司（Kamoto Copper Company，隶属于嘉能可）、穆索诺伊矿业简易股份有限公司（La Compagnie Minière de

Musonoie Global SAS，简称COMMUS公司）和非洲化工公司（隶属沙利纳资源公司）。当地人称这几家公司为"全买入型"买家，意思是这些公司不论卖家是谁，卖家如何获得钴矿，他们都来者不拒，一律全部买入。通过实地供应链追踪来核实这些矿工们的言论很困难。由于有刚果武装部队士兵把守，不可能在蒂尔韦泽姆贝入口处观察卡车装运矿石的情况。出于同样的原因，我也不可能太靠近穆班加旁边通往矿区的土路路头周围地区，或在那里停留太久。不过，我可以确定，合作社在矿区内将矿石装上卡车，然后运往采矿公司或其加工厂。

我在刚果矿业省份遇到的所有手工采矿者中，最不愿意与我交流的是蒂尔韦泽姆贝的矿工。在我接触的大多数当地人中，我只要稍一提及这个矿区，他们就面露惊恐之色。看来蒂尔韦泽姆贝的秘密不容泄露。有人不止一次和我说，我说不定是合作社派来的奸细，目的是试探谁会走漏风声。还有人说我是个外国记者，谁要是敢对矿区的状况直言不讳，我就会揭发他们，让他们遭到暴力报复。科卢韦齐的一位同事告诉我："共和国武装部队监控着卢阿拉巴省的一切。他们监视着村子的一切动静，恐吓任何试图说出实情的人。我的意思是，如果有在蒂尔韦泽姆贝矿区、马洛湖（Lac Malo）附近的矿区或卡苏洛（Kasulo）街区采矿的人跟你这样的人说话，他们就会在夜里被枪杀，尸体会被扔在街上，警告其他人这就是开口说话的后果。"

暴力和恐吓在一定程度上是有效的，但当一个人觉得自己已经一无所有的时候，暴力和恐吓就失去它们的威力了。对于那些一切都已被夺走的人来说，即使是最严厉的惩罚也比不上说出真相的力量，或比不上代表那些再也没有机会说话的人发声的力量。我找到当地一个团队，他们熟悉那些在蒂尔韦泽姆贝工作的矿工所在的社区。通过与这个团队的协调，我从少数几个村庄中找到了包括菲力克斯在内的17个人，他们愿意交流自己在矿山的工作情况。为了保护这些知情人士，我们做了周密的安排——在破晓前我们就将他们从村子里接送出来，安排好一个安全的会面地点，避免被人窥探，让他们一直待到深夜或第二天清晨，然后将他们送回家。采访是在科卢韦齐郊外几公里处的一家旅馆进行的。旅馆老板是我的同事认识且信得过的人。

宾馆的访谈室只放一张小木桌和几把白色塑料椅子。第一个接受访谈的是名叫穆特巴（Muteba）的15岁男孩。他在母亲德尔菲娜（Delphine）的陪同下，拄着拐杖艰难地走进房间，两条残缺不全的腿从他瘦小的腰间垂下来。他穿着一件褪色的红色衬衫和一条磨损的黑色裤子，赤着脚，脸皱成一团，挂着厌恶的表情，好像嘴里吃了什么酸掉牙的东西。穆特巴坐在桌子对面的一把塑料椅子上。我又给他拿了一把椅子，好让他把残腿搭在上面。他说话短促，时不时要喘口气。

"我上过四年学。后来我家交不起学费。我的哥哥贝科（Beko）已经在蒂尔韦泽姆贝挖矿。2016年1月，我也开始在那里干活。每天早上，我给门口的士兵报上老板的名字，他们就会允许我进入矿区。老板会给我们一个字条，上面有数字，这就是我们要挖矿的地方。"

我问穆特巴有多少人为他的老板工作。

"至少有40人。"

"他们都是孩子吗？"

"是的。"

穆特巴说，为他的老板干活的大多数孩子年纪在10—13岁之间。他们还没有足够的力气挖隧道，所以他们每天在地表不同的地方挖。穆特巴说，他每天的收入在一美元左右。

"老板根据矿石的纯度给我们发工资。有些时候，如果纯度不高，他就不给我们钱。"

"谁决定纯度高还是不高？"

"老板。"

2019年5月6日晚上，穆特巴无法安睡。村里有一条狗生着病，在大声号叫。家里的其他成员都睡得很香，但穆特巴睡眠浅，那呜咽的动物让他很是心疼。他从茅屋里站起来，走到外面的黑暗中寻找那只狗。它正温顺地蜷缩在村外的灌木丛旁。

"不知道什么东西袭击了那条狗。它的腿和脸都在流血，很悲伤地看着我。我想它是想让我结束它的痛苦，但我害怕得很。"

第二天早上，穆特巴像往常一样去蒂尔韦泽姆贝干活。在描述那天发生的事情时，他若有所思起来，说话声也放轻了："我和哥哥贝科在一个坑里挖着矿。当时坑里还有另外三组人在挖矿。我听到轰隆一声，抬头一看，坑（墙）在我们周围倒塌了……"

穆特巴不再说话，眼睛湿润了。他的声音有些颤抖，艰难地继续说道："我被埋在石头下面，动弹不得。我试着大声喊起来，但几乎无法呼吸。我以为我会窒息死掉，能感觉到心脏快要爆炸了。"又停了一会儿，穆特巴补充道："几分钟后，我听到了喊叫声。感谢上帝，有人找到了我。我记得我看到了那个人的眼睛。他的眼睛很大。有人把我拉了出来。我看了一下我的腿，发现骨头已经刺穿了皮肤。"

说到这里，穆特巴盯着墙上剥落的石膏，擦了擦眼睛，让呼吸平稳下来。

"事故发生后，手工和小规模采矿协助和监督服务部的一些人把我送到了科卢韦齐吉卡明矿业公司的医院。我的腿骨被压碎了。医生试着把骨头弄直。他们给我做了手术，在我的双腿上安装了金属棒。"穆特巴说。

我问穆特巴的母亲如何解决手术费用。

德尔菲娜回答说："手工和小规模采矿协助和监督服务部支付了这笔费用，但一周后，他们说无法支付更多的治疗费用。"

我问穆特巴，他哥哥在事故中有没有出事。

"贝科死了。在坍塌事故中，其他人都死了。只有我活了下来。"

德尔菲娜说，贝科在蒂尔韦泽姆贝的事故中丧生时，他 18 岁的妻子正怀着他们的第一个孩子。几个月后，她生下了一个女婴。贝科去世后，穆特巴又无法工作，一家人的日子过得捉襟见肘。

穆特巴说："现在我完全体会到那条狗的感受了。真希望我当时有足够的勇气结束它的生命。"

其他前来接受访谈的手工采矿者对蒂尔韦泽姆贝矿区采矿情况的描述与穆特巴所描述的情况惊人相似，并且他们对矿场运作机制的描述也一致。他们说，蒂尔韦泽姆贝每天有多达上万人采矿。他们所描述的是一个由买卖钴的老板、合作社、刚果武装部队和外国矿业公司组成的精心打磨的系统——在将钴推向产业链上游的过程中，各方都在攫取自己的那部分利益。在这个庞大的帝国之下，出现了一个暗无天日的地方……这个地方我之前几乎闻所未闻。它在基普希并不存在。阿瑟带我参观的村庄里倒是有，但我只是匆匆一瞥。我在滕凯丰古鲁梅时，有几个手工采矿者顺口提到过它。这个地方沙巴拉也有，可我不过有机会草草看上几眼。然而，在蒂尔韦泽姆贝，这个地方——矿山隧道——却是再稀松平常不过。

蒂尔韦泽姆贝有数以百计的矿山隧道，也许超过1000条。这里是科卢韦齐之前的最后一站，最丰富的钴矿藏位于地下深处，位置就像穆雷·希茨曼博士描述的蛋糕中的葡萄干一样，只有通过挖掘隧道才能获得。一个名叫科松戈（Kosongo）的孩子和他的母亲胡戈特（Hugotte）向我揭示了挖掘隧道的可怕后果。

科松戈于2015年开始在蒂尔韦泽姆贝挖矿，他当时11岁。他和六个年龄相仿的男孩一起在地表采矿。一个名叫班扎酋长（Chief Banza）的人是这个小组的负责人。科松戈说，他在农用采矿合作社管理的矿区干活。挖矿的地点由班扎酋长指定，他每天给孩子们一美元左右的报酬。据孩子们说，班扎酋长将他们挖出的矿物卖给农用采矿合作社。2018年11月，班扎酋长告诉科松戈所在的小组，他们身体已经足够强壮，可以开始挖掘隧道了。科松戈当时14岁。在孩子们开始挖掘隧道的同时，班扎酋长和他们之间的关系也发生了转变。科松戈解释道：

> 最好的钴可能在地下二三十米处……蒂尔韦泽姆贝的地面非常坚硬，所以挖（隧道）需要很长时间……我们花了两个月的时间才找到钴石。那时，隧道已经挖了20米深了。
>
> 在挖隧道时，我们没有赚到钱，因为没有找到钴石。在那个阶段，班扎酋长每天给我们食物和2000刚果法郎（约合1.10美元）。一旦我们找到了钴，他就说我们必须把从隧道里挖出来的钴给他，抵扣挖隧道时他给我们的食

物和钱。如果我们不同意，就不允许我们在蒂尔韦泽姆贝
干活。

除此之外，班扎酋长还威胁孩子们说，如果他们敢去其他地方
干，他就会派士兵到他们家里，拿走他们欠他的钱。科松戈说，大
家都知道班扎酋长很凶悍，所以他觉得自己别无选择，只能接受新
的安排，继续为他工作。有些天科松戈能拿到大约一美元的报酬；
有些天连一个子儿都拿不到。

科松戈所在小组的孩子们完全无力对班扎酋长的安排进行讨价
还价，也没有其他收入来源养家糊口。他们欠下班扎大笔债务，还
受其恐吓说，如果不给他挖矿，不遵守他的指令，士兵们就会勒索
他们的家人。根据国际法律中的定义，孩子们的这种劳动无异于标
准的强迫劳动。[4]更糟糕的是，孩子们说，班扎酋长从未对他卖给
农用采矿合作社的水钴矿物的收入进行记账，而卖出他们挖到的水
钴矿物所得收入本应抵消他们欠班扎酋长的债务。地下深处水钴矿
藏的钴品位比地表矿藏高出五倍以上，但不论是以前在地表采矿，
还是后来在隧道挖矿，科松戈的收入都没有发生变化，这可能是因
为他要偿还挖隧道的两个月里累积的债务。除了在危险条件下被强
迫劳动之外，这些儿童还受到债务奴役制度的剥削——经济发展不
过是强迫他们劳动的手段，而他们的劳动成果并没有根据公平的市
场价格来定价，从而抵消他们的债务。孩子们遭受暴力威胁，被逐
出劳动场所，而且他们别无选择，这一切使他们深陷于一种债务奴
役制度。实质上，他们就是儿童奴隶。

科松戈在一张纸上画出了矿山隧道的形状。隧道包括一个矿
井，直径约为一米。他解释说："我们双手双脚紧撑着墙壁下到矿

井。"在井底，男孩们挖一个壁龛，用来放装水钴矿物的麻袋，麻袋装满后用一根绳子吊出矿井，绳子用撕破的拉菲麻袋做成。壁龛高约一米半，宽约两米。在壁龛的对面，他们沿着水钴矿脉挖掘一条与地表平行的隧道。

隧道的高度只够他们匍匐前进。唯一的光源来自用头带固定在头上的小手电筒。科松戈说，他们用镐把矿道壁上的水钴矿物敲下来，然后装进拉菲麻袋里。

科松戈说："隧道里非常热。灰尘又多，很难呼吸。"

装满一袋水钴矿物后，孩子们把它拖回矿井底部的壁龛。

"班扎酋长放下一根绳子。我们把绳子系在麻袋上，然后他把麻袋拉到地上。"

科松戈说，孩子们通常会在地下待上一整天，之后班扎酋长会用拉钴袋的绳子把他们一个个拉上来。

2019年3月20日，科松戈及小组其他孩子干完那天的活，正聚集在壁龛里，准备回到地面上。科松戈走在队伍的最后面，趴在矿道和壁龛的交界处："我听到头顶上方传来声响。我抬头一看，隧道顶上有一条裂缝。我赶紧想爬出隧道，进到壁龛里，但隧道顶部已经掉下来，压住了我的腿。我还以为整个隧道都会掉下来，那样我们都得死。科松戈说，洞里的其他孩子推开了他腿上的石头，班扎酋长把他拉了出来。然后手工和小规模采矿协助和监督服务部的两名员工开车将他送到了科卢韦齐的吉卡明矿业公司医院。他说："我的腿像着了火一样，后来就失去了知觉。"这次坍塌导致科松戈双腿多处骨折，双腿已无法修复，不得不将膝盖以下截肢。他的母亲胡戈特说，手术后科松戈在科卢韦齐的吉卡明矿业公司医院接受了短暂的护理，之后他们就再也没有得到任何援助。截肢后，科松戈变得越来越沮丧和心灰意冷。

他问道："为什么只有我一个人受伤？"

科松戈撩起短裤，让我看他残存的双腿。他的眼睛湿润了，嘴唇开始颤抖。他把双手放在大腿上，万般怀念已经缺失的那部分："我以前每周日都踢足球。我踢得很好。"

我的采访对象既有在蒂尔韦泽姆贝采矿的工人，也包括那些子女在蒂尔韦泽姆贝采矿的家属。采访持续几天后，我确信我已经看尽了人类痛苦的种种呈现形式。那些诉说孩子因矿难丧生的父母的脸最令人心碎。让我无法忘怀的是一位名叫特希特（Tshite）的父亲。他坐在我对面，他的脸因愤怒、悲伤和内疚而颤抖不已。他讲述的是他的长子卢博（Lubo）。从卢博出生那天起，特希特就一直对他疼爱有加。孩子是他最大的礼物和希望。他向卢博承诺，他会不惜一切代价，一定让他过上比自己更好的生活。在描述事情经过时，特希特悲伤如绞，痛苦难抑：

> 我在蒂尔韦泽姆贝拼命干活，挣钱供卢博上学。我告诉他："我希望你能靠头脑赚钱，而不是只能靠苦力。"每天我从蒂尔韦泽姆贝下班回家后，全身上下都疼得不行，头和脖子尤其疼得厉害，脚在流血，手上嘴里都长满了水泡。我老觉得胸口火烧火燎的，一直咳个不停。

特希特说，无论感到多么痛苦，也无论病得多么严重，他从未停止过工作，哪怕是一天。他希望卢博能继续上学。

但有一天，特希特在蒂尔韦泽姆贝遭遇了一场事故，导致他无法继续工作。他的右臂在一次坑壁坍塌中被砸断了。特希特不知如何是好。"卢博走过来对我说:'爸爸,别担心,我去干活。'我告诉他:'不!你必须留在学校。如果你离开学校,就再也回不去了。'我告诉他,我们会找到其他办法的。卢博说,能帮助我是他的骄傲。他说,只要我能重新工作,他就会回到学校。"特希特接着讲述后来发生的事情:

> 卢博就这样到蒂尔韦泽姆贝去挖矿了。他的老板名叫阿兰(Arran),是个黎巴嫩人。阿兰手下有200多个男孩,是蒂尔韦泽姆贝最大的老板。他告诉卢博他得去挖隧道。我不想让卢博去,因为我知道这么做可能会发生什么后果,但阿兰说如果卢博不挖矿道,就不能在矿上工作了。
>
> 卢博在蒂尔韦泽姆贝挖了一个多月的隧道。我每天都祈祷他能平安回家。我的胳膊好了很多。我想再过几天我就可以重新工作,卢博也可以回到学校了。
>
> (2019年)1月18日,卢博没有从蒂尔韦泽姆贝回家。我就往矿上跑。我赶到时,其他家长已经在那里了。每个人都在喊:"我的儿子在哪里?把我儿子还给我!"士兵们用枪指着我们的脸,强迫我们离开。我急得快要疯了,不知道卢博出了什么事!我在路上来来回回走个不停。我回到矿场,恳求士兵们"请让我去找我的儿子",但他们对我又是打又是踢的。
>
> 我在矿场附近的树上待了一夜,早上又返回去。其他父母也都回来了。大伙儿不停地喊叫着,士兵们威胁说要枪毙我们。后来,农用采矿合作社的一名官员开着吉普车

来到矿场。他让我们保持安静，让他解释发生了什么事。

他说前一天有一条隧道坍塌了。他说没有人生还。

在接下来的几天里，特希特和他的妻子听说，那条隧道坍塌时，至少有 40 名儿童在矿井下。现场的其他手工采矿者想把孩子们挖出来。他们一共挖出了17具尸体，其中一具就是卢博。

"我抱着儿子的尸体，求他回来。"特希特说。

手工和小规模采矿协助与监督服务部为卢博提供了一口棺材，给了特希特一笔钱用于葬礼。特希特在讲述这一切时，内疚不已，因为他手臂断了间接导致卢博的死亡。他说，最多再过一个星期，他就可以回去挖矿，而卢博也可以回到学校。

"我非常想念卢博。他是我最好的朋友。"

特希特并不是唯一承受丧子之痛的父母。还有其他六位家长告诉我，他们的儿子被活埋在蒂尔韦泽姆贝坍塌的隧道里。他们提到的坍塌事故都发生在 2018 年 5 月至 2019 年 7 月期间。据这些家长说，在蒂尔韦泽姆贝隧道塌方事故中被活埋的七名儿童中，有五人在阿兰手下挖矿。

综合来看，蒂尔韦泽姆贝也许是铜矿带最危险的工业采矿点，这里的童工人数比刚果任何正规矿山都要多。我在蒂尔韦泽姆贝那次采访中统计得到的数据是12 名男子和男孩严重受伤，7 名儿童被活埋。这仅是我的一次调研中，愿意与我交谈的极少部分人所提供的数据。即使这样一个不完全的数据，也可清楚表明，蒂尔韦泽姆贝不仅仅是一个铜钴矿场，它还是一个杀戮场。

人们很容易将杀戮的罪魁祸首指向当地的相关方——无论是腐败的政客、压榨矿工的合作社、不可理喻的士兵，还是敲诈勒索的矿工老板，他们都代表着整个链条中的一环，也代表了一种更凶险的弊病——全球经济对非洲大陆的蹂躏。全球经济秩序加剧了全球供应链底层劳动者的贫穷，削弱他们抵御风险的能力，贬损他们的人性，这直接导致了在蒂尔韦泽姆贝挖矿的孩子们遭受残忍冷漠的对待。跨国公司宣称其供应链中每个工人的权利和尊严都得到了维护，这种声明再虚伪不过。

协助我采访的翻译奥古斯丁（Augustin）心情格外沉痛。在采访进行的几天里，他得不断将斯瓦希里语中种种表达悲痛的词语转换为英语。在翻译过程中，他有时难忍哀痛，情不自禁地低头啜泣。我们分别时，奥古斯丁说："请告诉你的国人，他们的手机之所以可以充上电，是因为刚果每天都有孩子在死去。"

在我采访了蒂尔韦泽姆贝那些家庭两年后，我第二次尝试进入这个矿区。在一名穆班加当地人的指引下，我走上一条可以避免被刚果武装部队发现的路，然后再转入通往矿区的那条土路。即使从一公里多远的地方看去，矿区的高墙也气势恢宏。我们穿过村子沿路向南走，来到一处房屋比较稀疏的地方。孩子们在小堆的垃圾焚烧堆旁玩着塑料袋，松垮的绳子上晾着衣服。一个身穿明黄色连衣裙的女孩跟着母亲走在小路上，她们头上顶着装水的塑料容器。摩托车在土路上来回穿梭，每辆车上都载着两三名乘客。

一位年轻的母亲引起了我的注意。她坐在地上，大腿上坐着一个婴儿。她身后是一家发廊，外墙涂成水蓝色，门口上方用红色油漆写着法语"一切都来自上帝"。婴儿穿着布尿片，母亲穿着浅紫色的连衣裙。她的头发披散着，松松地垂在肩上。我看着母亲抱着孩子来回摇晃。每次她向前摇晃时，都会轻抚婴儿的脸，婴儿便咯咯地笑起来。向后摇晃时，她睁大眼睛，眼里满是期待，向前摇晃时，她亲昵地轻蹭着兴高采烈的孩子。母子俩晃来晃去地嬉戏，幸福而快乐。

我继续沿着土路走，穿过村庄，进入一片森林。走过一个小湖后，小路开始向上伸展至矿山山脚。一辆油车沿着另一条土路行驶，这条土路从东面通向蒂尔韦泽姆贝。两台挖掘机正在其中一座山顶上工作。摩托车来回飞驰。定睛细看后，我发现摩托车司机都穿着霓虹背心，摩托车后座上驶离矿区的乘客都满身尘土。我想数一下有多少个看起来大致是十几岁的男孩，但无法数清。

随着道路继续向南延伸，路也越来越陡。我最终到达了蒂尔韦泽姆贝入口处的安全检查站。从矿区底部望上去，巨大的坑壁仿佛要吞没天空。检查站包括两部分，路的东面是一个用大集装箱改装而成的屋子，西面是一个站岗台，台上有两名身着制服的刚果武装部队的士兵，手持卡利什尼科夫冲锋枪。路障包括一根铰链及铰链顶端安装的长金属杆，杆子的长度刚好挡住大部分路面，但又留出足够的空间让摩托车通过。我问士兵是否可以进入矿区，他们拒绝了我的请求。

一名摩托车司机在入口处闲逛。他穿着和其他人一样的霓虹背心，背面缝着数字31。他说他叫约翰（John），得到批准来运送蒂尔韦泽姆贝的工人。原来马甲上的数字是这个意思——他是第31号运输司机。我问他每天跑多少趟。他说："大概 20 次吧。"

约翰返回穆班加，运送下一批采矿者。我在矿山山脚下又逗留了一会儿，注视着这座纪念痛苦的矿碑。有那么一刻，所有的摩托车都停了下来，一切万籁俱寂。在这无边无际的寂静中，我想到了他们——无数像卢博一样被活埋在蒂尔韦泽姆贝的孩子，他们永远被压在坍塌的矿壁下冰冷的泥土中。

虽然没有人会准确知道有多少孩子被埋在蒂尔韦泽姆贝里，但有一点是确切无疑的——直至2021年 11月1日，蒂尔韦泽姆贝依然是一个全面运营的矿区，每天都有数以百计的儿童进入其中。

第六章

"我们在自己的坟墓里工作"

对金钱的饥渴让人不惜夺去他人性命……为了获得金钱或践踏他人的尊严，可以无所不用其极。

——［刚果（金）］卢本巴希大主教尤金·卡班加·松阿松加（Archbishop Eugène Kabanga Songasonga of Lubumbashi），1976 年

我们终于来到长路尽头。这里是依靠设备驱动的经济和电动汽车革命的心脏重地——科卢韦齐。科卢韦齐是一个独一无二的存在，是一个蛮荒的西部世界，其钴储量约占全球储量四分之一。这座城市丰富的矿产资源促进采矿业迅速扩张，同时也带来了严重的环境破坏。在谷歌地球上搜索科卢韦齐然后放大，可以看到巨大的矿坑、露天矿场和大片的矿地。小型人工湖的水资源服务的对象是采矿作业，而非城市居民。村庄周遭的森林都被夷为平地，大地千疮百孔。矿山吞噬了一切。

每年都有成千上万的人涌入科卢韦齐。他们来自邻近省份或国家，有些甚至不远万里，从东亚和印度来到此地。这些人已经深陷矿产和金钱的漩涡，无法逃脱。世上再没有一个地方能像科卢韦齐一样，看到如此之多的人挣着血汗钱。据官方估计，科卢韦齐的人口数约为 60 万，但实际数字接近150万。这个人口规模已经让科卢韦齐市不胜负荷。破败不堪的贫民窟，临时搭建的住宅形成的城中村，从市中心不断向外蔓延，不断挤压着日益狭小的居住空间。矿山占据了科卢韦齐至少80%的已开发土地，几乎将绿地和耕地面积挤占殆尽。2012—2022年的延时卫星图像显示，科卢韦齐周围形成一片不断扩张的"褐色"地带，像海啸一样吞噬着沿途的一切。科卢韦齐成为非洲发展版图中缺失的一角。对钴的追逐占据这里的一切。

公路从东面进入科卢韦齐，经过化工厂和工人大院，到达市中心。商业中心区密布商店、市场、教堂、酒店和宾馆。卡车、摩托车、挖掘机、重型运输车和手工采矿者挤满了坑坑洼洼的街道。科卢韦齐是迄今为止刚果东南部省份污染最严重的城市，在这里人连呼吸都觉得难受，眼睛也感觉火辣辣的。殖民时期的老街区在摇摇欲坠。站在科卢韦齐的任何一处地方，几乎每个方向都能看到矿场。

在市中心的北面，有一个名为卡苏洛的街区。这里是刚果最大的手工采矿区之一，也是最先开挖隧道采矿的地方。从2012年到2022年，从科卢韦齐的卫星图像上可以看到无数的黑色圆圈和覆盖露天隧坑的淡红色防水油布所形成的色块——每一处都是一条矿道。卡苏洛的钴矿藏非常丰富，以至于矿业公司于2018年在部分街区筑起围墙，建立了一个手工采矿示范点。卡苏洛东北方向是第二个示范点穆托希（Mutoshi），由非洲化工公司经营，该公司也是卢本巴希附近埃图瓦勒矿山的经营者。我们将走访这两个"示范点"，来验证它们的示范性。

科卢韦齐市中心西南部有一个名为卡尼纳（Kanina）的社区，附近有一个位于高尔夫湖（Lake Golf）的清洗手工开采钻石的大型洗矿区，以及穆索诺伊矿业（简易股份有限）公司的工业采矿点。穆索诺伊矿业公司横跨穆索诺伊（Musonoie）街区的邻近地带。穆索诺伊有两个隶属嘉能可的工业矿区——东卡莫托矿（Kamoto East）和卡莫托–奥利维拉–维吉尔（Kamoto Oliveira and Virgule，简称KOV）。这些矿区的西南部是科卢韦齐的矿山巨头——嘉能可旗下的卡莫托铜业公司矿山和东马尚姆巴（Mashamba East）矿山。2021年，嘉能可在科卢韦齐的矿山总计产量高达2.38 万吨钴。[1]卡莫托铜业公司矿区附近还有西马尚姆巴（Mashamba West）矿区和迪库卢韦（Dikuluwe）矿区，以及我们走访旅程的最后一站——卡米隆巴（Kamilombe）矿区。

科卢韦齐由上加丹加矿业联盟于1937年建立，作为加丹加省西部的中心城市。科卢韦齐丰富的矿藏资源成了暴力冲突的导火线。为了争夺矿藏控制权，1960年，莫伊兹·冲伯在刚果独立11天后宣布加丹加脱离国家。1963年，在美国的援助下，冲伯的军队被击败，冲伯逃往邻国安哥拉。但冲伯并不愿意放弃加丹加独立的梦想，又组织了两次大规模的军事行动，以夺回对该省的控制权，史称沙巴战争（the Shaba wars）。第一次沙巴战争始于1977年3月8日，冲伯率领2000名士兵控制了全省的主要矿区。数百名平民被杀，数以万计的人逃离当地。当时的扎伊尔共和国军事力量羸弱，几乎没有进行抵抗。绝望之下，时任总统约瑟夫·蒙博托将冲伯军事力量描绘成苏联支持的共产主义者，以期得到西方的支持。美国、比利时和法国担心共产主义者再次接管刚果重要的矿产资源，于是派出军事援助，重新夺回该省的控制权。

次年，冲伯发动了第二次沙巴战争，他的部队迅速控制了科卢韦齐。一开始，西方列强不愿再次参战。后来，据说蒙博托孤注一掷，命令其军队杀害科卢韦齐的欧洲人，以激发西方国家插手冲突。数百名欧洲人被杀后，法国和比利时伞兵部队在美国空军的支援下空降科卢韦齐。虽然科卢韦齐的控制权最终被夺回，但战争导致城市大部分被毁，造成数以百计的平民伤亡。

民兵冲突和种族冲突一直是刚果整个铜矿带地区的生活日常，尤其是在科卢韦齐周围，这使得科卢韦齐成为铜矿带地区驻扎士兵和安全部队最密集的地方。该市大部分重要矿区由刚果武装部队或共和国卫队，或由两者共同负责安保工作。在我研究调查的最初几年，负责监管科卢韦齐矿区的是卢阿拉巴省前省长、约瑟夫·卡比拉坚定的盟友理查德·穆耶伊。

理查德·穆耶伊于2016年成为卢阿拉巴省首任省长。作为省长，他对该省采矿业务的许多方面拥有最终决定权。如果一家矿业公司希望扩大或变更其业务，或与当地社区发生纠纷，他们都需要找他办理，或由他进行裁决。有传言称，穆耶伊将矿业交易的资金转入个人账户，这一点与约瑟夫·卡比拉并无二致。他最终落入齐塞克迪总统张开的反腐法网，受到贪污指控，罪名是从采矿交易中贪污超过 3.16 亿美元，于2021年9月10日被免职。[2]

2018年我第一次来到科卢韦齐时，就是来到穆耶伊省长的办公室，请求他批准我走访科卢韦齐的矿区。他的办公大楼门口有几名手持卡拉什尼科夫冲锋枪的男子把守，在我进门时，他们向我行了军礼。我先被带到楼内的一个安全检查点，在那里我的手机被没收，背包里的东西也需接受检查，我还被拍打搜身，之后才让我进入一间等候室，等候室里还有几名手持卡拉什尼科夫冲锋枪的男子把守。过了预约时间后我又等了30分钟，却被告知穆耶伊无法会见我，我被带去见的是卢阿拉巴省政府负责人道主义和社会事务的主任专员穆森加·马福女士（Mrs. Musenga Mafo）。马福女士耐心聆听了我解释为何希望走访科卢韦齐附近的矿区，并给出了恰当的回应。她对外国矿业公司在该国造成的破坏表示担忧，手工采矿对妇女和女童带来的负面影响尤其令她感到不安。她解释说，女性手工采矿者遭受性侵犯的现象长期存在，她们的工资远低于男性，而且几乎没有任何保护人身安全的手段。

经过一番融洽的交流后，马福女士在我的经济、安全担保函上盖上了她的印章并签了名。她的印章就像卢卡拉巴主任在上加丹加省的印章一样，可以帮助我避免出现最坏的结果。不过，这并不意味着看守科卢韦齐周围众多手工采矿区的持枪士兵会让我进入矿区。

卡帕塔、马洛湖和东马尚姆巴

科卢韦齐周边散布着许多村庄和居民点，有些已经存在了几十年，有些则是最近随着外来人口涌入科卢韦齐而形成的。这些地区居住着数十万人，为手工采矿业提供了大量劳动力。毫不夸张地说，科卢韦齐最贫穷的这一部分人用他们虚弱的肩膀，担负着电动汽车革命的重任，但他们中很少有人能享受到现代生活最基本的设施，如稳定的电力供应、清洁的用水、卫生设施、医疗诊所和学校等。

在科卢韦齐周围的所有村庄中，也许没有哪个村庄比卡帕塔（Kapata）更为重要。卡帕塔最初由吉卡明矿业公司于20世纪70年代建立，用于安置卡莫托铜业公司矿区的工人。如今，它已成为通往卡莫托铜业公司矿区和东马尚姆巴矿区及其周边大型手工采矿区的门户。嘉能可通过100%控股的加丹加矿业公司，拥有这两个矿场75%的股份。2002年的《采矿法》颁布后不久，加丹加矿业公司就获得了这两个矿山的开采权。矿山出产的铜和钴在科卢韦齐的卡莫托选矿厂（Kamoto Concentrator）和卢伊卢冶炼厂（Luilu Metal-lurgical Plant）进行加工。

当地一位活动家吉尔伯特（Gilbert）为我走访卡帕塔和周围矿区的首次旅程担任向导。他和同事们致力于扶持手工采矿家庭，帮助儿童远离矿山。我们开车沿着一条狭窄的公路从市中心向西南方向行驶。到达卡帕塔村前的最后几公里是还没有铺设路面的土路。我们多次驶离土路以给从卡帕塔附近矿区运送矿石的货运卡车让路。把车停在村边后，我们继续步行。卡帕塔村坐落在超大矿山卡莫托铜业公司矿山和卡布伦古湖（Lake Kabulungu）之间，村里有一排排整齐的红砖小屋，大部分小屋都是村民住宅，有一些被改造成了小商店，成为出售蔬菜、汽水、食用油和面包的市场。我还发现至少有一家网吧，里面有两台满是灰尘的戴尔台式机，看起来像是直接从20世纪 90年代远程传送过来的物件一样。小屋之间的土路边挖有露天排水沟。卡帕塔村里已经通电，磨损的电线在村里蜿蜒伸展，但供电时断时续，电力在刚果的农村地区属于稀有资源。村里还有几所学校，不过教师工资被拖欠时，学校一停课就是几个星期。

吉尔伯特安排我在卡帕塔交流的第一个人是卢布雅（Lubuya），一位上了年纪的女性，据他说卢布雅比任何人都更了解这个地区的历史。我们来到卢布雅家，她邀请我们进屋。卢布雅是位历经风霜、世事洞明的老人，眼神慈祥，面容刚毅。她的头发裹在高高盘起的头巾里，穿着两件套的套装，上衣和裙子上都装饰着红色和橙色的月牙图案。她今年69岁，是我在刚果采访过的人中最年长的。卢布雅的小屋有两个房间，我们坐在塑料椅子上进行采访。她和两个孙子及一个孙女同住在一起。孩子们在附近的马洛湖挖钻。卢布雅的丈夫14年前去世了。孩子们的母亲，也就是卢布雅的女儿，六年前因病去世，孩子们的父亲不久后也离开了他们，留下卢布雅独自抚养孙辈。

卢布雅说，她1977年来到卡帕塔。据她的形容，那时的科卢韦齐还是一个比较安静的城市，人们有地方住，有东西吃。空气和水都很干净。村民们穷是穷的，但大家日子都能过下去：

> 我们有一套用工制度。你进了公司后，他们就付你工资，给你口粮，还会给你房子住，给孩子们建学校。我

们就是这样来到卡帕塔的，我丈夫当时在吉卡明矿业公司工作。

那时我们生活过得好，需求能得到满足。1992年，吉卡明矿业公司停止支付工人工资，问题就出现了。人们又饿又气，从那时起，男人们开始自己到矿上挖矿。

当时还没有像现在这样的钴交易站，工人们都乘公共汽车到卢本巴希，到市场上卖矿石。当时的情况非常艰难，但这是唯一的出路。

外国采矿公司来到科卢韦齐后，外国钴交易商也随之而来。他们在这里建起交易站。大家就只用到矿上挖矿，矿石卖给交易站，然后拿着钱回家就行了。

大家都问，为什么孩子们要去矿上挖矿呢？我的孙子现在就在那里。但是你宁愿看到他们挨饿吗？许多孩子无父无母。有时一个母亲再嫁后，她的男人就会把她的孩子赶出家去。那这些孩子能怎么办？他们只能靠挖矿生存下去。

卢布雅的话匣子打开后就停不下来。她接下来表达了对科卢韦齐当下生活的担忧。她说还有一个问题是，外国采矿企业的涌入造成食品和住房成本大幅增加，迫使许多家庭不得不从事手工采矿来赚钱养家糊口。她还对采矿公司破坏农田、污染空气和水资源等做法表示谴责。不过，在谈到国家领导层时，她的言辞最为犀利：

我们这有句老话说，"蛇生的孩子就是蛇"——洛朗·卡比拉就是第一条蛇。他与卢旺达人一起侵略了刚果，还自称解放者……他的儿子也是一条蛇。他出卖了我们国家，而且钱全落入他自己的腰包了。

蒙博托上台时，大家都说情况会好转，说蒙博托更强大，那时刚果人还挺自豪的。可蒙博托自己发财了，刚果人却还在受苦。我们的领导人只关心自己。

卢布雅和蔼地一一回答了我提出的一系列问题后，她对我及美国人如何生活产生了兴趣。她不敢相信美国几乎家家户户都通了电，也不敢相信一部电池中含有钴的智能手机售价高达 1000 美元。

她说："这里的人做梦也想不到会有这么多钱。"

在我离开的时候，卢布雅的脸色凝重起来，她充满狐疑地看着我。她问道："你到底为什么来这里？"

刚来到她家，我就已经向她解释过我此行的目的，此时我又重复了一遍，说我的目的是记录手工开采钴矿的状况。

"为什么？"她又问，似乎我的理由毫无意义。

"我希望能准确描述这里的状况，好激励人们进行改善。"

卢布雅看着我，好像我是个傻瓜一样。

"每天都有人因为钴而死掉。把这些说出来并不能改变什么。"

从卡帕塔出发，我沿着一条小路穿过一小片桉树林，来到了马洛湖。这个湖紧邻卡莫托铜业公司露天矿60米高的土墙。这是一个相对较小的湖泊，雨季时湖面变宽，最大时直径约有300米，旱季结束时湖面会缩小到原来的三分之一左右。从树丛中望去，可以看到十分壮观的场面。成千上万的人挤满了湖周围的每一块空地。数以百计的工人拖着沉重的脚步上下于卡莫托铜业公司巨大的围墙。还有几十个工人拖着大袋的矿石前往马洛湖旁的交易站。即使2018年在卡莫托铜业公司矿区的泥土中发现了高浓度的铀，也没有阻止该地区的手工采矿活动。在这里的矿区工作的采矿者和洗矿者都属于同一个复杂的生态系统，钴借由这个系统直接输入正规的供应链。为了更详细地了解该地区的情况，我首先要征得马洛湖最大老板的同意，这位老板号称德贾姆巴酋长（Chief DJamba）。

我看到德贾姆巴酋长时，他正坐在马洛湖旁一个交易站的木桌旁。我在基普希、利卡西或丰古鲁梅等地看到的交易站不过是用粉红色防水油布随意搭建起来，相比之下，这里的交易站更加正规。有几个交易站由大型金属集装箱改装而成，由携带武器的便衣人员看守。武装警卫还在湖边巡视，确保手工采矿者只把钴卖给附近的交易站。大多数交易站的入口处都有一张价目表，用黑色记号笔写在拉菲麻袋上。品位1%的矿石每公斤250刚果法郎（约合 0.14美元），品位7%的每公斤则为3000刚果法郎（约合1.67美元），矿石价格在这两个价位之间变动。

德贾姆巴酋长身旁簇拥着穿黑色制服的武装人员，为他提供保护。我坐在集装箱交易站入口处的一把椅子上，吉尔伯特则请求允许我们在马洛湖周围活动，并与手工采矿者进行交流。他给德贾姆巴老板看我的安全担保函上马福夫人的签名和盖章，不过好像并没有什么作用。在吉尔伯特据理力争时，德贾姆巴酋长直勾勾地盯着我，一口一口地深吸着烟。这种情景持续了几分钟——吉尔伯特焦急地对德贾姆巴说着话，后者一边抽烟一边盯着我。最后，德贾姆巴用斯瓦希里语对吉尔伯特说了几句话，他的嗓音很粗哑。

吉尔伯特说："我们可以去了，但你必须把手机和背包留在这里。"

我们从东面走近马洛湖。卡莫托铜业公司的土墙耸立在湖的北面和西面。与埃图瓦勒、穆坦达、滕凯丰古鲁梅和蒂尔韦泽姆贝等矿区不同，在2021年夏天之前，卡莫托铜业公司的矿区没有筑起围墙、栅栏或采用其他安全措施。任何人都可以步行上山进入矿区，进行挖掘，然后扛着装满矿石的麻袋下山。后来嘉能可公司在山顶修建了一道混凝土矮栅栏，但手工采矿者很容易就能翻越过去。

随着我们慢慢靠近湖边，喧嚣声也越来越大，猛烈刺激着耳膜。原来那些影影绰绰的轮廓清晰起来，是成群结队的妇女和儿童。吉尔伯特描述了马洛湖边的工作流程：

> 采矿工人在湖周围挖矿，用麻袋装矿石，孩子们则爬到卡莫托铜业公司的矿坑里去挖。他们把麻袋带到湖边，妇女和女孩们在湖边清洗石头，把洗好的石头堆成一堆，再用麻袋装好，最后把麻袋送到交易站。

我问吉尔伯特，交易站怎么处理收购的矿石。

"他们用卡车把矿石从马洛湖运到卢伊卢。你还记得我们在去卡帕塔的路上经过的那些卡车吗？那就是运矿石的车。"

我问，除了卢伊卢的工厂，矿石是否还被运往其他地方。

"还有一些被运往卢本巴希的矿业公司加工厂。"

"那么，所有的钴不是被运到卡莫托铜业公司，就是被运到卢本巴希的矿业公司？"

"几乎全部。还有少量卖给了其他矿业公司。"

第二天，我跟随装满水钴矿物的货运卡车从马洛湖附近的交易站来到科卢韦齐卢伊卢工厂的安全门。货运卡车继续穿过大门，进入工厂。

在湖南面不远处，吉尔伯特发现了一群他认识的男孩——他们是三兄弟，年龄在9—13岁之间。吉尔伯特拍了拍最小的孩子的后背，灰尘从他的衬衫上飞落下来，就像从旧沙发上飘落一样。三兄弟住在卡帕塔，每天在马洛湖周围挖矿。三人都没有上过一天学。老大坦布韦（Tambwe）说，他刚从卡莫托公司的矿坑出来，挖了一袋矿石，准备往回走。到目前为止，我还没有近距离观察过刚果的工业露天铜钴矿山，因此我问坦布韦我们是否可以同他一道走。他同意了，还说他知道一条安全的上山道路。

我跟着坦布韦离开马洛湖，回到桉树林，沿着树林向围墙西端的底部走去。矿山的土里夹着碎石，至少有40米高，呈45度角倾斜。几个孩子正扛着空麻袋往山上爬，还有几个孩子肩上扛着塞满石头的麻袋下山。坦布韦指了一下他说的那条安全的上山路，然后我们就开始往上爬。碎石让人脚下打滑，所以上山时每一步都走得摇摇晃晃的，有几次我都滑倒了。为了保持平衡，我的每块肌肉都紧张起来，这让我筋疲力尽。在上山途中，我们碰到了许多孩子，他们一群群地正在矿山壁上的矿洞里挖矿，洞有两三米深。我们还经过了几条挖在山坡上的隧道，其中大部分都用粉红色的防水布做了标记，以免有人掉进去。看来所有可能存在钻石的地方都逃不过被开挖的命运。

我们来到山顶，沿着一片被挖得千疮百孔的山地往前走，又爬上了一个小斜坡后，一座宏伟壮观得令人震撼的凹陷式露天铜钴矿山赫然出现在我眼前。矿坑巨大无比，呈长方形，长约450米，宽约200米，深至少120米。为了防止坍塌，矿壁被挖成了阶梯形状，把一座埃及阶梯式金字塔的塔顶和底座翻转过来，扣进土里后扶正，就会形成卡莫托公司这样一个露天铜钴矿山。矿壁上的台阶仿佛梯田一般连绵起伏，对称优雅，几乎带着一种禅意的韵味，但我知道它们代表着的其实是毁灭。数以千计的工人散布在矿区各处，除了那些数不清的隧道口处的工人，其他人都在顶着烈日一刻不停地进行作业，没有喘息的机会。

坦布韦向我道别后，继续去将矿石装袋。我走回矿墙边，将目光投向地平线。站在这座令人生厌的山顶上，我可以充分感受到科卢韦齐人民所遭受的种种恶行带来的恶果。他们劳累一天挖到的矿石只能给他们带来几美元的收入。这里随处可见矿坑和矿山隧道，大地满目疮痍，到处都有持枪的几近疯狂的人在巡逻。地上笼罩着一片阴沉的灰白色，仿佛大地也不忍直视这一切。我刚想细细审视一下周遭阴郁的环境，一阵热风扫过矿山，将沙砾吹进我的眼睛和嘴里。我咳嗽了几声，想起来我的背包放在德贾姆巴酋长那里，而我的水瓶放在包里。我只好对着手帕吐口水，好湿润手帕来清洗眼睛里的沙尘。这清楚表明，我无力适应这里的环境。

没想到下山的路比上山的路更难走，况且我还不用背着一袋钻石下山。地心引力让我不由自主地向前冲，而每走一步，地面都会下陷。我侧着身子，放低身体贴着地面，以免一路滚到山脚。在我周围，挖矿的孩子们光着脚，有些条件好点的能有双塑料拖鞋穿着，在矿山上来去自如。途中我遇到一个孩子，背着装满矿石的拉菲麻袋，在这险峻的地形上敏捷地穿行。我惊叹于他灵巧的动作，同时又不禁担忧这样上下矿山会给他的脚踝、膝盖、后背和脖子带来什么样的损害……但转念一想，他还能活到这些损害开始影响他的那一天吗？

我走到山脚下，和吉尔伯特一起回到马洛湖边。湖水近看时就像一团黑乎乎的浮渣。妇女和女孩们站在齐膝深的湖水中，上下猛烈晃动筛子，把泥土和石头分离开来。我问吉尔伯特湖水受到多大程度的污染。他回答说："为什么不问问她们呢？"他走近一位腰弯到90度的妇女，提出了这个问题。那位妇女哇啦哇啦地回答了一长串话，声音尖厉。其他妇女也纷纷发表自己的意见，激动地比画着。吉尔伯特当然知道我问题的答案，但他想让我看到这个问题所激发起的情绪。

"那位妈妈说湖水就是毒药，"他给我汇报妇女们的回答，"她说湖水会杀死她们肚子里怀着的孩子。连蚊子都不会喝在这里干活的人的血。"

我们又和几位在湖里洗石头的妇女进行交流。她们中的大多数人都非常担心湖水有毒，抱怨皮肤有烧灼感，肠胃感到不适。一些妇女控诉她们遭到了在该地区巡逻士兵的身体攻击。她们都说，在湖里洗矿石是她们赚钱的唯一途径，但交易站总是让她们吃亏。

一位妇女说："就算亲眼看到我们矿石检测纯度高，价钱都只会按2%的纯度算。"

在马洛湖洗石头的大多数妇女和女孩都是以家庭为单位工作的，也有一些妇女和女孩为其他采矿者洗石头，还有一些清洗自己开采的矿石。这些女性在毒辣的太阳下，踩在马洛湖污染严重的水里每天工作十个小时，但她们大多数人每天的收入都不超过一美元。

虽然我可以与许多在马洛湖及其周边地区工作的人随意交谈，但更为详细的采访是在卡帕塔的工人家中或其他工人认为更安全的地方进行的。其中一次采访的对象是一名15岁的男孩阿尔尚热

（Archange）。他坐在红色轮椅上，双臂紧紧抱在胸前，骨瘦如柴，神情焦虑，在整个访谈过程中一直紧咬牙关。阿尔尚热说，他上过五年学，最喜欢的科目是法语。后来家里再也无力负担学费，他不得不辍学，于2018年夏天开始在卡莫托铜业公司的矿坑里挖钴。

他说："每天早上醒来，我都想哭，因为必须去矿山。我每天全身都疼，头疼，脖子疼，有时甚至连眼睛都疼。"

阿尔尚热痛苦地回忆着他受伤的那一天。2018年9月14日，他在一身尘土中醒来。那是旱季的最后一个月，卡帕塔的供水已成涓涓细流。在这种季节，只有星期天晚上才能洗澡，而且只能用湿抹布擦擦脸、腿和胳膊。阿尔尚热感到自己在发烧，他已经咳嗽好几天了。他这样讲述后面发生的情况：

> 那天我比平常晚些去马洛湖，因为我感觉不舒服。我爬上卡莫托铜业公司的矿山去挖矿。装满第一个麻袋，我就走下山。不知道是太虚弱了还是有点头晕，走下山时我脚滑了一下，然后就一直滚落到山脚才停下来。我感觉天旋地转，身体的任何部位都无法动弹。有人打电话给我父母，他们把我送到了医院。

在科卢韦齐的医院里，阿尔尚热得知自己的脊椎有三处骨折。这次受伤令他腰部以下瘫痪。除了提供轮椅，医生对他的伤情无能为力。

我还遇到了另外三个男孩，他们从卡莫托铜业公司矿山上摔下来，腿部或脊柱都受到了损伤。这些事故的发生只是迟早的问题。

我在不背着一麻袋矿石，没有营养不良和筋疲力尽的情况下，也只能勉强上下矿山。毫无疑问，除了我遇到的这些人，还有更多的男孩遭遇过类似的从矿山上摔下来的事故。像阿尔尚热这样的孩子们从卡莫托公司的矿山里挖出的钴，顺利进入供应链，装入我们的手机和汽车里，而从矿山里挖钴的相关风险则完全由卡帕塔居民承担。

没有了阿尔尚热的收入，他的家庭陷入困境。他为自己成为父母的负担而感到内疚，并承认自己有过自杀的念头："我坐在轮椅上，而我的家人却在辛苦干活。我希望能帮助他们，但我什么也做不了，甚至都没有能力自己穿衣服。我再也活不下去了。"

在我第一次走访马洛湖后不久，有人邀请我到科卢韦齐月宫酒店（The Moon Palace Hotel）的酒吧与吉卡明矿业公司的一位高管会面，他从金沙萨来，名叫阿里斯托特（Aristote）。阿里斯托特文质彬彬，举止友善，但我能感觉到他在仔细打量我，以确定我是敌是友。我们在一个室外游泳池旁边的酒吧见面，刚坐定，阿里斯托特就询问我的研究目的和离开刚果后的计划。他耐心地聆听着我讲述研究意图。当他终于说出心里的想法时，我也就清楚了他的意图。

阿里斯托特说："我相信你知道，许多外国非政府组织都在攻击吉卡明矿业公司和刚果矿业部门。"

我问他们为什么要这样做，他回答说这有助于这些非政府组织筹集资金。他认为，外国非政府组织利用矿业部门中饱私囊，因此不应相信他们的指控。他还指出，一些外国非政府组织捏造了吉卡明矿业公司账户上的钱不翼而飞的说法，并以此作为不当交易的证据。对于阿里斯托特来说，吉卡明矿业公司才是被外国矿业公司占便宜的一方。

阿里斯托特认为，2002年的《采矿法》是刚果应世界银行的要求而被迫颁布的，因为刚果急于从世界银行处获得贷款。从卢旺达种族大屠杀时期开始，刚果多年来就一直饱受战争和暴力的蹂躏，急需资金支持。阿里斯托特声称，世界银行向刚果提供支持的主要目的是给利益相关者开放采矿特许权，让他们发财致富。阿里斯托特认为，一旦外国矿业公司在刚果站稳了脚跟，就会利用不当手段向刚果政府偷税漏税。他举例说，外国矿业公司声称他们的资本支出和运营费用高于其最初在项目可行性研究中预计的数额，矿业公司据此认为他们没有赚取任何利润，不需要向吉卡明矿业公司纳税或分红。

"他们利用会计手段欺骗我们。但非政府组织只会指责刚果人腐败，他们就是觉得所有刚果人都腐败。"阿里斯托特说。

阿里斯托特称非政府组织关于吉卡明矿业公司和刚果政府的陈述是虚假的，以便为自己筹集资金，这种说法似乎有些牵强。根据我的经验，只有少数非政府组织被发现利用灾难事件牟利，有些就像利奥波德国王利用国际刚果协会那样，利用人道主义来掩盖自己的贪婪。在刚果的所有时间里，我只遇到过一例阿里斯托特所描述的非政府组织进行的可疑交易，那是在科卢韦齐附近的非洲化工公司示范采矿点内的一次交易。我接触过的所有其他非政府组织的工作人员都是兢兢业业、恪守原则的人，他们冒着极大的风险，用微薄的预算帮助世界上最为贫穷、受到最大剥削的群体。

不过，阿里斯托特的另一个说法——外国矿业公司利用会计伎俩少缴税款，欺骗吉卡明矿业公司——倒不算是无稽之谈。我曾和同事们谈起阿里斯托特这个说法，他们证实外国矿业公司的确涉嫌利用会计漏洞来尽量向刚果政府少纳税款。这也是刚果政府2018年将钴税率提高两倍并实施超额税的原因之一。

阿里斯托特提出的税收违规行为促使我进一步调查此事，为此我走访了卢阿拉巴省矿业部。该部负责监管吉卡明矿业公司和外国矿业公司的合资企业的税收、特许权使用费和其他款项的收取。一位名叫查尔斯（Charles）的工作人员解释说，矿业部实际上并没有关于税收的可靠数据。我猜他之所以这么说，是因为他们的任何记录都不会与外人分享，因此提问时我换了一种方式，问他是否可以详细解释一下刚果的税收制度是如何运作的。

查尔斯解释说："省里根据矿石开采的吨数和类型向矿业公司征税。这些收入汇总给金沙萨的中央政府。中央政府根据各省的人口数量，将部分收入重新分配给各省。"

先不说刚果上一次人口普查是在1984年进行的，各省的人口数充其量也只是一个模糊的估计，查尔斯所描述的制度似乎是在全国范围内公平分配财政资源的一种方式。

查尔斯对此并不认同。他说："我们的问题是，光是卢阿拉巴和上加丹加两省为中央政府提供的税收就占了刚果全年总税收的一半，但我们没有得到足够的回报。"

查尔斯这番话指出了造成加丹加与刚果政府之间长期对立的一个观念——加丹加的财富应该属于加丹加人。加丹加的民粹主义政客一直要求加丹加脱离刚果，以此将加丹加的财富保留在当地，他们千方百计，谋求如何尽量向中央政府少缴税款。其中一个最主要的手段就是所谓的"三分之一"政策，即实际应缴矿业税款中的三分之一上缴中央政府，三分之一由省级官员保留，作为伪造账目的贿赂，还有三分之一由矿业公司保留，作为逃税的回扣。

走访卢阿拉巴省矿业部没能解开我心中的疑惑，反而给我带来了更多的问题。矿业税收究竟是如何缴纳的，这些钱又如何分配？我记得在2018年，仅嘉能可公司就向刚果中央政府缴纳了10.8亿美元的税收和采矿特许权使用费，相当于当年国家预算的18.3%。所以查尔斯表明卢阿拉巴省和上加丹加省为国家预算贡献了多达一半的收入时，我并不感到惊讶。然而，当我查阅刚果民主共和国2021年的国家财政预算法案时，我惊讶地发现了以下两条信息：1. 从采矿业征收的税款、特许权使用费和其他收入并未出现在69亿美元的国家预算中；2. 卢阿拉巴省仅贡献了中央政府总预算收入的4.1%。[3]我又查了一下2018年的预算法案，同样显示，卢阿拉巴省只贡献国家预算收入的4.1%，而同年仅嘉能可公司贡献的收入也占了18.3%。2019年和2020年，卢阿拉巴省的贡献比例同样是4.1%。难道这些数字都是编造的吗？矿业部门的收入都到哪里去了？时至今日，我仍无法找到这些问题的答案。

如果说刚果正规采矿业的会计账目已经称得上混乱不清，那么手工采矿生产的账目则有过之而无不及。管理正式手工开采区的手工采矿合作社应该记录手工开采的产量，以确定向省政府缴纳的税额，但没有人对他们的账目进行审计，因此他们可以轻而易举地伪造数字，将差额收入囊中。还有那些位于村庄、山区、森林和其他偏远地区的成百上千个非正规手工开采区呢？国家是否对这些地方的产量进行了统计？即便是对产业链的某一处环节进行了统计，收缴的税款又去了哪里？每一块漏缴的税款都可以用来造福刚果人民。只需从钴交易中间商和交易站在不同环节吸纳走的资金中抽出一小部分，就足以轻松支付所有教师的工资，购买必需的书籍和教学用品，保证矿业省份的学龄儿童能够接受全日制教育。这些资金还足够在整个铜矿带地区扩大公共健康设施、卫生设施和供电设施建设。除了外国矿业公司欺骗刚果政府的那些伎俩之外，贪污似乎已经渗透到刚果政府每一个治理层面。

只要有可能，每一个人都想从刚果手工采矿业中攫取一杯羹。手工采矿业本来最应该建立清晰的会计账目，而在刚果混乱不堪的采矿会计账簿上，我们将看到来自东马尚姆巴矿山的糊涂账。

东马尚姆巴矿山隶属嘉能可，位于卡莫托铜业公司主矿区正西，卡帕塔北部边缘。我第一次从科卢韦齐出发去走访东马尚姆巴矿区，绵延一公里多的道路维修施工区减缓了我们前进的速度。

我来到东马尚姆巴矿山的外围，走到主安全入口，那里有一堵白色的混凝土墙，墙顶装有铁丝网，由刚果武装部队把守。我出示马福夫人的盖章和签字，证明我得到政府的支持，希望能进入矿山，但被拒之门外。幸运的是，从主入口向东走，然后爬上矿区的土坡是一件非常简单的事情，在那里我可以看到几十个男人和男孩在矿沟里挖矿。有些孩子们还在矿墙内的区域里挖钴，这和卡莫托铜业公司的矿山一样。在东马尚姆巴矿山围墙内，离安全入口以东不到100米的地方，甚至就挖有一条非常大的矿山隧道。

虽然我未能进入东马尚姆巴矿山，但通过采访几位自称在矿山内挖矿的孩子，我还是了解到了这个矿山的许多情况。第一个采访的对象名叫卡博拉（Kabola），是一个14岁的活泼男孩。他告诉了我一些我以前从未听说过的事情："我是被士兵招工来到特许矿区挖矿的。"卡博拉解释道：

刚果武装部队从卡帕塔以及科卢韦齐附近的其他村庄招募儿童，让他们到矿区挖矿。一个士兵会管理五六个男

孩。管我的士兵叫宙斯（Zeus）。他说，如果我不想又穷
又笨，他可以帮我赚钱，说我可以用这些钱来交学费。

我给宙斯挖矿……他每天付给我 2000 刚果法郎（约合
1.10 美元）。我家需要这笔钱，所以我不得不一直挖。那
我怎么能上学呢？

我问卡博拉，他给宙斯挖的矿石后来怎么处理。卡博拉说，宙
斯把矿石卖给了马洛湖附近的交易站，在东马尚姆巴矿山管理童工
的大多数刚果武装部队士兵也是如此。卡博拉意识到，如果他直接
把矿石卖给交易站，可能会赚到更多的钱。于是有一天，他决定自
己带着一袋钴矿石去马洛湖附近的交易站。

卡博拉说："宙斯看见我带着钴走出来，就冲我大喊大叫。我
没有回头，继续往前走。然后我听到砰的一声巨响……我无法呼
吸，倒在了地上。我以为我要死了。"宙斯向卡博拉的左肩下方开
了一枪。当时他只有 12 岁。他被紧急送往科卢韦齐的一家医院，在
那里取出了子弹，住院了几天就回家了。枪伤让他左臂的骨头和神
经受损，他无法握拳，手臂还会感到刺痛。由于家庭经济拮据，他
不可能再去上学了，而且伤势所限，他肯定很难找到别的工作。即
使他想去其他地方挖钴，宙斯也会去找到他父亲，告诉他，如果卡
博拉想去马洛湖、卡米隆巴或科卢韦齐附近的其他地方挖矿，他会
"朝卡博拉的头部开枪，而不是背部了"。

我又采访了五名年龄在 12 岁到 15 岁之间的男孩，他们说在过去
六个月里曾在东马尚姆巴矿山工作过，并受了伤。三名男孩在一次
坑壁坍塌中骨折，一名男孩被一名刚果武装部队士兵毒打，被毒打
的原因他自己也不清楚，第五名男孩在爬下隧道矿井时失足摔断了

腿。这些孩子称，他们每天的收入略高于一美元，都说自己是被刚果武装部队士兵招募来的，而且都说他们被迫将自己挖出的钴矿卖给控制他们的士兵。据他们所知，士兵们把矿石卖给了马洛湖旁边的交易站。其中两个孩子说，他们听说有些刚果武装部队士兵把矿石运到了一个叫穆桑普（Musompo）的地方。每个孩子每天的工资为一美元，和矿石在交易站的销售价格有一定的差价，士兵们就将这个差价据为己有了。东马尚姆巴矿石中钴的平均品位为2%，按每个孩子平均日产量约为30公斤矿石计算，每个士兵每天可能赚取多达50美元，是孩子们平均日工资的50倍之多。

事实证明，卡莫托铜业公司和东马尚姆巴矿区手工采矿者的工作条件比我预想的要糟糕得多。使用童工、在不适合人类的条件下工作、暴露在有毒和放射性污染的环境中、很少超过两美元的日工资以及数不胜数的伤害事故，在这里都是常态。令人震惊的是，矿山骇人听闻的状况几乎不为外界所知。矿难很少得到报道，矿工家庭不得不独自承担亲人受伤的后果。在我进行的所有采访中，有证词证明2018年6月至2021年11月期间，卡莫托铜业公司的矿山和东马尚姆巴矿山一共发生了七起隧道坍塌事故，但只有一起事故被媒体进行过报道——2019年6月27日，卡莫托铜业公司矿山内的一条隧道发生坍塌，造成41人死亡。针对这起悲剧，嘉能可公司发表公开声明称，每天有超过2000名手工采矿者非法进入其矿区，"卡莫托铜业公司一直敦促所有非法采矿者停止冒着生命危险，擅闯大型工业采矿工地"[4]。

这则声明把卡莫托铜业公司作为信息的行为主体，就好像它是与嘉能可公司无关的实体一样。这个例子再次说明了产业链顶端的公司是如何回避其对于底端的手工采矿者应承担的全部责任的。面向消费者的科技和电动汽车公司、矿业公司及钴产业链上的其他利益相关者总是将矛头指向下游，甚至自己的子公司，似乎这样做就能在某种程度上免除他们对刚果钴矿所发生之事的一切责任。尽管这些公司一直宣称自己遵守国际人权准则，但在刚果，这些承诺似乎并没有得到履行。从刚果武装部队士兵到矿产交易商、刚果政府、跨国矿业公司、大型科技公司和电动汽车公司，每个人都在掠夺那些采矿者，正是这些采矿者在卡莫托铜业公司矿区、东马尚姆巴矿山和卡帕塔附近矿山的一个个矿坑、坑壁和隧道里把钴矿挖掘出来。全球经济就像大山一样压在手工采矿者身上，把他们镇压在挖钴的大地里，毫无喘息的机会。

如果想要认清这种苦难的真实面目，可以看看埃洛迪（Elodie），她就是一个被冠着"商业"名号的强盗行径所摧残的孩子。我在第一次走访卡莫托铜业公司矿区结束时碰到了她。她当时15岁，正在马洛湖外围地带的土里找矿石。她穿着褪色的橙色裹身衣裙，裙上有紫色小鸟翩翩起舞的图案。她瘦得几乎只剩下骨头连着筋，干枯的脸上满是结痂的鼻涕，头发上污垢太多，一坨一坨地打着结。她咳嗽得很厉害，咳起来好像能把肋骨给震断一样。她两个月大的儿子羸弱不堪，被一块破布紧紧裹在她的后背上。每当埃洛迪用钢筋凿地时，他小小的脑袋就随着母亲的节奏左右摇晃。我见过不少艾滋病患者，埃洛迪看上去就和那些晚期患者一模一样。不管是外形、神态还是举止，她都还像个孩子，却让"孩子"这个词的意义荡然无存。

埃洛迪是钴矿开采制造的孤儿。她告诉我，2017年8月，她的父亲在卡莫托铜业公司矿区的一次隧道坍塌事故中丧生。虽然卡帕塔其他人还记得那次塌方，但我找不到任何相关的公开报道。埃洛迪的母亲在她父亲去世前一年左右就已经撒手人寰了，去世前她在马洛湖洗矿石。埃洛迪只记得她的母亲感染了一种疾病，无法康复。失去父母后，埃洛迪说她靠卖淫为生。士兵和手工采矿者是她的常客。

她说："刚果男人讨厌女人。他们打我们，还嘲笑我们。"

埃洛迪后来怀孕了。儿子出生后，她开始在马洛湖挖矿。她说，卖淫和挖钴是一样的——"我的身体就是我的市场"。埃洛迪和一群孤儿睡在卡帕塔南部边缘地带一间废弃的砖屋里，屋子只能算一个半成品。这些孩子被称为"shegués"（流浪孤儿），这个词源于"申根地区"（Schengen area），表示他们是没有家庭的流浪者。整个铜矿带地区存在成千上万的流浪孤儿，他们为了生存什么都得干，不管是挖钴矿、做小工，还是出卖身体。埃洛迪说，在马洛湖她每天能挣到大约1000刚果法郎（约合0.55美元），这点钱甚至连最基本的需求都无法满足。为了活下去，她不得不让士兵对她做那些"不正常的事情"。

埃洛迪是我在刚果见过的遭遇最为悲惨的儿童之一。她被一种无情的制度推进了一个狼窝，而这个制度却利用她的悲惨遭遇，制造出耀眼的手机和汽车产品销往世界各地。如果这些产品的消费者与埃洛迪并肩而立，双方就会像来自不同空间的两种生物。除了从一方流向另一方的钴之外，双方在境况上没有任何共同点能让人联想到他们来自同一个星球。

埃洛迪很快就对我的存在产生了厌烦。我只是她又一个不受欢迎的负担。我走在马洛湖边凄凉黯淡的景色里，远远地注视埃洛迪——她在吃力地劳作着，身体因为咳嗽而晃动，她干瘪的肌肉随着钢筋的每一次上下挥舞而收紧和放松。刚果这块非洲腹地在历史上世代承受着罄竹难书的苦难，埃洛迪是这苦难史中最新的一笔。我想埃洛迪的高祖母大概也曾因为其丈夫没有完成当天的橡胶工作配额而被比利时殖民主义者的公共部队割掉了一只手，而他们的孩子也许在比利时人租给利华兄弟公司的棕榈树种植园里遭受着奴役。埃洛迪的曾祖辈们也许在上加丹加矿业联盟的某个铜矿里忍受着强迫劳动之苦。她的祖父母也许在非洲大战期间在开赛省因军阀争夺钻石而遭到屠杀。她的父母则因科卢韦齐附近的钻矿开采而丧生，留下埃洛迪孤身一人。这一连串的苦难虽然有些只是我的假设，但那一幕幕假想都曾在刚果大地上真实上演过。这是所有刚果人世代承袭的悲惨命运。埃洛迪背上那病恹恹的孩子将继承这一切。

卡尼纳、高尔夫湖和穆索诺伊

卡尼纳社区位于卡帕塔东北方向约九公里处，毗邻一个大型铜钴工业矿——穆索诺伊，以及高尔夫湖里的大型钴洗矿区。高尔夫湖的洗矿流程与马洛湖的类似。手工采矿者在附近一个叫茨普基（Tshipuki）的矿点挖出水钴矿石，然后用麻袋装运到高尔夫湖，由妇女和儿童进行清洗。我遇到一个名叫吉尼（Geany）的十几岁男孩，热心又口齿伶俐，他解释说："我吃完早饭就去挖矿……我们一天里要运送一两趟矿石到高尔夫湖。我妈妈和姐姐们在那里洗矿。"吉尼说，矿石被清洗过后，高尔夫湖的钴中间商和士兵就会买下矿石。据吉尼说，他们把一袋袋的钴卖给了穆桑普市场的交易站。他还说，去年高尔夫湖的一些士兵有时请他帮忙将一袋袋钴矿石运往市场。他把麻袋装上卡车，然后在穆桑普卸货。吉尼说士兵们把所有的钴都卖给一家叫"555"的交易站。

虽然高尔夫湖被刚果武装部队士兵严密看守，但我还是决定前往该地区。我来到一个安全检查站，那里至少有十几名士兵，他们的指挥官驻扎在一个由大型金属集装箱改造而成的安检中心，就像马洛湖附近的一些交易站一样。高尔夫湖的守卫不像东马尚姆巴的守卫那样咄咄逼人，但他们仍然拒绝我进入矿区。经过近一个小时的协商，士兵们终于同意让我通行，但需要有一名武装守卫的陪同。我们从安全检查站走了大约十分钟，来到了高尔夫湖的外围。这里比马洛湖大得多，同样挤满了清洗和分拣水钴矿石的妇女和儿童。几名刚果武装部队士兵正在该地区巡逻。湖边停着许多自行车、摩托车和两辆皮卡车，等待运送矿石。湖边堆放着几堆水钴矿石，其中一些有一米多高。

数百名妇女和儿童站在齐膝深的水里，深弯着腰，一块块地徒手清洗着水钴矿石。从湖岸到湖中大约五米的地方，湖水呈浑浊的土黄色，之后到深水区就变成了灰色。泥泞的湖岸上到处是杂乱的拉菲麻袋、压扁的塑料瓶和废弃的糖果包装纸。几个孩子提着塑料桶，里面是用塑料袋装着的一袋袋的水，准备卖给口渴的工人。一个七八岁的男孩穿着黑色短裤和满是破洞的石灰色T恤，站在泥土里大叫着，试图拔出插在他右手食指中的尖锐物体。他纤瘦的四肢上沾满了泥巴。两个腰部以下全是泥浆的女孩拖着地上一个塞满石头的湿麻袋，两人都竭尽全力，但每次只把麻袋挪动几厘米的距离。她们看上去年纪不超过十岁。

由于有刚果武装部队的守卫监视着我的行动，我无法在高尔夫湖进行采访。不过，我还是能与一些正在冲洗石头的妇女和儿童闲聊几句。她们说，她们每天要清洗七八个小时的水钴矿石，有人会向她们购买这些矿石，我认为那些人应该是指附近的钴交易商和刚果武装部队士兵。这些妇女们证实她们大多以家庭为单位工作，在茨普基挖矿的主要是她们的兄弟和丈夫。由于各种说话声、叫喊声和嘈杂声此起彼伏，我和其中任何一个人都只能说上寥寥几句话，不过我还是弄清了这里的工作流程。

然后我看到了艾米（Aimée），她一个人正坐在湖边附近的泥地里，在一个橙色的拉菲麻袋上冲洗、堆放石头。她八九岁的样子，没有头发，穿着红褐色条纹的紧身裤和粉红色T恤，T恤正面印着一只浅棕色的卡通小狗。和我在科卢韦齐遇到的许多孩子一样，艾米也是个孤儿。我向她做了自我介绍，和她说起衣服上的小狗，她说它叫阿尔方斯（Alphonse）。我正开始和她谈到她手上的活计，这时一群妇女围拢过来，形成了一种保护式的包围圈。我刚刚得知艾米的父母已经去世，她和一位姨母住在卡尼纳，这时她突然大声尖叫起来。妇女们愤怒地冲我喊叫，都上前来安慰孩子。场面越来越混乱，刚果武装部队的士兵冲了过来。我的翻译试图平息事态，但艾米仍不停地尖叫。我不明白我做了什么让她如此激动。是我的出现造成了她的恐慌吗？我在和她交流前有没有想过，对她这样的孩子来说，我也许代表着一种暴力，迫使她直面痛苦？对某些人来说，倾诉可以是一种宣泄，而对另一些人来说，倾诉会让地狱变得太过真实。我的做法让她惶恐不安，而我的后悔来得太晚了。

我在一片抗议声中离开了高尔夫湖，我以为我再也不会听到那样凄厉的号叫了……直到我到达卡米隆巴的那天，我才发现我错了。

就是在这个时候我做出了去见阿兰的决定。在科卢韦齐附近的村庄里，我不断从孩子父母口中听到他的名字。这些孩子要么在蒂尔韦泽姆贝为他工作，或者曾经为他工作过。家长们极力将阿兰刻画为一个特别冷酷无情的秘密特工，通过掠夺儿童来发家致富，尽管并非只有他一人这样做。我请吉尔伯特帮忙安排我和阿兰进行一次会面，但他强烈认为这不是个好主意。"阿兰非常危险。最好不要让他知道你的长相。"吉尔伯特建议道。他说如果他安排了会面，可能会给他、他的同事和家人都招致严重的打击报复。阿兰目前拥有一支运输卡车车队、铜矿带地区的几处房产，以及一家手工采矿合作社的部分所有权。从经济角度来看，他似乎没有任何必要去盘剥儿童。那他为什么这么做呢？

虽然我没能直接向阿兰提出这个问题，但我设法见到了另一位名叫哈尼（Hani）的黎巴嫩钴交易商。我们在科卢韦齐哈仙达酒店（Hotel Hacienda）一个露天餐厅里见了面，餐厅开在古色古香的庭院里。哈尼40多岁，很瘦，穿着黑色运动鞋、黑色牛仔裤和灰色衬衫，戴着灰色围巾。哈尼刚到不久，酒店就停电了，因此我们只能在烛光下交谈。

"黎巴嫩人在刚果生活了很长时间。"哈尼说，"我们在殖民时期就移民过来，在这里经商。大多数黎巴嫩人都去开赛省做钻石贸易。钻石贸易对我们很有利，因为我们与中东国家的市场有联系。"

哈尼说，黎巴嫩人在卢本巴希和科卢韦齐有自己的社区。他们经常在餐馆和酒吧聚会，他在那里见过阿兰几次。

"我一有空就去卢本巴希，"哈尼说，"那里机会更多。我们在米克诺斯餐厅碰头。阿兰有时也在那里。我们看足球比赛，交流从黎巴嫩过来的信息。"

哈尼给我的警告与吉尔伯特的一样，他说阿兰太危险了，千万不能小看他。他告诉我阿兰是黎巴嫩在刚果犯罪活动的头目之一，还参与为"犯罪集团"洗钱的活动。

"你指的是哪个'犯罪集团'？"我问道。

他回答说："黎巴嫩真主党（Hezbollah）。"哈尼还列举了其他犯罪组织，包括尼日利亚有组织犯罪集团和索马里海盗。"刚果是这些组织洗钱最容易的地方。"

我进一步调查此事后，发现哈尼关于黎巴嫩为"恐怖组织"洗钱的说法具有可信度。在低层次上，非法钱款似乎是通过黎巴嫩人的矿产和钻石交易网络合法化后，再存入银行甚至加密货币钱包。在更高层次上则牵涉大型公司，其中最主要的是一家位于金沙萨名为刚果未来（Congo Futur）的商品贸易公司，该公司由阿兰的黎巴嫩合伙人卡西姆·塔吉迪恩（Kassim Tajideen）经营，塔吉迪恩恰好是真主党重要的资金支持者。美国财政部于2010年对刚果未来公司实施了定向制裁，指控该公司参与利用加蓬−法国国际银行的账户为真主党洗钱，数目达数百万美元。[5]

据美国大使迈克·哈默称，美国政府非常清楚黎巴嫩人在刚果民主共和国的洗钱网络及其与真主党等"恐怖组织"的联系："我认为美国政府关注到了这里某些黎巴嫩人（与"恐怖组织"）的联系。我们会对此进行追踪和跟进。显然，其中存在互相勾结问题和危险分子。我们意识到了这些问题，就会与刚果政府接触，我们还发现刚果企业支持真主党，我们已经对这些企业进行了制裁。"

我与哈尼关于阿兰活动的谈话仍在继续，但这时餐厅里开始坐满了顾客，他们看起来可能是政府官员。哈尼渐渐不大愿意再谈论阿兰，于是我们转向谈论他的背景。哈尼解释说，他在2014年搬到刚果，因为他一个表亲已经来到刚果，劝他说这里有钱可赚。

"我们在黎巴嫩日子完全过不下去。黎巴嫩是一个失败的国家。但在这里，你可以自己做点生意。"

哈尼在科卢韦齐东部的公路旁经营着一个铜钴交易站。他对到他交易站卖钴的人一律来者不拒，其中有手工采矿者、钴中间商和刚果武装部队士兵。他说矿业公司是他交易站的主要买家。我问他怎么知道他们是买家。

"我认得他们的卡车。我们都知道哪些卡车来自哪家公司。"

我问哈尼他的交易站是如何开立起来的，因为按说交易站应该由刚果人拥有和经营。

"我花了1000美元买了许可证。"

"这样就行？"

"是的。"

哈尼说，他通常每天购买三四百公斤铜钴矿石，根据矿石品位和季节的不同，他转手卖出的价格是收购价的两到三倍。哈尼的运营开支是每月向省政府的某位人士——他不愿透露具体是谁——支付几百美元的费用，两名交易站看守每人每天50美元的工资，以及运输成本。哈尼说，雨季时他每月的利润在3000美元左右，旱季时在5000美元左右。

我问哈尼是否了解过他收购的钴矿石来自哪里。

"什么意思？"他问。

"我的意思是，你试过去查一下这些矿石是不是童工开采的？像阿兰使用的那些童工，或者是通过虐待工人开采得到的？"

他笑了笑，在餐桌的蜡烛上点了一支烟。

他说："在这里，大家不会问这样的问题。"

"为什么不问？"

"如果那样问的话，就什么钻也买不到了。"

位于卡尼纳社区边缘地带的就是穆索诺伊矿业公司的露天矿山，巨大的矿山似乎把大地都吞噬掉了。通往穆索诺伊矿业公司的大门由警卫把守，我多次尝试沟通后，他们依然不允许我进入。幸运的是，我想了解的有关穆索诺伊矿业公司的大部分情况在矿山之外就可得到。

与卡帕塔一样，卡尼纳的房屋大多用红砖建成，屋顶是简陋的金属板。这里也有几个算得上学校的地方，孩子们的学习断断续续，交得起学费就能上学，交不起时就得辍学。电力供应不稳定，附近也没有卫生系统。我与卡尼纳的许多居民进行过交流，他们都抱怨穆索诺伊矿业公司矿区不断污染他们的环境，居民都深受其扰。

一位居民抱怨说："矿场经常有爆炸。尘土落在我们的房子上，什么都很脏。我们的房子在夜里会晃得让我们睡不着。"

另一位居民说："一股股黄色气体和尘埃云团一样的东西飘到我们家，落在吃的东西上，还有喝的水里。"

穆索诺伊矿业公司拥有自己的加工厂。与滕凯的居民一样，卡尼纳的居民也经常发现自己身上，还有他们的食物、牲畜、物品和孩子们身上都沾满了芥末色的粉尘。

"穆索诺伊矿业公司应该把他们的经营活动限制在矿区内……我们提出过抗议，但政府不听。穆索诺伊矿业公司也不听。没有人能阻止他们。"第三位居民说。

污染并不是穆索诺伊矿业公司矿区造成的唯一问题。这里还存在大量童工。数百名来自卡尼纳的儿童每天在矿区外挑拣矿石。他们被称为"trieur",意思是手工分拣石头的人。为什么那些孩子要在巨大铜钴矿区外手工拣拾矿石呢?要搞清其中的内情,最好的办法是弄清工业采矿和手工采矿之间的区别。

工业采矿就像用铲子做手术,而手工采矿则像是用手术刀做手术。在工业挖掘过程中,成吨的泥土、石头和矿石混在一起,由大型机械归拢起来,碾压成鹅卵石般大小的石块,然后进行加工,提取有价值的矿物。从设计上讲,工业采矿使用的是粗钝的机器,低产出,高产量。相比之下,手工采矿者可以使用更精确的工具直接开挖,或开凿隧道挖掘高品位矿藏。而且手工采矿只提取矿石,丢弃无价值的泥土和石头。就像在穆索诺伊矿业公司外的孩子们一样,在石头堆里进行分拣,手工挑选有价值的矿石,其余的一概不要。手工开采的每吨钴包含的高品位钴的数量比工业采矿的高出10倍或15倍。这是刚果许多铜钴工业矿山在其矿区内默许手工采矿的主要原因,也是他们倾向于通过从交易站购买手工开采的高品位矿石来作为工业生产补充的原因。穆索诺伊矿业公司似乎找到了第三种办法——将成吨的石头和泥土一股脑倾倒在矿区外,然后让孩子们用手挑选出有价值的矿石。

我在保安人员的眼皮底下沿着穆索诺伊矿业公司矿区的外围走了一圈,看到路旁堆着几座高达五米的碎石山。数百名儿童或坐或跪或蹲在石头上,捡拾含钴矿石的石块。几乎所有的孩子都是卡尼纳的居民。他们的家庭需要钱来满足基本需求,因此到穆索诺伊矿业公司外挑拣矿石对他们来说具有极大的吸引力。一个名叫埃马纽埃尔(Emmanuel)的八岁男孩说:"我们把钴石扔到一边,其他石头扔到另一边,把钴石装进麻袋,然后把麻袋运到路边的交易站。"几个孩子都说他们的工作流程与埃马纽埃尔描述的相同。他们告诉我，他们通常从上午十点左右开始捡石头，一干就是五六个小时。与蒂尔韦泽姆贝、东马尚姆巴和马洛湖等地的孩子们相比，除了吸入大量灰尘和遭受轻微割伤外，这里的孩子工作环境相对安全。

我走访了孩子们所说的卖矿石的交易站。它们位于穆索诺伊矿业公司特许矿区外的公路上。交易站里只有几张桌子，甚至都没有挂上写有交易站名字的防水油布。代理商粗略地检查一下每个麻袋里的矿石，然后按照每袋0.4—0.5美元的固定价格支付给孩子们。大多数孩子每天能装满一到两个麻袋。交易站附近有几名警卫，他们穿着与穆索诺伊矿业公司正门保安一样的灰色制服。我在这里逗留了一段时间，亲眼看到一些矿石从交易站被装上卡车，直接运往穆索诺伊矿业公司。这里的采矿运作流程似乎就是我在那天所观察到的样子了。鉴于我之前所目睹的那些残酷又危险的工作条件，这应该算是刚果手工采矿业中一种相对安全的使用童工的形式了，我竟然为此而感到宽慰。

但后来的事实证明，我完全没有意识到在穆索诺伊矿业公司外挑拣矿石可能会给孩子们带来的伤害。2020年10月26日，我收到科卢韦齐一位同事通过WhatsApp软件发送的手机视频。视频的开头展示的是一群高声喊叫的卡尼纳居民。接着两辆白色吉普车冲过穆索诺伊矿业公司的正门，石块和瓶子砸向两辆车。一辆挖掘机在大门后面被大火吞噬。拍摄视频的人慢慢地走向矿区入口。另一辆吉普车冲进了矿区，更多的石头和瓶子又砸了过去。

拍摄视频的人来到矿区入口附近，将手机对准地面。画面中是躺在泥地上一具血迹斑斑的男孩尸体。他赤着脚，双臂摊在身旁。他穿着黄色衬衫，右肩被鲜血浸透。他的后脑勺也浸在鲜血里。他的母亲跪在他身边，悲痛地号叫着。她拉下男孩的上衣，露出右胸的枪伤。镜头移向两米外躺在泥中的第二具尸体。他也赤着脚，穿着卷到膝盖的灰色裤子。他穿着蓝色衬衫，左肩的衬衫被鲜血浸透。他的母亲也在他身边号啕大哭。居民们对着镜头大声呼喊，要求将杀害他们孩子的凶手绳之以法。

发送视频的同事告诉我，这两个男孩分别13岁和14岁。两人背着装有钴石的麻袋，朝穆索诺伊矿业公司交易站的相反方向走去，交易站付给他们的报酬过于微薄，他们想赚更多的钱。穆索诺伊矿业公司的警卫立即用枪将他们击毙。

几个月过去了，我收到了更多关于穆索诺伊矿业公司发生暴力事件的证词。殴打工人和骚乱现象似乎一再发生，与丰古鲁梅居民和滕凯丰古鲁梅矿业公司之间的情况类似。我收到的最后一段视频是一位修女于2021年7月22日发送给我的。在这段视频中，可以看到穆索诺伊矿业公司的保安用粗绳恶狠狠地鞭打躺在泥土中的刚果工人。每抽打一下，工人们就忍不住喊叫一声，这一幕让人想起120年前利奥波德国王的奴隶受到奇科特鞭子抽打的场景。

穆 桑 普

就像汇入刚果河的众多支流一样，手工开采的钴从成百上千个不同的方向源源不断汇入全球钴供应链。主要的进入方式是交易站。交易站中有些有正规的交易场所，如马洛湖边的交易站；有些则只在路边摆上几张桌子，如穆索诺伊矿业公司外的交易站。手工开采的钴就是通过这个无法追溯的交易体系流入市场的，相关交易商对钴的生产条件完全不闻不问。污水是否会让冲洗石头的妇女和女孩们慢性中毒？是否有男孩在坑壁坍塌中失去双腿？孩子们是否在挖矿时吸入有毒的微尘？工人是否获得了体面的工资？孩子们是否被枪杀了？这些问题没有人问，没有人关心，即使是刚果最大的铜钴收购市场穆桑普也是如此。

穆桑普市场位于科卢韦齐以东约15公里处的公路旁。市场上的交易站数量达到五六十个。交易站一般是由砖块、金属和水泥建成的混合建筑，许多交易站都使用金属栅栏分隔买卖双方，有几个交易站还配备了武装警卫。交易站的名字通常喷绘在交易站正面墙上，看上去多数交易站的名字是各种姓或名，比如安德烈（Andre）、吉夫（Jeef）、吉拉夫（Girafe）、萨拉（Sarah）、卢西安（Lucien）、乔梅卡（Tshomeka）、亚尼克（Yanick）、苏因（Soin）、卡洛尼（Kaloni）、巴拉卡（Baraka）等。有些用短句、事物、动物名称等作为名字，比如Mukubwaken（斯瓦希里语，意为"别担心"）、大秀（Big Show）、曼加漫画（Manga）、星星（Star）等。此外，还有十多个以数字命名的交易站，比如1818、1217、1208、5555、008、888、999、111、414、555等。每个交易站都由一个"老板"管理。满载着一袋袋钴矿石的皮卡、汽车和摩托车川流不息地驶入穆桑普。这些都是卖家，基本都是钴中间商。只有少数手工采矿者可以骑自行车从附近的矿区把矿石运到穆桑普。钴矿买家开着大型货运卡车前来，装载从交易站购入的钴矿石，它们无一例外都属于工业采矿公司。

我先在市场里逛了一圈。有些交易站堆满了三四米高的钴袋。穆桑普所有交易站的钴矿加起来肯定达到数千袋。大多数交易站的墙壁上都画有涂鸦，门口张贴着价格表，价目表上的钴矿品位最高竟然达到了20%。除了价目表，门口还写着一些字样，比如斯瓦希里语中的"欢迎光临"，法语里的"高价收购"等。

我收集了上加丹加省和卢阿拉巴省两地交易站收购价格的数据。经过对比，发现穆桑普的交易站收购价格最高，比科卢韦齐的卡苏洛街区交易站高出 20%—25%，比卡米隆巴、卡尼纳和马洛湖的高出35%，比丰古鲁梅、坎博韦和利卡西的高出50%，比基普希的甚至高出 60%。无论在哪里出售，理论上相同品位的水钴矿石价格都应该相似，因此，价格差异的背后显然还有其他市场力量发挥作用。也许马洛湖的交易站收购的钴是在士兵的强迫下出卖的，导致该地区的收购价格低廉。也许是穆桑普市场上的公开竞争推高了当地的钴收购价格。基普希交易站的收购价格之所以如此低廉，也许是因为当地手工采矿者无法进入市场，只能通过钴中间商这个渠道。不管什么原因，各地交易站钴收购价变动区间大，加上缺乏议价能力和进入市场的机会，都使得手工采矿者处于相当不利的地位。因此，应该重申的是，取消层层中间商，让手工采矿者能以标准价格直接向矿业公司出售他们自己获得的钴矿，对他们来说将大有裨益——也可以向他们支付固定的、可维持生计的工资。但即使这样的措施得到采纳，矿业公司及其上游客户仍然没有担负起对钴开采条件应尽的责任。从设计上来说，这个体系不透明，也无法溯源。

我在1818交易站附近停下脚步，观察一笔交易。一名刚果钴中间商人用摩托车运来两袋水钴矿，准备卖给管理交易站的老板。中间商解开系在麻袋顶端的绳子，露出里面的矿石。老板用麦特瑞克检测仪器对准石头，读数显示品位为3.1%。老板手写的价目表上标明，3%品位的钴石每公斤收购价为1800刚果法郎（约合1美元）。中间商开始还价。我无法确定他们争辩的是收购价格还是矿石品位。总之双方你来我往，但绝非对抗性的交流。最终两方达成协议，老板用一个金属磅秤给麻袋称重，总重为71.6公斤。老板在一个大型计算器上敲入数字，计算器上的塑料按键很粗大，然后把结果给中间商看。中间商点点头，老板打开一个金属盒子上的挂锁，数了一大沓皱巴巴的500刚果法郎纸币。中间商用绳子把拉菲麻袋重新系好，拿着钱，推着摩托车加入一群正在抽烟休息的中间商里。老板的警卫把麻袋拎到金属栅栏后面，放在之前堆好的19个麻袋上。短短几分钟内，来自科卢韦齐附近、开采条件不明的钴矿就这样进入了产业链。

我走到那群中间商身边，和他们攀谈起来。他们都是二三十岁的年轻人，尽管外面很热，但都穿着牛仔裤、运动夹克和薄外套，其中一个人的夹克里还穿着一件T恤，正面印着犹他大学的吉祥物红尾鹰。我问他们卖给交易站的水钴矿石产自哪里，他们回答说是科卢韦齐的卡苏洛街区。

"卡苏洛交易站的价格不如穆桑普的，"其中一位中间商拉齐（Razi）说，"一些矿工和我们合伙，到这里卖钴。"

我问他们，为什么手工采矿者自己不把钴矿运到穆桑普。

其他一位回答说："他们没有摩托车！"

我问他们与手工采矿者怎么分配卖钴的利润，他们说，双方按钴的收购价五五分成。

这与基普希的情况类似，中间商有摩托车，能把手工采矿者收获的钴矿运到穆桑普出售，这就使得他们能赚到与手工采矿者相同的收入了。刚与老板完成交易的拉齐从两袋钴矿中赚了大约36美元。另外有36美元应该在卡苏洛开采两袋钴矿的手工采矿者中进行分配，至于每个采矿工能分配多少，得根据采矿小组的人数决定，即便如此，这个收入数字已经远高于我所记录的大多数地区手工采矿者的收入。原因很简单，卡苏洛地下的水钴矿床可能是铜矿带地区中钴品位最高的。不过，还是有些地方讲不通。卡苏洛交易站的收购价只比穆桑普的平均低20%—25%，为什么手工采矿者哪怕要分一半的收入给中间商，也愿意把钴矿运到穆桑普出售呢？毕竟收购价最多也就增长25%？我在走访卡苏洛时找到了答案——卡苏洛街区的士兵们经常在手工采矿者把矿石出售给交易站时敲诈他们。

我发现穆桑普的钴中间商是我了解当地钴矿市场运作的最佳渠道，于是我尽可能寻找机会与他们交谈。有些人告诉我，哪个交易站出价最高，他们就卖给哪个交易站；有些人则只卖给合作的交易站。我了解到，并不是所有的中间商都拿一半的收入，有些拿三分之一，有些则拿四分之一。我无法确定这些差异背后存在什么逻辑，只知道是手工采矿工人和中间商谈妥的分配方案。我询问了许多中间商在穆桑普市场上收购的钴矿去向，他们告诉我，那些水钴矿的主要买家有穆索诺伊矿业公司、非洲化工公司和卡莫托铜业公司。

在离开穆桑普之前，我找到了555交易站，也就是吉尼提到的那个交易站，它是收购茨普基大部分钴的买家。交易站位于1818交易站以东约40米处。我站在远处观察了一会儿，看到有四队中间商先后来到了交易站——三队是一个人骑着摩托车，一队是两人开着一辆皮卡车，车上装载钴矿太多，轮胎都被压扁了。中间商们与待在围栏后面的老板交易进行得很快速顺当，把麻袋卸下来后，他们沿着公路向东往卢本巴希方向行驶。第五队到达的是一辆很显眼的、涂着红漆的货运卡车。在卡苏洛的矿业公司主矿区内，我看到很多类似的卡车。我看到两名身穿浅灰色连体服的刚果男子从卡车上下来，与555交易站的老板交谈起来。随后，他们把交易站里的20多袋钴矿装上卡车，之后卡车沿着公路开走了。

这些年来，我曾三次前往穆桑普，根据我在此期间的所见所闻，刚果一些最大的矿业公司应该是用手工采矿者挖掘出的、通过中间商转手进入市场的钴矿石作为他们生产的补充。从穆桑普开始，就没有办法确定钴矿的来源——所有的矿石都被倾倒混装在同一辆运输卡车上，然后一起被送到工厂进行加工。穆桑普只不过是一个大型"洗钴"中心，将手工开采的钴集中起来后，再转入正规供应链中。

我对穆桑普的钴矿买家——非洲化工公司——特别感兴趣。这家公司经营着卢阿拉巴省的一个手工采矿示范点。作为示范矿区，这应该意味着手工采矿者享有安全的工作条件：矿区内没有使用童工、工人获得公平的工资、不会在危险的矿山隧道内作业等，最重要的是，要严格保证手工开采的钴矿绝不与任何其他来源的钴矿混淆在一起。手工采矿示范点应该做出以上这些声明，以向钴矿买家保证，他们的供应链不会因使用童工或出现其他虐待工人的行为而受到污染。

是时候去参观一下手工采矿示范点了。

非洲化工公司示范点

非洲化工公司的手工采矿示范点位于科卢韦齐以北，在穆克玛（Mukoma）村附近一个名为穆托希的矿区内。2016年，非洲化工公司与吉卡明矿业公司合资获得了穆托希矿山的特许开采权。我对这个示范点寄予了厚望，因为我听说这个采矿点是与美国华盛顿特区一个名为倍能的非政府组织合作设立的。倍能是一个广受赞誉的非政府组织，在40多个国家开展工作，涉及的问题包括妇女赋权、可持续发展、健康和社会服务以及手工采矿等。

非洲化工公司采矿示范点于2017年启动。在走访穆托希矿区之前，我于2019年9月在科卢韦齐会见了倍能驻刚果团队的几位成员。由于担心总部做出负面反应，这些成员要求匿名发言。我问为什么与我交谈会产生负面反应，他们说他们不应该与外人谈论穆托希矿区。他们解释说，倍能从苹果、微软、谷歌、戴尔和大宗商品贸易公司托克（Trafigura）等公司获得了数百万美元的资金，用于在穆托希矿区建立示范点，因此必须保持一定的形象。示范点的目的是为非洲化工公司的客户，包括上述资金捐赠者，提供清洁的钴矿供应。非洲化工公司的大部分矿产都运往托克，而托克也是示范点主要的企业合作伙伴。

科卢韦齐的倍能团队介绍了穆托希矿区示范点实施的一些政策：只有在科卢韦齐手工采矿合作社（Coopérative Minière Artisanale de Kolwezi，简称COMIAKOL）登记注册的成年工人才能进入矿区工作；特许矿区周围安装不可穿过的通电围栏，防止未登记的工人进入；所有工人都配备工作服和个人防护设备；特许矿区禁止饮酒，禁止孕妇进入；非洲化工公司一名负责防止辐射污染的官员每月都会进行检测，以确保手工采矿者不会接触到水钴矿中超过安全范围的铀含量；在装运所有该示范点矿石的包装袋上贴上标签，在运往卢本巴希非洲化工公司加工厂的途中，将该示范点的钴矿与其他来源的钴矿分开放置；加工厂生产的贴有该示范点标签的氢氧化钴直接运往托克公司。倍能团队还说，他们定期对现场进行审查，以确保所有程序得到遵守。最后，该团队告诉我，他们从捐赠者那里获得的用于示范点的数百万美元中，有一部分用于资助至少2000名在科卢韦齐周围手工采矿区中工作的儿童，让他们能够在学校学习，直到完成初等教育。

我向倍能团队的工作人员提出了几个关于非洲化工公司供应链的问题，首先是他们的司机是否从穆桑普这样的市场上购买钴矿。他们回答说，根据他们制定的政策，司机们不应该从其他来源购买钴矿；但他们承认，最近几个月来，由于示范点的产量降低，需要从穆桑普购买钴矿，才能有足够的钴矿运往卢本巴希加工厂。倍能组织的工作人员强调，这应该不算一个问题，因为来自穆托希手工采矿示范点的钴矿是有标记的，并且自始至终都与其他钴矿分开放置。他们还补充说，在加工厂，来自穆托希示范点手工开采的钴矿会单独进行加工，然后重新装袋，重新进行标记。但不管有没有贴标签，最终所有的钴都主要运到托克公司，我于是询问托克公司是否也将贴有穆托希手工采矿示范点标签的钴与其他来源的钴分开存放。倍能的工作人员无法给出确切的回答，不过他们也承认不太可能做到这一点。但如果不在整个产业链上自始至终保持一致的做法，给示范点钴产品的包装袋贴标签的做法就没有太大的意义。我问倍能的工作人员是否可以安排我参观位于穆托希的示范点，以便我可以了解到细致的情况，但他们说这不可能。

几天后，我通过科卢韦齐手工采矿合作社一位负责人的安排，参观了穆托希矿区。我接近矿区时，本以为会看到倍能工作人员描述的那种不可穿过的通电金属栅栏，结果看到的电栅栏细得像意大利面条似的，栏杆之间的宽度约有0.45米。细金属栅栏有很多地方都被掰开了，形成的口子刚好够一个人通过。栅栏没有通电。

我走到特许矿区的入口处，看到了三块标牌，其中最大的一块用法文和英文写着以下文字：

我们的价值观

——透明、积极、尊重、负责、社会责任。

我们的愿景

——建立一个负责任的、以价值为导向的矿业公司。

安全是我们的第一要务。

第二块标牌上画着一个红色圆圈，圈内有一名孕妇，孕妇上画有一条横线。第三个标牌上有两幅画，一幅是红色圆圈内有一个酒瓶，上面画了一条横线，另一幅是红圈内有两个孩子，上面也画了一条横线。标牌旁边有一个安检站，男性和女性分别从不同的入口进入。非洲化工公司的工作人员检查过在科卢韦齐手工采矿合作社登记的工人的胸牌，然后才允许他们进入。要在科卢韦齐手工采矿合作社登记，个人必须出示选民登记卡，证明其年龄超过18岁。非洲化工公司的工作人员后来承认，选民登记卡经常被伪造，这样，十五六岁的孩子摇身一变就成为已满18岁的成人，使得他们能够有资格在工地上工作。

一名戴着墨镜、面容严肃的武装警卫打开大门，领着我前往非洲化工公司的办公室。办公室离工地约20米处，前面是第二道细金属栅栏，栅栏也没有通电。办公室由金属集装箱改装而成，一个集装箱供管理团队使用，第二个集装箱则是行政工作人员的办公场所，第三个集装箱则被改装成了医疗诊所，用于治疗受伤的工人。安排我参观的科卢韦齐手工采矿合作社官员西尔万（Sylvain）热情地接待了我，有三名他的同事也陪同前来。

在我通过酒精测试后，科卢韦齐手工采矿合作社的工作人员向我口头介绍了矿区的情况，包括大门口标牌上的愿景和使命，穆托希的工伤统计数据以及非洲化工公司其他矿山和加工厂的情况。西尔万说，科卢韦齐手工采矿合作社管理矿区的所有手工采矿者，非洲化工公司每月向他们支付一笔固定的费用，并将1%的钴矿月生产量作为他们的生产分成。他特别强调了手工采矿对整个采矿业的重要性："手工开采的钴矿比机械开采的钴矿品位更高，因此采矿业有必要包含手工开采。在这里，你会看到我们正在努力改善手工采矿者的条件。"我问西尔万在穆托希有多少手工采矿者。他说，在科卢韦齐手工采矿合作社登记的手工采矿者约有5000人；但最近几个月，每天只有八九百名手工采矿者来到特许矿区采矿。他将矿工人数减少的原因归结为2019年钴价的暴跌，这导致手工采矿者的酬劳遭到拖欠。西尔万补充说，许多手工采矿者将他们的钴矿石运出矿区，卖给附近的交易站，以便更快拿到钱。

接下来，西尔万给我看了一张矿区的布局图。地图显示，矿区包括一个主办公区域，后面是一个大型露天采掘区，正门附近有一个小型洗矿池，主矿坑后面有一个大得多的洗矿池，还有其他几个采掘区，主洗矿池后面有几个废石堆放区。西尔万对于矿上禁止饮酒和禁止孕妇采矿的措施颇感自豪。不过在我的追问下，他承认禁令只适用于已经显怀的妇女，他也承认，孕妇如果在尚未显怀之前参与采矿，接触钴和铀这些有毒物质会对发育中的胎儿产生有害影响。介绍结束后，我穿上橙色霓虹背心，戴上黄色安全帽，前往参观矿山。我被告知不能拍照，而且只能参观离正门最近的露天矿坑。

露天矿就在主办公室后面约30米处。走过去的路上，西尔万介绍了矿坑里作业的不同类别的工人。他说，工人们根据任务分成不同的小组。一组在主矿坑挖矿沟，另一组从矿沟中挖取矿石。第三组用麻袋装好矿石，然后运到洗矿池，在那里由妇女们清洗石头。矿区里还有些男人担任勤杂工，也就是在矿区里处理杂事。西尔万说，每个工作区都有厕所和干净的饮用水，以提升卫生条件，预防水传播疾病。他还强调，矿区不允许挖掘任何矿山隧道，这让我感到非常欣慰。

我们来到露天矿坑，矿坑直径约120米，并不是很深。我在科卢韦齐附近矿区看到的矿坑泥土呈铜色，相比之下，这里矿坑泥土的颜色更暗淡一些。在我参观的时候，大约有100名手工采矿者正在矿坑不同区域的小矿沟和较浅的矿井里采矿。矿工们统一穿着靛蓝色的工作服，工作服的手臂处、膝盖处和胸前都有三道条纹组成的图案，两道是霓虹绿色，中间一道是灰色。所有工人都佩戴着安全帽子。有些人，但不是所有人，戴着厚厚的工作手套。没有工人戴口罩或护目镜。有些看起来只是十五六岁的男孩。我问是否可以和一些工人交谈，但没有得到允许。

我问西尔万他们如何处理挖出后清洗好的钴矿石。他回答说，科卢韦齐手工采矿合作社用卡车把装好袋的矿石运到位于金韦胡卢（Kimwehulu）的交易站。在交易站里，矿石经取样压碎后进行品位评估分析，这个过程有时需要一天多的时间。样品品位评估完成后，手工采矿者根据品位获得报酬。西尔万说，非洲化工公司不收购品位低于2%的矿石，在这种情况下，科卢韦齐手工采矿合作社可以选择将矿石卖给另一个交易站。据西尔万称，手工采矿者的平均日工资因产量而异，但挖矿工一般为2—3美元，洗矿工为1美元。

我问非洲化工公司是否考虑过为手工采矿者提供固定工资，而不是计件工资，这种做法可以为工人提供更大的工作稳定性、更高的安全感，手工采矿者也可以不用将钴卖给外部交易站，毕竟卖给外面工人们可以得到更多或更快的报酬。西尔万回答说，由于钴价波动，不可能实行固定工资。我不能接受这样的理由，工业采矿的员工领取的是固定工资，工资不会受到钴价波动的影响，为什么手工采矿者就不能呢？计件工资的本质就是将市场风险从矿业公司转移到工人身上。这给手工采矿者带来了极大的压力，他们不得不死命地挖矿，冒更大的风险，并把孩子带到矿区来增加收入。

在我们讨论了固定工资和计件工资的问题之后，西尔万主动提供了以下信息：“由于这里的钴品位较低，而外面矿区的钴品位更高，许多矿工都会从矿区外挖矿的人那里购买品位更高的钴矿，然后将这些矿石充作他们的生产，以增加收入。”

“他们如何把矿石运到这里的？”我问道。

“孩子们通过栅栏把矿石带进来。”

“孩子们会把自己挖到的钴卖掉吗？”

“是的，这种情况的确存在。”

我们继续参观附近的一个洗矿池。几名年轻妇女正跪在令人作呕的水池里冲洗石头，这些石头大小不一，有些鹅卵石般大小，有些则有两个拳头大。这并不是露天矿坑后面的主要洗矿池，那个池子是他们不允许我去参观的。这个清洗池规模较小，妇女们没有任何安全设备来保护她们的手或腿免受水中有毒物质的伤害。我看着一些妇女把洗好的石头装进拉菲麻袋，问西尔万什么时候会给矿石袋贴上标签，这是倍能的工作人员和我描述的一道工序。

他回答说：“我们根本不给袋子贴标签。”我对他的回答感到很惊讶，于是追问非洲化工公司的卡车在运往卢本巴希加工厂的途中是否添加了其他来源的矿石。西尔万说，司机们获得指示，可以从途中的交易站购买钴矿，避免运力浪费。

"是穆桑普那里的交易站？"我问。

"是的。"

参观结束后，西尔万带我返回主办公区域。在路上，我问他负责检查工地辐射水平官员的工作情况。他说不清这位官员最近一次检查是什么时候。我问的最后一个问题是，倍能的工作人员是否像他们告诉我的那样，定期对工地的工作条件进行审查。

"倍能的工作人员从来没有来过这里。他们只是在开始时提供会计和财务管理方面的建议。"西尔万回答道。

虽然在走访期间我无法采访非洲化工公司工地上的手工采矿者，但在工地场外进行采访没有遇到什么困难。通过交谈，我获得了关于穆托希矿山运营情况的宝贵信息。在穆托希工作的一位名叫卡伦加（Kalenga）的手工采矿者这样说道：

> 因为报酬支付出现问题，穆托希的大多数矿工都已经停止工作了。非洲化工公司说是因为钴价低，说他们利润下降了，所以必须降低我们的工资。有时我们三四个星期都拿不到钱。所以大多数采矿工都离开了穆托希。在非洲化工公司的特许矿区外，我们可以赚得更多，而且当天就能拿到钱。

一位名叫马沙拉（Mashala）的手工采矿者补充道：

我们当然得在特许矿区外购买钴。矿区内的钴纯度很低，现在我们得花更多的时间清理泥土，还得把泥土运到堆放场，非洲化工公司以前是用挖掘机来干这个活的，可现在他们说必须减少汽油开支。干这个活每天需要两个小时，我们挖矿的时间就少了，收入也跟着减少。这就是为什么我们必须购买其他钴矿来保住我们的工资。

不过，一位名叫朱莉（Julie）的洗矿女工则直言她所感受到的改进：

在穆托希矿山，女工不会再受到男人的骚扰。但我在其他地方干活时，总有男人来骚扰我们。连小规模采矿协助和监督服务部的官员和矿警都会骚扰我们。这种情况在穆托希没有发生。我们在那里感到很安全。

朱莉感受到的另一个改进是卫生标准提高了：

这里的卫生对我们来说好多了。在其他矿山干活时，我老生病。现在我的病已经好了，所以我们能省下买药的钱，省下的钱我就用来让孩子们继续上学。

另一位名叫毛姆比（Maombi）的洗矿女工补充道：

是的，我们受到的骚扰是真的少了。我不介意挣得少，因为在非洲化工公司的矿区干活，没有人会打我。我很感激这点。

根据我在穆托希矿区参观时的所见所闻，以及随后与在该矿区工作的手工采矿者的访谈，非洲化工公司示范矿区的工作条件与我从科卢韦齐倍能工作人员那了解到的情况并不相符。特别是由儿童开采的钴矿可以通过围栏进入穆托希矿区。十几岁的孩子拿着伪造年龄的选民登记卡就可以在矿区工作。负责检测辐射的官员并没有定期检查辐射水平。钴矿包装袋没有贴上标签。从外部交易站购买的来历不明的钴矿，在卢本巴希的非洲化工公司加工厂与其他来源的钴矿混放。最重要的是，工资降低或遭受拖欠极大挫伤了许多手工采矿者的积极性，挤压了整个手工采矿示范点生存和发展的空间。示范点所宣扬的供应链透明度和可溯源性不过是子虚乌有。

不过抛开这些不足之处不谈，与刚果其他手工采矿点相比，穆托希矿山的示范点还是有一些改进的，尤其是对女工而言。在我所去过的大多数矿区里，女工不断遭到骚扰和性侵犯。除了要赚取微薄的工资外，她们还要操持家务，照顾孩子。即使她们在非洲化工公司挣的工资少得可怜，减少性侵犯已是对她们生活的极大改善。提供清洁用水、厕所和一定程度的防护装备也有助于减少疾病，减少矿工与有毒物质的接触。另外，矿山里没有儿童或（显怀的）孕妇矿工，也没有看到任何形式的在隧道里进行的挖矿作业，这避免了惨痛悲剧的发生。

参观完穆托希示范点后，我还想核实一件事，于是我又在科卢韦齐与倍能团队见了一次面。我问他们，根据他们的计划，应该安置2000名儿童完成小学学业，计划执行两年来到底有多少儿童已经在校学习？他们告诉我，有219名儿童已经入学。

"入学了……但有多少还在继续上学？"我问道。

他们说不清楚。

尽管存在缺陷，但非洲化工公司的示范矿区证明了以更安全、更有尊严的方式组织手工采矿是可能的。即使是我在矿区发现的问题，只要有意愿，也是可以修复的。遗憾的是，非洲化工公司及其合作伙伴似乎采取了相反的做法。在我走访完该示范点的几个月后，我在科卢韦齐的同事告诉我，非洲化工公司已经结束了与倍能的合作关系，关闭了该手工采矿场。

卡苏洛示范点

科卢韦齐的第二个手工采矿示范点位于一个名为卡苏洛的街区中心。卡苏洛在世界上是一个独一无二的存在。这里上演着对于钴矿最为疯狂的争夺之战。要了解卡苏洛发生的一切，最好的办法就是回顾一下传说中的加利福尼亚州淘金热。

1848年1月24日，加利福尼亚州科洛马（Coloma）市一个名叫詹姆斯·马歇尔（James Marshall）的锯木厂职员在一处河床里发现了金块。消息迅速传开，全国各地的淘金者蜂拥而至加利福尼亚寻找财富。他们开山砍树，拦河筑坝，在内华达山脉中挖掘了数以千计的矿井。当时的采矿技术主要使用水力开采——使用大功率水柱将整个山坡夷为平地。淘金热对环境造成了巨大的破坏，也带来了极大的人道主义灾难。加利福尼亚的农业因河流筑坝和采矿造成的河水溢流而遭受重创。只要发现金矿，当地住户就会被赶出世代居住的土地。当地人和金矿勘探者之间的暴力冲突此起彼伏。科洛马成了充斥着犯罪和混乱的法外之地。

没有人能准确告诉我谁是卡苏洛的"马歇尔先生",据流传的故事说,2014年,一位当地居民在自家旁边挖井时,发现了一大块水钴矿石,其中所含的钴矿品位达到了惊人的20%,高于世界上任何其他地方的钴矿。卡苏洛的居民们立刻拿起所有能找到的铲子、铁锹和钢筋,开始在附近挖掘隧道。人们成群结队地涌向卡苏洛,加入争夺"蓝色金子"的行列。当地人被迫离开原有的家园,土地被掠夺,冲突爆发。卡苏洛到底有多少隧道,没有确切的统计数字,但据当地人的估计,数量超过2000条。

2017年4月,穆耶伊州长将卡苏洛所有钴矿的独家采购权以1200万美元的价格出售给了一家外国矿业公司,还允许该公司与规划采矿合作社(COMIKU)合作,在卡苏洛街区内建立手工采矿区。规划采矿合作社由伊夫·穆耶伊(Yves Muyei)所有,他是穆耶伊州长的一个儿子。根据交易的要求,该矿业公司有义务向特许矿区内的住户支付拆迁安置补偿。负责这项工作的亚夫·卡松(Yav Katshung)先生是卢阿拉巴省省长办公室主任,同时也是该矿业公司在刚果的首席法律顾问,这显然存在利益冲突。经确认,建立特许经营矿区共需要重新安置554户居民。卡松先生给这些居民提供了两个选择——根据他们房屋的估值领取400美元到2000美元不等的一次性补偿款,或者搬到新建的安置房,安置房位于萨穆金达(Samukinda)村庄,距离卡苏洛约20公里。

拆迁安置开始一年多之后,我与曾经居住在特许矿区所在地的几个家庭进行了交流。他们说,据他们所知,那554户家庭只收到了少部分拆迁款,数额比承诺的要少。很少有家庭选择搬到萨穆金达,那里地处偏僻,附近找不到营生的活计。此外,在萨穆金达为卡苏洛居民建造的新房面积小,质量粗糙,且安置户搬迁过来时尚未完工。与我交谈过的这些家庭只好先在附近的村庄里落脚，日子过得很艰难。无论是在卡马坦达这样的村庄，还是在丰古鲁梅这类城镇，抑或在科卢韦齐这样的城市，因采矿搬迁而带来的后果一模一样——原住民更加贫困，生活更加艰苦，绝望情绪随之加剧。矿业公司迅速建好卡苏洛特许矿区，将矿区用围墙围起来，在矿区内成立了一个手工采矿示范点，其钴年产量已高达8100吨。[6]

我来到卡苏洛特许矿区的入口处，共和国卫队士兵已经在等着我，穆耶伊州长办公室授权我参观这个戒备森严的矿区。这里的入口处有一套与非洲化工公司穆托希矿区类似的控制系统，男工和女工使用不同的入口，进入之前由保安人员检查规划采矿合作社的身份证件。正门没有像非洲化工公司那样悬挂着简要说明公司宗旨的招牌，倒是挂有三块与非洲化工公司同样图案的招牌，红色圆圈内各画有一个孕妇、一个孩子和一瓶酒，上面再画一条横线。

与我参观过的大多数正规矿业公司不同，这里没有要求我进行酒精测试。在对我的随身物品进行彻底检查后，我通过了安检门，然后被领进了紧靠入口右侧的主办公区域，旁边是一个小医疗诊所。办公室里有五六名矿业公司的管理人员，负责处理日常业务。正门左侧停放着十几辆红色货运卡车，与我在穆桑普看到的红色货运卡车相同。车队的对面还有13个交易站，分别建在三个类似飞机库的建筑下面。这些交易站由矿业公司的工作人员负责管理。再往里走100多米，有一个大型露天矿坑。

我在办公室内的一张会议桌旁坐下。矿山负责人坐在旁边的办公桌前，一边抽着烟，一边对着他的智能手机讲话，时不时看我一眼，但还顾不上搭理我。几分钟后，规划采矿合作社的高级成员也来到了会议桌前。虽然我已获准参观矿区，但他们仍希望了解我参观的意图。

一些记者最近报道了卡苏洛的一些情况,当地的局势比较紧张。矿业公司于 2018年初在整个街区周围修建了一圈水泥墙,并派驻了保安人员,防止外人擅自进入。我向规划采矿合作社的工作人员保证,我无意制造任何麻烦。与驻扎非洲化工公司的科卢韦齐手工采矿合作社一样,规划采矿合作社团队也对这家矿业公司进行了口头介绍。他们首先强调了手工采矿合作社的重要性。

规划采矿合作社的一位领导人解释说:"采矿合作社确保了手工采矿的正规性和安全性。"

合作社告诉我,合作社将所有工人登记在册,监督现场采矿情况,保证安全的工作条件,并确保现场没有使用童工。规划采矿合作社每月从矿业公司收取固定的管理费,并获得小部分产量的分成。

"手工采矿者进行挖矿时风险较大。如果他们把孩子带到工地的话,我们就对他们进行教育,让他们明白孩子应该上学。"规划采矿合作社的一名官员说。

我问,如果一个家庭付不起学费该怎么办?

"学校不应该收费。"他告诉我,似乎这样说就能解决问题。

规划采矿合作社对那些不了解当地情况就"胡乱编造"手工采矿危害的外国人表示不满。他们向我保证,矿山遵守危险作业国际标准;但是,他们明确提出,国际社会也应该理解的一个现实是,在刚果,一个15岁的男孩会认为自己已经长大成人。欧洲人和美国人无权决定在刚果什么年纪才算是成年人。当地有人告诉我,15岁的孩子已经要像成年人一样养家糊口了。

这话倒也不无道理。富裕国家不能简单地将自己的标准强加给穷国。是什么让18岁这个年纪拥有神奇的魔力，成为未成年与成年之间的分界线？在刚果，一个强壮、考虑问题周全、想要养家糊口的15岁男子完全和西方国家18岁的高中生一样，都算作成年人。但问题是，如果不划定一个界限，弱势儿童就会不可避免地受到剥削，而我们不可能对贫穷国家的每一个青少年进行逐一调查，以确定谁已经足够成熟，可以做"成人"才能做出的决定，从事"成人"的工作。刚果全国上下都有家庭面临着让孩子上学，还是让孩子工作以维持家庭生计的无奈选择，这意味着这些家庭被自己的国家抛弃了，就像他们被全球经济抛弃了一样。

与规划采矿合作社官员会面后，接下来就到了参观时间。按要求，我不得拍摄任何照片，且需由规划采矿合作社的一名官员让-保罗（Jean-Paul）陪同。我们穿上了橙黄相间的背心，还戴上了一顶橄榄色的防护帽。在我们前往矿坑的路上，让-保罗向我介绍说，有1.4万多名手工采矿者登记在该矿区工作，通常每天有1万人在矿区内进行作业。他们鼓励手工采矿者以小组为单位，在主矿坑内和周围挖掘隧道，采集水钻矿石。此时我注意到了该示范点与非洲化工公司示范点的第一个不同之处——这里允许挖掘矿山隧道。

示范点的露天矿坑直径约200米，深约30米。坑内和周围的泥土呈深铜色，比我在其他矿山看到的颜色都要深。在矿坑底部，可以看到150多个隧道口，隧道口排列整齐，每个间隔三米左右。我看到约有100名手工采矿者在隧道外工作。在隧道里作业的人数肯定是这个数字的几倍。坑道里散落着成堆的水钻矿石。与非洲化工公司不同，我在这里看到的手工采矿者都没有穿工作服，也没有任何防护设备。参观期间，我没有看到酒瓶或肚子显怀的孕妇。

我们走进矿坑，见到一队矿工正从隧道里出来。两个人叉腿站在隧道上方的木板上，用绳子把隧道里的工人一个个拉上来。走出隧道的共有九人，其中两人看上去不到18岁。领头的是一个名叫菲斯顿（Fiston）的年轻人。他身材瘦削，肌肉发达，穿着棕色短裤、塑料拖鞋和橙色衬衫。他的右大腿上少了一小块肌肉。菲斯顿描述了在工地工作的情况："在注册来这里工作之前，我们在卡苏洛挖矿。当我们开始在这里工作时，他们按周付我们工资，让我们在这儿挖隧道。我们花了一个多月的时间才找到水钴矿脉。"

在菲斯顿的小组找到水钴矿脉后，他们就得开始偿还之前收到的每周25美元的预付款。菲斯顿说，他们还必须偿还在规划采矿合作社注册卡的费用，共150美元。他们只能将从隧道中挖出的水钴矿石卖给特许矿区内的矿业公司的交易站。他们所得收入的一半被扣除用于偿还债务，另一半作为收入由他们保留。菲斯顿和他的小组成员并不清楚他们的债务还剩多少，但他们说，合作社和矿业公司的老板都有记录，如果他们提出要求，就会给他们看。

我问菲斯顿他们的隧道有多深，他说他们最后挖到了40米深。这比我之前看到的任何隧道都要深。菲斯顿说，这里的一些隧道深达60米，而且有些隧道在地下相连。我问在地下这么深的地方呼吸是否受影响，菲斯顿说，矿业公司有大约20台通风机，对隧道进行通风。菲斯顿还说，矿业公司提供了斧头，让他们砍下矿区里的树木，作为隧道的支撑。我问这里是否发生过隧道坍塌事故。菲斯顿看了看让-保罗，又看了看我，说没有。由于让-保罗在场，我无法深入交流隧道坍塌或人员伤亡等敏感话题。我又与露天采掘区的两个小组进行了交谈，他们转达的信息与菲斯顿的小组类似。

我们绕过这个凹陷露天矿的后面，爬上一个斜坡后来到一处平地，这时我才发现在一片树林后面还有更多的露天矿坑，我还一直以为只有一个矿坑。我问让-保罗我们是否可以去看看其他的矿坑。他似乎不太情愿，但表示会与规划采矿合作社的其他官员讨论此事。我们回到主办公区域，经过一番来回折腾，规划采矿合作社同意让我参观其他露天矿坑，但他们说不允许我再与任何手工采矿者交谈。

我和让-保罗走过主矿坑，向左转，来到一个地表采矿区，面积至少是第一个矿坑的两倍，这里大约有300个隧道口，其中许多都盖着淡红色的防水布。顺时针方向绕着矿区走了一圈，穿过不同的树丛，我又看到了四个露天矿坑，每个矿坑都有数百条隧道。我无法知道有多少人在地下挖矿，很可能有几千人。矿区后面的两个矿坑开发程度最低，隧道数量也最少。我估计，矿业公司在卡苏洛的特许矿区内总共至少有1100条隧道。这些隧道不可能都配备20台通风机在隧道内进行充分通风，也不可能都有足够的树木进行支撑。

我参观的最后一站是矿区里的交易站，就在正门附近像飞机库一般的建筑里。我们来到交易站，看到现场一片繁忙景象——数百名手工采矿者聚集在成堆的橙色和白色的拉菲麻袋旁，麻袋里装满了水钴矿石。13个交易站在飞机库后面一字排开，交易站一般使用经营者的姓作为名字。交易站是用木头搭建的亭子，有金属栅栏。除了老板外，交易站里还有一些刚果当地人，他们双手挥舞着巨大的金属锤将大块的水钴矿石砸碎。背包和其他个人物品挂在墙上的钉子那里。价目表用黑色记号笔手写，贴在每个交易站的门口。众所周知，卡苏洛矿区的水钴矿品位高达20%，是刚果最高的，但价目表上的最高品位只有10%。矿业公司特许经营区内交易站的每公斤水钴矿的收购价格也比卡苏洛街区边缘街对面交易站的价格低20%—25%，这家矿业公司的代理商经营的交易站同样如此。这种价格差异意味着，在这个手工示范矿区内工作的手工采矿者要以低于市场的价格偿还预付工资和设备费用，可以说这个示范区内的手工采矿工相当于债役劳工，就像在蒂尔韦泽姆贝工作的科松戈一样。

石头被砸碎成鹅卵石大小后，由手工采矿者装进拉菲麻袋，然后装上前门附近的货运卡车。卡车怠速行驶，朝周围的人喷着黑烟。在我参观的当天，有七辆货运卡车满载着一袋袋砸碎的水钴矿石，停在大门附近。手工和小规模采矿协助和监督服务部的一名官员记录好每辆卡车的重量，以确定矿业公司需缴纳的特许权使用费。这些重量也被用来确定矿业公司支付给规划采矿合作社的生产分成。卡车开始启动时，规划采矿合作社的几名官员走过来和我道别。他们还向我提出了一个请求，虽然它听上去更像一种指示——在卢阿拉巴省开展业务的主要合作社要求与我举行一次会议。他们给了我一张纸，上面写着详细的会议时间和地点。

与非洲化工公司的示范点相比，这个示范点更疏于履行职责。我看到至少有20多个十几岁的男孩在矿区内工作。工人们完全没有个人防护设备。整个特许矿区都在挖掘隧道，这意味着手工采矿者每次都要在地下蜷缩着进行数小时的作业，工人没有配备口罩，只能呼吸着充满有毒微粒的空气。虽然没有人提起过隧道坍塌，但完全有可能发生过隧道坍塌。示范点内还存在债役制，这依然是一种剥削模式，此外，手工采矿者也无法进行价格谈判，或有机会选择其他市场。从本质上讲，这个示范点徒有其表，掩饰的是一个具有高度危险性和剥削性的体系，这个体系的目的是最大限度地提高产量，最大限度地压缩工人的福利和收入，提供最低限度的安全生产条件，甚至连最基本的工作服和安全设备也不予提供。那么，为什么会有1.4万多名手工采矿者在这家矿业公司注册工作呢？

为了进一步调查这个问题，我在特许矿区外面采访了七名在示范点工作的手工采矿者。我得到的第一个答案是，在卡苏洛周边地区很难再找到地方挖矿，几乎所有的土地，能挖到矿的地方都被占用了。一些受访者虽然是卡苏洛的居民，但他们说自己没有土地可供挖矿，或者没能加入现有的挖矿团队。他们告诉我："大家只和家人或熟人一起挖矿。"手工采矿者自己也知道特许矿区内交易站的收购价格比街对面交易站的要低，但他们认为这是一种必要的代价，因为示范点是一个安全可靠的工作地点。我采访过的所有人都认为，尽管在矿业公司的示范点工作存在危险，但还是比在卡苏洛挖矿更安全。特别是一些隧道有支撑物加固，可以降低风险。我询问了特许矿区内隧道塌方的情况，手工采矿者说过去的15个月内发生过两起塌方。他们说，据他们所知，两起都是矿井的部分坍塌。他们不知道有多少人受伤或死亡。

在我参观完卡苏洛示范点的两天后，我与卢阿拉巴省最大的三家手工采矿合作社的工作人员在一家名为巴维耶酒馆（Taverne Bavière）的体育酒吧会面。酒吧的主要顾客是当地的有钱人和外国人，里面有几个播放足球比赛的电视屏幕，几张台球桌，还装饰着世界各地的国旗。接待我的是三位合作社高级官员——彼得（Peter，农用采矿合作社）、弗朗索瓦（François，规划采矿合作社）和莱昂（Leon，科卢韦齐手工采矿合作社）。他们知道我访问了科卢韦齐附近的手工采矿区，因此要求与我会面，以确保我准确了解合作社在手工采矿业中发挥的作用。这个问题的很多相关信息他们已经向我传达过了，但我似乎不可避免地还要再听一次。

三位官员不紧不慢地喝着刚果流行的普里莫斯（Primus）啤酒，向我解释说，合作社是改善手工采矿业工作条件不可或缺的一部分。

"没有合作社，手工采矿者就得不到保护，免不了受到剥削。"彼得说，接着他又补充道，他反对使用"creuseur"（法语，意为挖掘机）一词，因为"这是一个贬义词，它暗示了个体采矿者就像一台只会挖矿的机器"。

虽然谈话的大部分内容都是关于采矿合作社的重要性，对我来说这都是旧信息了，但讨论最终转向批评外国人在刚果采矿业务带来的负面影响。弗朗索瓦抱怨说，外国矿业公司来到刚果是为了利用刚果的资源赚钱，刚果人民的贫困状况没有改变。在这一点上，我没有异议，但仅仅指责外国人似乎失之偏颇。外国人并不对刚果政府的税收和采矿特许权使用费的流失负有责任，也不对刚果政府未能将矿业收入公平地分配给铜矿带最贫穷的人负有责任。我大着胆子提出，刚果政府可能也难辞其咎——矿业财富都落入政府的腰包，人民却穷困潦倒。出乎我意料的是，几位官员都认同了我的说法。

莱昂说："出售特许经营权所得的钱确实没有按比例与人民分享。"

弗朗索瓦补充说："特许权使用费也是如此。因此，合作社非常重要。我们确保手工采矿者获得最高工资，保护他们的利益。"

我没敢指出，在我采访的手工采矿者中，有数十人称主要剥削他们的就是合作社。也许的确有合作社能承担起这三位官员所描述的那些职责，但从我所了解到的情况来看，三位官员分属的三家采矿合作社似乎没有发挥什么作用，只是让有权有势的合作社所有者赚得盆满钵满，又能让产业链上游者可以声称他们生产的钴没有使用童工，也可以声称这些钴不是在危险的工作条件下生产的。我就童工问题向官员们追问，不出所料，他们向我保证，在他们管理的工地上没有童工，但这与我的调查不符。他们还断言，在手工采矿区工作的大多数人都在采矿合作社注册，这也与我的调查相悖。恰恰相反，我获得的信息是，在正规矿区，甚至在蒂尔韦泽姆贝这样的大型矿区，许多合作社每天都要向包括儿童在内的采矿工收取费用，才允许他们在矿区工作。不过，几位官员也指出，在上加丹加省和卢阿拉巴省，根本没有足够的开采区域来容纳成千上万的手工采矿者。他们还承认，由于许多矿区都紧邻村庄，孩子们更有可能在矿区挖矿，而不是去上学。我问这些官员，18岁以下的孩子应该接受免费教育，他们能否解释为什么刚果的学校资金不足。他们没有回答。任何地方的人都没有答案。

刚果政府缺乏对公共教育的支持，这种错误十分令人费解，它严重加剧了该国的贫困和童工现象。每个孩子每月仅需缴纳五六美元的学费，就能维持学校正常运转，这笔费用少得可怜，即使只拨出少量的资金也能帮助解决这个问题。这么说吧，巴维耶酒馆两瓶普里莫斯啤酒的价钱，就足以让刚果儿童不必挖矿，而是能够待在教室学习。

我离开时，几位官员点了第三轮酒。

地 下 世 界

在踏足非洲的所有欧洲探险家中，也许没有人能像大卫·利文斯通那样对非洲大陆的人民有着如此深厚的感情。1873年5月1日

利文斯通在赞比亚东部去世后，他忠实的伙伴苏西（Susi）和丘玛
（Chuma）将他的心脏埋葬在一棵班图李树下，将这里作为他的一
处安息之地再合适不过了。他们对他的遗体进行了防腐处理，用帆
布包裹起来，运到2400公里外的桑给巴尔，再由此运往英国。去世
近一年后，英国为利文斯通在威斯敏斯特大教堂举行了国葬。在他
的墓碑上，刻着他在日记里写下的最后一句话："我孤身作客，唯
愿上天降福疗愈这人间疮痍之人，无论美利坚人、英吉利人、土耳
其人。"利文斯通梦想着商业和基督教能根除蹂躏非洲东部的"令
人痛苦的奴隶贸易"。幸好利文斯通没有目睹现在的悲惨现实——
他费尽心血打通非洲内陆，随之而来的商业和基督教却给他深爱的
人民带来了无法估量的苦难。遭受苦难最深的莫过于刚果。

　　卡苏洛是非洲心脏地带上新的疮痍。这个街区四处都是密密麻
麻的隧道，每一条隧道里，每天都拥挤着不顾一切、醉心于采矿的
人们。每个在卡苏洛挖矿的人都生活在被活埋的恐惧中。这是一个
危机四伏的街区，也是刚果整个钴矿开采系统的缩影，所有的疯
狂、暴力和屈辱都在这里达到了极端。卡苏洛也集中体现了全球经
济发展所造成的负面问题。在这里，除了资源，其他一切都无足轻
重；人和环境都是可有可无的。文明的每一个要素在这里都荡然无
存。这是一场没有道德底线的狂热。卡苏洛的人民被卷入了一场霍
布斯式的战争中，只能，或者说国家放任他们自生自灭，每天都活
在"暴力死亡的持续恐惧和危险中"。卡苏洛为我们揭示了一个可
怕的真相，给我们揭露一个黑暗的秘密，一个钴供应链顶端的那些
庞然怪物不想让我们看到的黑暗秘密。对于那些怪物而言，卡苏洛
仿佛一个令人头疼的谣言，他们希望这个地方及其居民永远被埋藏
起来。这就是为何要将卡苏洛困于围墙之内——没有人可以揭开真

相。共和国卫队和刚果武装部队在围墙边巡逻，让人联想起20世纪60年代的柏林，那里有一堵柏林墙，只是这里天气炎热，尘土飞扬。不过，凡是墙必有裂缝，自有墙以来就如此，卡苏洛的墙也有裂缝。我的导游克劳德（Claude）是卡苏洛的居民，他对这堵墙的秘密了如指掌。他把我带到东部边缘靠近一条废弃铁路线的地方，我们在那里找到了一个无人看守的缺口，然后就进到墙内了。

克劳德的眼神满是茫然绝望，仿佛一个对上帝失去信心的牧师，告诉我："卡苏洛是块墓地，没人知道这里埋葬了多少人。"

卡苏洛实质上代表着一场与魔鬼进行的赌博——挖隧道的人以生命为代价博取财富。要知道，我在卡苏洛见过的"最丰厚"的收入是平均每天7美元。如果发现特别丰富的水钻矿脉，收入会飙升到12美元，甚至15美元。这就是每个人都想得到的乐透彩票。在卡苏洛，运气最好的挖矿工年收入约为3000美元。相比之下，购买卡苏洛钻矿的技术、汽车公司的首席执行官们一小时就能赚到3000美元，而且他们每天上班都不用冒生命危险。

我进入卡苏洛的时间是一个星期五的中午，很快就有两个小男孩和五个醉醺醺的男人向我打招呼。我在这里遇到的大多数成年手工采矿者都喝一种用木薯酿造的私酒，当地人称为"lotoko"。这里大多数挖矿者就是靠这种方式来麻醉自己，以减轻下到隧道里的恐惧感。五个人把我领到一块粉红色的油布前，油布用木棍支起，就像一个帐篷。两个男孩窜到篷布后面，害羞地偷看着我。他们的父亲伊科洛（Ikolo）解释说，隧道就在他房子旁边，他家只有一小块地。他的眼睛布满血丝，说话含糊不清。那天早上，伊科洛的挖矿小组睡了几个小时，正准备爬回隧道。另一队人已经在地下待了大半夜。伊科洛带我看了隧道矿井的入口。洞口横着一块木板。伊科洛说，挖矿的人用手脚抵住井壁，然后下到矿井里：

> 这条隧道有30米深。我们就是在这里发现水钴矿脉的。矿脉就像地下的一条蛇。发现这条蛇时，我们就沿着它走，能走多远走多远。这需要经验，才能知道该朝哪个方向走，跟多远。我们用这个（螺纹钢筋）把矿石从墙上敲下来。

伊科洛解释说，麻袋装满水钴矿石后，小组中的一名成员会爬上隧道矿井，用绑在洞口木板上的绳子把麻袋拉上来。这些麻袋被存放在伊科洛的房子里，等待出售。伊科洛解释说："我们和一个中间商谈成了协议。他把卡车开到铁轨附近，我们就把麻袋放在他的卡车里。"

"中间商把钴卖到哪里？"我问道。

"穆桑普。"他回答。

我问伊科洛他与中间商之间如何分成，他说中间商把在穆桑普出售矿石的一半钱交给他们。据伊科洛说，这笔钱还是比他在卡苏洛的交易站出售钴矿赚得多，因为士兵们会向他们勒索钱财。

在隧道挖矿这种危险生活本不在伊科洛的规划之内。他来自丰古鲁梅，在那里开有一家汽车修理店。2012年结婚后，他和妻子决定搬到科卢韦齐。当时，卡苏洛还是一个比较安静的街区，他在这里买了房子和一小块地。他本打算在通往科卢韦齐的主干道上开一家修理店，但一切都在2014年发生了变化，因为有人在卡苏洛挖井的时候发现了钴。起初，伊科洛并没有加入挖矿大潮。但很快淘矿者就蜂拥而来，街区人口激增，小商店接连开张，生意一下子难做起来，成本太高，竞争太激烈。伊科洛做起了修理零活，勉力维持着生计，尽量不干隧道挖矿这种危险的工作。后来他的两个儿子相继出生，随着开销的增加，他的家庭开始入不敷出。

"我们每天只能吃一顿饭，孩子们又饿又病。我别无选择。"伊科洛说。

2018 年初，伊科洛召集了一队亲戚熟人，开始在他的土地上挖掘隧道。他的目标是赚到足够的钱，保证孩子们能接受完整的教育。

"我没上过学。我不想让我的儿子们再过我这样的生活。"

伊科洛跪在地上，用手指在地上画出隧道的形状。主矿井笔直向下，然后绕过他们无法挖通的基岩，继续向下通往矿脉，他们从矿井底部沿着矿脉呈 L 形前进。他们已经在隧道里工作了五个月。隧道没有任何支撑物，他们也没有通风机。

"在隧道里呼吸非常困难，"伊科洛说，"天气很热，我们出很多汗。"

我问伊科洛，当他在地下敲凿着水钻矿脉时是什么感觉。

"所有人都必须保持冷静，都知道隧道可能会坍塌。我们也不傻。我们在下井前会祈祷，然后专注于手上的活。能不能保命，全靠上帝的保佑。"

据伊科洛的估计，卡苏洛每个月都有一条隧道坍塌。他说，只要塌方发生了就传遍街区："我们当天就能听到消息。大家都去安慰出事的家庭，这种事情落到自己身上时，你也希望能得到大家的安慰。"

伊科洛说，卡苏洛的隧道坍塌在雨季更为频繁，而且洪水涨势很快。如果暴风雨来临时挖矿的人还在地下，他们很可能会被淹死。

挖矿者在整个过程中就仿佛在等待自己的死刑宣判，只是不知道自己是死于窒息、溺水还是坍塌。我问伊科洛是否值得冒这个险。他沉默了一会儿才回答。

"这里没有能干的活了。除了挖钴，别无选择。我们下隧道，如果能挖到足够的钴带回地上来，我们一天的烦恼就解决了。"

伊科洛忧愁地看着他的两个儿子，他们一个四岁，一个五岁。

"每次下隧道，我都在想还能不能再见到我的儿子们。"

伊科洛亲吻了两个儿子，然后爬下了隧道。在他进入隧道口的那一刻起，黑暗将完全吞噬他。我看着他的孩子们，不知道他们是否明白父亲要去哪里。他们是否意识到这可能是他们最后一次见到他？如果真的是最后一次，他们还会记得他吗？但伊科洛对这一切都明明白白。无法想象他每时每刻所承受的焦虑，他蜷缩在地下挖矿，上方是数以吨计的泥石，泥石无情，每一次凿击隧道墙壁，他都不知道那是否会是他人生的最后一次。伊科洛希望能活着看到儿子们接受完整的教育，让他们过上更好的生活，但这个愿望随时会与他一起葬身地下，也许就在今天，也许是明天，也许是后天。如果真的发生了最坏的情况，他的儿子们最终也会像他们的父亲一样与魔鬼做交易——在地下冒着生命危险挖矿，只是为了活下去。

我离开伊科洛的隧道，向卡苏洛市中心走去。在我周围呈现的是一片光怪陆离的景象。这里散发着狂热和暴力的气息。大地被翻了个底朝天，到处千疮百孔，放眼望去都是隆起的土包和坑洼沟壑。简陋的房屋，挖矿用品商店，食品和酒类市场，发廊，手机充值亭，摩托车，自行车，成堆的瓦砾和拉菲麻袋，铜钴交易站，挤压着每一寸空间。黑色的大音箱高声播放着流行音乐，各种音色混杂在一起，吵得人头痛。地上散落着榔头、木槌和钢筋。泥泞的路上堆满了砸碎的箱子、塑料袋和空酒瓶。孩子们奔走在这迷宫一般的杂乱中。十几岁的孩子们在泥路上推着生锈的自行车，车上驮着一袋袋水钻矿石。满目都是隧道和覆盖隧道口的防水油布。这些人的祖先曾经被迫将生命维系于橡胶的重量，而他们的生命现在则被迫维系于钻矿的重量。

几名男子在一家简陋的妓院附近打了起来。一位老鸨站在大门口，身着鲜艳的靛蓝色、天蓝色和金色镶边的裹身裙。老鸨掌握着经济大权，喜欢收美元。我给了她10美元，她就让我参观妓院，但不允许我与里面任何妇女或女孩交谈，其中有些女孩看上去只有14岁。妓院里用砖墙分隔出一个个小房间，没有屋顶，地上铺着满是灰尘的垫子。地上散落着烟头、酒瓶和其他垃圾。有些墙上贴着半裸妇女的画报。在后面的一间房间里，有一个穿着深紫色连衣裙的年轻女孩，头发扎成了小辫子。她孩童般纯真的气息与周围肮脏的环境形成了鲜明的对比。我四处逛着，老鸨在我身后如影随形，我的后脖子甚至都可以感觉到她呼出的热气。最后，她越来越不耐烦，把我领了出来。我问她知不知道卡苏洛有多少家妓院。她耸耸肩，咂着嘴说："可能有十家吧。我也不知道。"她解释说，挖矿工都是在领到钱的日子来找她的。"他们想要庆祝一下，好感觉自己还活着。"她说，但士兵们不付钱就能带走女人。

那天剩余的时间里，我在卡苏洛各处见了几组隧道挖矿工。在倾听他们的故事时，我在一片混乱中觉察到了某种秩序。卡苏洛已经形成了一个成熟的微观经济体系，由出资人、挖矿工、卖家、买家和维持秩序者（士兵）组成。在搞明白卡苏洛钻生态系统的过程中，有一个挖矿小分队给予我莫大的帮助。这个团队在靠近街区中心的地方挖矿，有四名男子和两名十多岁的少年，年龄在14—25岁之间。这个分队属于一个由30多名男子和男孩组成的团队，他们正在一栋四室砖房旁边挖掘隧道。

小分队中最年长的成员穆托姆博（Mutombo）邀请我到隧道周围看看。他穿着深棕色运动裤和绿色喜力啤酒T恤，肌肉发达，充满活力，自信得像个纽约的街头小混混。穆托姆博说小分队成员彼此都是兄弟和表兄弟。挖矿的地方并不是他们自己家，也不是团队中其他任何人自有的房屋。屋主雅克（Jacques）住在卢本巴希，他的兄弟雷吉斯（Régis）住在卡苏洛，离雅克的房子不远。他负责管理家中这个有30名成员的挖矿团队。雅克和雷吉斯是"矿坑所有者"，他们提供资金给穆托姆博这个手工采矿团队，让团队到家里挖矿。这种投资运作方式与卡苏洛手工采矿示范点的运作方式相同。穆托姆博解释说：

> 我们在这挖隧道，出资人每周都会给我们工资。他们还给我们提供挖掘工具，一个水泵、两个通风机和头灯……许多村子里的人都到这里来，在这儿居民的房子里挖掘隧道。大家都来卡苏洛找钴。跟着蜜蜂才能吃到蜂蜜嘛。

穆托姆博说，他们花了三个月的时间才找到一条水钴矿脉，已经开采了大约一个月。他们从隧道里挖出的水钴矿石由雷吉斯在离家不远的交易站出售。他们和雷吉斯按四六分成，雷吉斯占大头。穆托姆博说，收入最好的时候，他能有10美元的进账。我问投资收回成本后分成会有什么变化，穆托姆博说，到时应该会改为五五分成，但他并不确定。一个重要的信息是，手工采矿者不能和雷吉斯一起去交易站。钻矿最后卖了多少钱，全凭雷吉斯说了算。

"我们下隧道，挖矿，出隧道，洗去灰尘。这就是我们的生活。我们只能往前走着。"穆托姆博说。

穆托姆博点燃一支香烟，惆怅地吐着烟。我们又聊了聊他的背景，他为什么来到卡苏洛。

"我出生在利卡西。你能相信我有七个哥哥吗？我母亲想要一个女儿，所以她一直生个不停，我出生时，她对我父亲说：'你一定是个巫师！快把四个儿子拿去，给我换一个女儿回来！'"

穆托姆博放声大笑起来。这是我第一次听到一个手工采矿工如此开怀大笑。穆托姆博上了八年学，之后在利卡西附近的手工采矿场挖钻，其中包括托科滕斯矿区。

"我知道你会说教育很重要，但我想帮助我的父母，想给自己买东西。"穆托姆博说。

穆托姆博的三个哥哥也是手工采矿者，其中一个已经搬到赞比亚，在恩多拉（Ndola）的一家水泥制造公司工作。其他兄弟则在利卡西和卢本巴希工作。

"我有一个计划。我不会一直挖矿。我正在存钱，等我攒够了钱，我就在卡苏洛做生意，卖香烟和啤酒。每个挖矿的人都需要香烟和啤酒！"

不过，世界上再也没有比一个敢于怀揣梦想的手工采矿者更胆大妄为的人了。穆托姆博每下一次隧道，都增加一份死于非命的可能性。他为什么要挖矿呢？部分原因是他没有其他选择来获得稳定的收入，但这不是全部原因。驱使手工采矿者前往卡苏洛的还

有一种 "快速致富"的心态。这是一场巨大的赌博,常常以悲剧收尾。就像所有赌场一样,最终的赢家都是庄家。像穆托姆博这样的手工采矿者只能分享价值链最底层的一小部分利益。他们的劳动价值几乎全部被上游吸纳瓜分掉。尽管如此,与在矿业省份的同龄人相比,穆托姆博仍能获得较为丰厚的收入。他的小队每人每天大约产出10公斤的水钴矿石。假设矿石平均品位为4%,价格约为每公斤1.30美元,那么在与投资人四六分成后,小分队成员每天平均收入约为 5.20 美元,一旦分成比例变为对半分成,他们每天的收入将增至6.50美元。这是我在刚果已知的手工采钴者中最高的平均收入。

从这些数字来看,卡苏洛有着惊人的钴总产量。如果每名挖矿工每月生产大约250公斤水钴矿石,卡苏洛有1.8万名隧道挖掘者,那么该地区每年将生产大约5.4万吨水钴矿石。据估计,卡苏洛地下有60万到80万吨水钴矿石,因此这场钴争夺战最多还能持续10年或15年。这段时间足够卡苏洛的挖矿工赚得盆满钵满(按刚果的标准来说)。无数人将因此丧生。钴资源最终枯竭时,世界将会像一头大快朵颐的狮子,将卡苏洛甩在身后,继续前进。这就是卢本巴希大学的学生格洛丽亚提醒刚果需警惕的"灾难"。一旦资源被掠夺一空,刚果人民将只剩下一文不值的泥土,还有空空如也的肚子。在这之前,每天赚取5美元或10美元就能吸引着成千上万像穆托姆博这样的挖矿工进入隧道。全球经济依赖于此。穆托姆博每天下井挖矿,为产业链上游的每个人创造了数十亿美元的价值,但只由他和像他一样的人承担了所有风险。这个体系对所有人来说光明如天堂,但对于穆托姆博来说则黑暗如地狱,而他勤勤恳恳地创造出了巨量的财富。

穆托姆博分队里的成员开始下井。我看着第一个年轻人四肢紧撑住矿井壁，向下移动，随后消失在深渊中。我问穆托姆博隧道是否有支撑物。没有。据他所知，卡苏洛的其他隧道也没有。第二个成员开始下井时，穆托姆博详细描述了挖掘隧道的过程。第一步在当地叫作"kufanya découverte"，第一个词是斯瓦希里语，第二个是法语，意思是"进行探索"。在这一阶段，手工采矿者用铁锹向下挖掘矿井，直到发现水钻矿脉。一旦发现矿脉，一名被称为"进攻手"（attaquant）的矿工就会带领团队，确定沿着矿脉挖掘的最佳方式，这一过程被称为"追寻矿脉"（kufwata filon）。

穆托姆博说，他就是团队里的进攻手。他非常认真地对待这份工作。

穆托姆博解释说："需要经验才能确定挖多深能找到钻。找矿脉是最让人焦急的，因为每挖一米，隧道坍塌的风险就大一点。"

穆托姆博指着插在房屋旁边发电机上的两根电线，电线一直延伸到矿井下。他说这是抽风机的电线，他们在地下待上一整夜时，抽风机可以帮助他们呼吸。

"我们可能会在矿井底部的壁龛里睡上一会儿，有时也会睡在隧道里。这台机器让我们不至于窒息。"

我问穆托姆博为什么不返回地面小睡一会儿，而要在地下待着。

"上帝已经决定了我们的生死命运。如果我们要死在隧道里，那我们就死在隧道里吧。"

穆托姆博对着隧道井口喊了一声，扔下了一根用撕破的拉菲麻袋编织而成的长绳。

"我带你去看看。"他笑着说，仿佛即将展示一个巨大的宝藏。

　　穆托姆博把拉菲绳的一端绕在左手腕上，然后站在隧道口的木板上，张大双腿。有人在下面喊话。穆托姆博开始把绳子往上拉，动作灵活敏捷。他身上的每一块肌肉都绷紧了，一边拉着，一边喘着粗气。每次我以为袋子已经到井口了，但他还在不停地拉着，直到袋子终于现出井口——一个拉菲麻袋，里面装满了至少30公斤的高品位水钻矿石。穆托姆博把麻袋丢在隧道旁边，喘了口气。豆大的汗珠顺着额头滑落到鼻梁上。他的衬衫后背已经湿透。他走下木板，解开手腕上的绳子，再解开麻袋的绳子，打开袋口，笑得合不拢嘴。

　　"钴。"

　　我把手伸进麻袋，拿起一块拳头大小的水钻矿石。它看起来和我在基普希看到的第一块很相似——一块迷人的石头，混杂了多种颜色，茶色和天蓝色，星星点点的银色，还有小块的橙色和淡红色。现在的这块矿石颜色更深，更丰富。这是世界上品位最高的钴矿石，在卡苏洛地下随处可见，就像蛋糕里的葡萄干一样，等待着人们去发现。

　　穆托姆博在他的团队中最后一个进入巨蟒腹部一般的隧道。和卡苏洛的所有挖矿工一样，他坚持着要过上美好生活的梦想。为了实现这个梦想，他不得不像影子一样活着，困在两个世界之间——地面世界和地下隧道世界，徘徊在生与死的边缘。与卡苏洛的大多数矿工不同，穆托姆博不喝酒。他直面恐惧。我想他明白自己是靠着向死神借贷时间度日。他每天冒着生命风险挖矿，偿还雅克和雷吉斯的"活债"，他欠死神的债务也在增加。不管是"活债"还是"死债"，总有一天都会一笔勾销，因为他不得不深入地下寻找蓝色金子。

在卡苏洛，金钱和死亡相伴相生，挖矿工们若想获得金钱，必得以命相搏。

穆托姆博在下矿井前，紧紧地握了握我的手。我们目光相交时，彼此都心领神会。虽然我们再也不会见面，但从他生活的世界流入我生活的世界的矿石，将我们永远联系在一起。

我看着穆托姆博爬进隧道。就在黑影吞噬他之前，他抬头看着我微笑，仿佛那初现的曙光照亮了大地。

每次我访问卡苏洛时，人们的疯狂似乎只增不减。空气中充满为钻而争斗不休的紧张气氛。每条隧道都爆发出所有的人类情感：希望、恐惧、贪婪、惧怕、愤怒、嫉妒，最主要的情感是——痛苦。卡苏洛的母亲们承受着最大的折磨，她们大多数人不愿意与我交谈。这里充满了悲伤，还有撕心裂肺的痛苦。这里有丧失，还有毁灭生命的灾难。在刚果，你时常会碰到人类心灵无法承受的事情。这片土地似乎到处都是怪物，而潜伏在卡苏洛地下的怪物是一条千头蛇，在地面张开大嘴，等待着猎物进入。

第二次走访卡苏洛时，我遇到了一位名叫乔莉（Jolie）的年轻母亲。她说她想告诉我一个事故。乔莉住在一个小房子里，房子砖墙上有很多裂缝，金属屋顶都是锈迹。她刚看到我，似乎就已经后悔邀请我来了。悲痛几乎要压垮她纤细的身躯。她深陷的双眼大睁着，手腕瘦得骨头高高凸起。她像骷髅一般紧咬牙关。脖子上的皮肤有条状的色素沉着，看起来像绑了一根丝带一样，她急促地呼吸着，但她的声音像夜莺一般柔和动听。

乔莉说，她已经好几个月都没有睡过一个整觉了。在晚上，她只能睁眼盯着金属屋顶上的铁锈。外面的光线透过墙砖和金属之间的裂缝进入屋内的狭小空间，斑驳的阴影让她精神恍惚。半睡半醒中，她梦到奇形怪状的东西。她看不清它们的脸，但她知道它们是谁。她想尖叫，却发不出任何声音；想站起来，却无法动弹；想抓住它们，却胳膊根本抬不起来。她紧咬着牙，感觉牙齿都快咬碎了，从牙龈上脱落下来。最后，她在恐惧中惊醒。醒后有那么几分钟，她分不清什么是现实，什么是梦境。

乔莉不愿意回忆起收到消息的那一刻，消息说她的丈夫克里斯平（Crispin）和16岁的儿子普罗斯珀（Prosper）在卡苏洛一次隧道坍塌中丧生。

"那天，我的生命就此结束，我现在是一个鬼魂。"

乔莉说她当时在一种极度恐惧的状态下赶到坍塌现场。除此之外，她不愿讨论事故的任何细节。她最后回到家，家里是一片死寂。晾着的衣服上面仍然散发着她丈夫和儿子的气息。他们早上吃炖菜的碗还留在桌子上。在这个令人窒息的空间里，一切都无法让她停止回想起他们来。她在家里很痛苦，但走出去更糟糕。

"隧道离这里只有十米。我每天都会路过那个地方。我低头看地面。克里斯平和普罗斯珀还在那里。他们就在我的脚下。"

卡苏洛发生隧道坍塌时，大多数的尸体将永远无法找到。家庭成员无法为他们的亲人举行葬礼。他们还不得不每天在亲人尸体上走过。这是供应链上游的每一个人都不希望我们看到的现实。这个真相"应该"永远埋葬在这里。隧道的设计使得坍塌一旦发生，就必然造成这样残酷的后果，每个人都知道这一点。也许，他们所依赖的就是这一点——那无法穿透的沉默掩盖了许多被葬送掉的生命，正是这些生命造就了数不尽的财富。只有极少数人能侥幸在隧道坍塌事故中幸免于难，因为他们离地面近，能够在被救出来之前坚持住。卡苏洛17岁的少年卢西恩（Lucien）就是这样一位幸存者。

卢西恩闷闷不乐地坐在地上，他的房子有两个房间。他的母亲亚历桑德琳（Alexandrine）和父亲若苏埃（Josué）坐在他旁边。若苏埃明确表示，他并不欢迎我。

"你在这里干什么？你要在这里做什么？"他不停地问。

我告诉他，我已经了解了他儿子的遭遇。

"只要看到他！你就知道发生什么事了。"

"是的，你能解释一下他是怎么受伤的吗？"

"这对我们有什么好处？"

"如果刚果外面的人了解到像卢西恩这样的孩子在挖钻时是怎么受伤的，这可能有助于改善这里的条件。"

"这对我儿子没有帮助。"

"或许没有……但也许这会对别人有所帮助。"

若苏埃对此嗤之以鼻，但他最终同意让我和卢西恩谈谈那起事故。

卢西恩又高又瘦，眼神锐利。他的两条腿都断了，被金属棒固定在一起。他看上去情绪很激动，额头上青筋隆起，咬紧牙关，眼睛快速扫视着面前的场景，好像在寻找什么可以集中注意力的东西来平静下来。卢西恩数次尝试张口说话，但很快就又闭上嘴巴。在母亲的温柔鼓励下，他讲述起那场灾难。

卢西恩15岁时开始与若苏埃在卡苏洛一个大型隧道里工作。挖矿团队有50多名男子和十几岁的男孩，他们分成几个小组工作。隧道矿井深达60多米，是我所见过最深的矿井之一。矿井底部的壁龛空间足以容纳50个挖矿工。他们又从壁龛那里延伸出三条隧道，以追随不同的水钴矿脉。每条隧道都有抽风机和水泵。每个手工矿工都配备了头灯和镐头。卢西恩工作很卖力,每天能挣五六美元。他的收入可以为三个弟弟妹妹支付学费,这让他感到很自豪。他家人不缺食物,每周能吃一次鸡肉,还可以不时买买新衣服。

事故发生的那天早上,卢西恩吃完早餐就带着镐头离开家去隧道挖矿。若苏埃留在家里,他在咳嗽和发烧,没完全康复。卢西恩语调低沉,一动不动地讲述了接下来发生的事情:

> 那天结束时,我们一群人聚集在壁龛里,准备离开隧道。我们把一根绳子绑在往常那棵树上。我和我的朋友卡利排在前面。他先抓住绳子。我在他后面。我们只爬了几分钟,整个隧道就坍塌了。事情发生得太快了。我好像被大地吞掉一样,动弹不得。我几乎无法呼吸,心像是在燃烧。
>
> 上帝仁慈,有人开始刨土救我们。卡利(Kally)和我就在最上面。大家把我们拉了出来。

据卢西恩说,隧道坍塌时,里面有近50名手工矿工,只有他和卡利活了下来。目前尚不清楚是只有矿井坍塌,还是矿井底部的壁龛和其他三条隧道也发生了坍塌。

"没有人知道其他人情况如何。如果所有隧道同时坍塌,他们很快就会死掉。如果只是矿井坍塌,他们只是被困在里面,但也许只要一天的时间,里面就没有空气了。"

卢西恩在坍塌中保住了命,但他的双腿多处骨折。科卢韦齐的医生说,他需要至少两三次手术,但他的父母只能承担一次费用。

他的三个弟妹被迫辍学，因为家里再也负担不起学费了。我见到卢西恩时，离他做手术的时间已有几个月，但他的伤口还没有完全愈合。他脸色苍白，看起来虚弱无力，腿骨的康复状况不明。卢西恩没有接受术后护理或物理治疗。他的骨头有可能没有完全愈合，也许根本没有愈合。看着痛苦不堪的孩子，亚历桑德琳难忍悲痛。她说道："我儿子怎么能这样活着？他的生活被毁掉了。"还说如果那天她的丈夫没有生病，他可能会和其他人一起死在隧道里。

若苏埃在整个采访过程中保持沉默。我理解他为什么不愿意让儿子重温这场悲剧。在我离开之前，若苏埃抓住我的手臂，脸上满是愤恨。

"现在，你清楚了吧，像我们这样的矿工是如何工作的！"

"我想我清楚了。"

"那你说说看。"

"你们的工作条件的确很恶劣，而且——"

"不！我们在自己的坟墓里工作。"

第七章

最终的真相

一种巨大的忧伤笼罩着我。是的，这正是我孩童时代夸下海口要到达的地方。但在这片广袤荒野上的茫茫夜色中，盘桓在我脑海中的，不是那位曾踏足此地、早已作古的探险家朋友，不是那些关于他探险的令人难忘的记忆，而是那个登在报上无聊的"噱头"，以及有史以来最卑鄙无耻、玷污了所有人类良知的掠夺。

——［英］约瑟夫·康拉德，"地理学和探险家们"，《末文集》（*Last Essays*）

亨利·莫顿·斯坦利登报连载寻找利文斯通博士的过程，以此作为噱头而一举成名，但他玩弄的这个噱头给刚果带来了一系列灾难性的后果，至今仍在影响着这个国家。他开始寻找利文斯通时，自然无法预料未来会发生什么，就像利文斯通发现奎宁和非洲腹地时，也不可能知道这会加速欧洲殖民非洲的进程。然而，当斯坦利在刚果上游一路恐吓居民，代表利奥波德二世国王哄骗土著割让土地时，他肯定对即将到来的事情有所预感，但他从未收敛过其所作所为。他这样做是为财，还是为名？抑或是取悦君王？个中缘由不得而知。归根结底，斯坦利的行为动机并不重要，但其行为造成的后果影响重大且深远——一场卑鄙无耻的洗劫摧毁了刚果，以至于140年后的刚果仍无法恢复元气。斯坦利带来的恶果世世代代延绵下去，刚果一个又一个的资源宝藏被发现、被掠夺，最终酿成了今天对钴矿的疯狂争夺。自斯坦利在报纸上制造的噱头发布以来，自1482年迪奥戈·康首次到达后来成为转运奴隶港口的罗安戈湾以来，刚果人民受到了无法估量的伤害。奴隶制和暴力数百年来一直折磨着刚果人民，而对钴的疯狂争夺只不过是其悲惨命运中新添的一环。

在到达旅程的最后一站——卡米隆巴之前，我还要去会见最后一位采访者。她叫比塞特（Bisette）。2019年9月22日，我在科卢韦齐的郊区与她进行了访谈。那天清晨，山丘中吹来了一阵清凉的微风，天色已经大亮。我在宾馆匆忙吃了早餐——洋葱煎鸡蛋、煮土豆和速溶咖啡。之后我向东驶上公路，抵达了一个不起眼的宾馆，我将在那里进行一整天的采访。比塞特已经到了，正坐在一张小桌子旁，双手交叉端正地放在腿上。她脸色蜡黄凝重，满面愁容。她右眼下方有一小块椭圆形色块，看起来像是一颗永久的泪痕。她没几根头发了，不过她并没有做出什么努力去掩饰这一点。她穿了一件橄榄色衬衫，心脏上方的位置用破旧针线缝着英文的"服务员"几个字。她来这儿是为我讲述关于她的长子拉斐尔（Raphael）的事情。

比塞特谈起这个儿子，语气中充满了自豪："拉斐尔是个非常善良的孩子，很聪明，喜欢上学。"但拉斐尔上了六年学，家里再也负担不起学费。他开始在嘉能可公司旗下的东马沙姆巴矿场挖钻，那里就是卡博拉被枪击的地方。一家人计划，只要拉斐尔挣到足够支付下一年学费的钱，就继续回学校上学。

"他想去大学当一名教师，"比塞特说，"他希望所有的孩子都能有学上，这样他们就能改善自己的生活。"

拉斐尔在东马沙姆巴矿山的地表挖矿，每天只能赚大约一美元，勉强能够支付他和其他五个弟弟妹妹的基本开销。一年年这样过去，他最终放弃了重返学校的计划。到了他身强力壮的时候，隧道就召唤他前去挖矿了。拉斐尔加入了一个30多名手工矿工组成的小组，在东马沙姆巴矿山的隧道里挖矿。

"他每天早晨离家，直到天黑才回来。每天都累得很。有时太累了，他连饭都不吃就去睡觉了。"

进隧道挖矿后，拉斐尔的收入有所改善，每天能挣到两到三美元。

"我不想让他进隧道里干活，但他说他想帮助家里。"

2018年4月16日，像往常一样，拉斐尔一大早就离开了家。那是雨季的最后几天，大暴雨已经过去了。空气清新，水源充足。

"我正在洗衣服时，我的侄子纳姆比大叫着冲进家里。他也在东马沙姆巴矿山干活。他说隧道坍塌了，拉斐尔还在里面。"

比塞特和丈夫从卡帕塔急忙赶去东马沙姆巴。她一边跑，一边向上帝祈祷："求求你，让我的儿子活下来。"

比塞特到达矿场时，发现她最糟糕的噩梦变成了现实。没有人幸存下来。现场的矿工只挖掘出部分死者的遗体，其中就有拉斐尔的。虽然他和卢西恩一样，在挖矿时离地面较近，但救援人员未能及时将他拯救出来。

"你能想象抱着自己孩子的尸体是什么感觉吗？"

比塞特和她的丈夫将拉斐尔的遗体带回家。他们清洗儿子已无生命迹象的身体，为他准备丧葬仪式。

"我一直在等待他睁开眼睛。"

比塞特无法接受拉斐尔的死亡，就像特希特无法失去卢博，乔莉无法失去普罗斯珀一样。比塞特说，自从拉斐尔去世后，她几乎不吃不喝，无法入睡，开始掉头发。

"我的儿子去世了，我也死了。"

比塞特不愿意回答其他有关拉斐尔死亡或之后家庭情况的问题。她只是讲述了她儿子死亡那天发生的事情。谈话结束后，她走出室外，静静地坐在地上。

我看着比塞特一动不动地坐在那里，思绪转向她儿子生命的最后一刻。岩石和泥土崩塌后砸向他时，他感到痛苦吗？在巨大的黑暗中，他感到恐慌吗？在仅存一口气时，他是否在呼唤着他的母亲？这些问题一定折磨着比塞特，也一定折磨着每一个被钴矿隧道活埋的孩子们的父母。

比塞特回到采访室，说她准备离开。我本已安排了一个同事将她送回村里，但她说她要去卡米隆巴。

我在那一刻崩溃了。人们只有一个原因会在那天去卡米隆巴。

这同样也是我前一天在矿场的原因。

比塞特面部的变化让我至今难以忘怀——她代表那些活在黑暗之中的每一位母亲大声喊道："我的孩子们像狗一样死去。"

前一天，也就是2019年9月21日，我在黎明前就醒了，为参观卡莫托铜业公司的矿区做准备。我计划进行为期一天的访问，走访卡帕塔村、马洛湖和卡莫托铜业公司以及东马沙姆巴的矿山墙。自我上次访问该地区以来已经过去了大约一年，所以我很想看看那里是否发生了变化。

我朝西南方向前往卡帕塔，经过拥挤的卡尼纳社区、穆索诺伊矿业公司巨大的红色矿山墙，以及通往高尔夫湖的一处喧闹洗矿区入口。运送铜钴矿石的货车似乎更多了，在狭窄的道路上往来不断。我到达卡帕塔的东边，徒步进入村子。这里似乎和以前没什么两样。蹒跚学步的幼儿在茅屋间的泥地里玩耍。年轻女孩拖着装满水的塑料容器，水浑浊不堪。相邻小屋之间系着晾衣绳，老年女性在上面晾着衣服。男孩们背着破烂的拉菲麻袋和生锈的挖掘工具走向卡莫托铜业公司的挖矿区。村子里仍只有那一家网吧，还是使用着同样陈旧的戴尔台式电脑。

与一些当地人交谈后，我得知，由于附近矿区增派了刚果民主共和国武装部队和其他武装安全力量的士兵，局势更加紧张了。外界有许多人在传矿山里头的事情，所以增派了士兵来阻止外人进入。村民们还说，自从铺设了通往村里的道路，这里的污染加重，车祸事故更多了。让人遗憾的是，童工现象似乎仍在增加。村民们说，更多的学龄儿童离开学校去挖钴，原因是交易站降低了钴矿的收购价格，食物和生活用品成本上升，而上游供应链对钴的需求却在不断增长。

　　和几位熟人交谈之后，我还想在去马洛湖之前在卡帕塔找到一个人——埃洛迪。我知道希望很渺茫，但我还是想尝试一下。埃洛迪曾说她与其他无家可归的孩子住在村子南边。我在那里问了一圈，最终有三位正在烤木薯的妇女告诉我，几个月之前，埃洛迪和她的婴儿死在一棵荆棘树下。母亲和孩子已经被埋葬了，她们也不知道具体埋在哪里。这个消息令我备受打击。我一直抱着希望，埃洛迪也许还能活着……但是在刚果，希望就像炽热的火炭——一旦握住，它就会狠狠烫伤你。

　　我在卡帕塔南边找到了一棵荆棘树，坐在它下面祈祷。在幻想中，我看到埃洛迪在结束又一天的劳累后躺在树下休息。她知道这是她生命的尽头吗？她的孩子在她去世前已经死了吗？还是在他母亲尸体旁气息奄奄地度过了他最后一段时光？他饿吗？他害怕吗？埃洛迪呢？在她心脏最后跳动的那几秒钟里，她在想什么？她愤怒吗？悲伤吗？失望吗？……还是只轻声对任何可能在聆听的神明说："请带我回家。"

　　我步履沉重地从卡帕塔走向马洛湖。埃洛迪的去世仍然让我心如铅坠。我穿过桉树林，走向通往湖边的一处宽阔荒地。旱季已经持续了几个月，在烈日暴晒下，马洛湖已经变成了一个小水塘。树木枯萎，地面龟裂。人们疲惫地在炙热的大地上跋涉。虽然湖边的人比我上次来访时少了，但仍有1000多名妇女和女孩们在有毒的水中清洗石头。我走到水边，找了一群女孩交谈。

　　不久后，也许是十分钟左右，我听到从马洛湖边上传来的阵阵喊叫声，令人胆战心惊：

　　"塌方了！塌方了！"

　　时间仿佛停滞了。我追随着尖叫声穿过马洛湖，沿着小路跑向临近的矿场：

卡米隆巴。

消息迅速传开了。在我到达之前，士兵们已经封锁了事故现场。数百名村民从卡帕塔匆忙赶来。这是所有人都害怕的噩梦。

塌方。

我的向导提醒我要保持距离，情况太过难以预测。从外围，我几乎看不清隧道的入口，现在的入口不过是地表一处被砾石覆盖的凹陷。村民们挤在封锁线后面，要求进入隧道，但士兵们气势汹汹地用武器指着他们，要他们保持距离。尖叫声和推搡声不断，局势眼看就要陷入全面混乱。汹涌的群情像龙卷风一样席卷这处卡米隆巴的边缘地带。埋在塌陷隧道下的矿工们的生命正在因窒息而一点点流逝，他们的亲人只能眼睁睁看着却无可奈何。士兵最终命令一些在特许矿区内工作的手工矿工进入隧道找寻幸存者。村民们开始唱起向上帝祈祷的歌。

救援人员挖出了第一具破碎的尸体，恸哭声响彻矿山，仿佛大地已经丧失了最后一线希望。两个男人把一个孩子从泥土中抱出来，轻轻地放在赭色的砾石上。他那血迹斑斑的脸上定格了一种可怖的表情。泥土和鲜血混在了一起，呈现出一种焦褐色或铁锈色，包裹着男孩纤小的身躯。男孩看起来不超过15岁，他那短暂的人生以最为悲惨的一种方式走向了结束。我听过别人讲述隧道坍塌，但当我目睹隧道坍塌带来的悲惨后果时，我所受到的冲击简直无法言表。

在2019年9月21日卡米隆巴的这起隧道坍塌事故中，共有63位成年男性和男孩被活埋。只找到了四具遗体，其他人将永远葬身于隧道下。没有人为这次事故承担责任，官方甚至都未曾公开承认过这次事故。

这就是刚果钴矿业的终极真相：一个孩子在挖掘钴矿时被活埋，他的生命一文不值。所有在这里死去的人都一文不值，抢掠资源才是最重要的。

夜晚来临时，那些刚刚失去亲人的家庭陷入茫然之中。一些人漫无目的地游荡；其他人坐在地上哭泣。我是在事故第二天早上才见到比塞特，但是那天她也在卡米隆巴。她的侄子纳姆比（Nambi）——那个将她儿子拉斐尔的死讯带给她的人，也是在卡米隆巴坍塌事故中被活埋的人之一。

我明白了为什么比塞特在结束采访离开时说的不是"我的孩子（拉斐尔）"，而是"我的孩子们（拉斐尔和纳姆比）像狗一样死去"。

正当火红的落日慢慢沉入地平线时，一阵狂风席卷过平原，在坟场一般的卡米隆巴上空旋转出一道旋涡。乌云像一支野兽军团一样，迅速聚集起来。雨季本应该一个月后才到来，但在这时，有一道震耳欲聋的雷电撕裂了天空，洪流咆哮着倾泻而下，涤荡着整个世界。

后记

重要的是行动起来，而不是去想行动可能会带来什么结果。你必须做正确的事情。你可能尚未有足够的能力，时机可能未到，也可能得不到任何成果。但这并不意味着你要停止做正确的事。你可能永远不会知道你的行动会带来什么结果。但如果你什么都不做，就不会有任何结果。

——［印］圣雄甘地

卡米隆巴隧道坍塌发生几个月后，我与刚果驻美国大使弗朗索瓦·恩库纳·巴卢穆埃内（François Nkuna Balumuene）会面。巴卢穆埃内大使是一个宽厚、和蔼的人，他耐心地聆听我讲述了我在他的国家所经历过的事情。我们一致认为，外国公司应该更多地与挖掘钴矿的刚果人民共享他们从刚果钴矿中所获得的财富。我们还讨论了保证刚果手工采矿工人安全与尊严的重要性，以及采用可持续采矿方法保护铜矿带地区环境的必要性。尽管我们想法一致，但巴卢穆埃内大使明确表示，他认为上述诉求应该由他的人民提出，而不是由一个外国人代表他的人民提出。他认为，刚果人民需要发出他们自己的声音。他建议，如果我真的想帮助刚果人民，我应该到刚果，通过协助当地研究人员来帮助刚果人民。

我告诉大使，我会听从他的建议。只有当被剥削者能够为自己发声，而且他们的发声也能为其他人所听到时，才能带来最佳、最持久的改变。1789年，奥拉达·埃奎亚诺（Olaudah Equiano）发表自传，写下了自己作为奴隶的经历，为英国的废奴运动提供了必不可少的重要见证。埃奎亚诺的著作激励了弗雷德里克·道格拉斯（Frederick Douglass），他于1845年发表了回忆录，讲述了作为一名逃亡奴隶的经历，他的回忆录在美国的废奴运动中发挥了与埃奎亚诺自传类似的重要作用。解决刚果采矿省份问题的第一步是推进刚果人民进行自己的研究，在安全的前提下为自己发声。应该在改善刚果采矿省份人民生活的正式会议中为他们提供发声的机会，但采矿省份的人民鲜少获得这样的机会。就我所知，总部位于巴黎的经济合作与发展组织（OECD），以及总部在日内瓦和纽约的联合国召开的关于钴矿开采的会议中，都没有手工采矿工人的参与。就这个问题来说，我怀疑许多参加这些会议的人不曾访问过刚果的手工采矿场，不曾与那里的工人交谈过。我同样怀疑那些购买刚果钴矿的大型科技和汽车公司的首席执行官也并没有做过这些事情。如果这些会议没有手工采矿工人的直接参与，那么就无法制定任何有意义的解决方案来帮助手工采矿工人。这在刚果尤其如此，在手工采矿现场了解到的情况，与钴供应链上游所说的情况大为不同，即便不能说是完全相反。

在卡米隆巴坍塌事故后，由于新冠疫情暴发，我的旅行受到限制，直到2021年才有机会重回刚果。甫一落地，我立刻发现疫情明显导致当地条件显著恶化。由于担忧员工安全，大多数外国矿业公司在2020年和2021年间长时间暂停运营；然而，世界对钴的需求却只增不减。全世界数十亿人居家上班上学，人们比以往任何时候都更依赖可充电设备。

科卢韦齐的姆旺盖尼医院（Mwangeni Hospital）是卢阿拉巴省最大的医院。来自该医院的茨胡图博士（Dr. Tshihutu）解释说："因为新冠病毒，矿山关停了，这增加了手工采矿工人的压力。"茨胡图博士还说，因为矿工在极其拥挤的条件下工作，所以这种疾病在手工采矿场传播十分迅速。矿沟或隧道中挤满了矿工，保持社交距离是不可能的。即使矿工有口罩，戴着口罩在隧道里或在烈日下作业也不可行。手工采矿工人感染病毒后，又将其传播到所在社区。

"那些在手工采矿场工作的人回家后将疾病传染给了他们的家人。"茨胡图博士说。

更糟糕的是，刚果的疫苗非常稀少。到2021年底，刚果成年人中只有不到1%的人完成了疫苗接种，而在高收入国家，大约有一半的成年人至少接种了两剂疫苗。在卢本巴希卡姆佩巴综合医院（L'Hôpital Général de Référence de Kampemba）工作的恩戈伊博士（Dr. Ngoy）告诉我，即使在公立医院，也通常两三个月没有任何疫苗供应。甚至在2020全年，当地都没有任何新冠检测服务，直到2021年初，在无国界医生组织（Doctors Without Borders）的帮助下，这里才设立了一个独立的诊所来检测新冠病毒。恩戈伊博士说，该诊所检测出的新冠阳性比例有时甚至超过50%。没有疫苗、口罩、病毒测验或其他保护机制，许多手工采矿工和铜矿带地区的居民都感染了病毒。大多数人负担不起医院护理费用，只能在家里自我隔离，听天由命。

除了大范围的病毒感染和死亡之外，手工采矿工在新冠疫情期间还面临着收入降低的危机。这是由于钴供应链底层买家大量减少。矿业省份的大多数交易站的代理不再经营，少数留下的交易站代理大幅降低收购价格，这意味着手工采矿工的收入暴跌。但钴价在2020年和2021年持续上涨，供应链上游依然获得暴利，手工采矿工的收入却跌至谷底。矿工家庭不再能负担得起食物、衣服和住房。成千上万的孩子不得不离开学校去挖钴，以帮助家庭维持生计。

我的向导菲利普说："因为新冠病毒，矿山里的儿童矿工数量大大增加。这里大多数的孩子将永远不能回到学校。我们所作的努力都白费了。"

有一位修女曾给我发送了科卢韦齐穆索诺伊公司矿场的视频，视频表现的是刚果工人像旧世界的非洲奴隶一样遭到鞭打。她估计，新冠疫情开始后，铜矿带地区超过三分之二的孩子辍学。据她所说，几乎所有的孩子都在钴矿中工作，并且越来越多的人"生病，受伤，成为孤儿"。考虑到疫情将持续恶化，她提出了一个简单而明确的问题：

> 孩子是可持续未来的传承者，可是如果剥夺了孩子们的幸福，更糟的是，剥夺了孩子们作为孩子的权利，又怎能建立一个可持续的未来呢？

虽然刚果手工采矿工人的生存条件在新冠疫情期间日渐恶化，但实际上仍有一条现实可行的方法来减缓他们所遭受的大部分伤害。这条道路始于落实责任。刚果手工采矿工面临的最大问题不是持枪的士兵、代理买家、剥削他们的矿业合作社，或者是崩塌的隧道。这些与矿工对立的因素是一种更大的威胁所造成的。这个威胁也正是刚果手工采矿工面临的最大问题——钴供应链上游的利益相关方没有承担自身的责任，而他们都以某种方式从手工采矿工人的劳动中获利。

与其发布空洞的零容忍政策和其他虚假的公关声明，企业应当实行一个真正帮助到矿工们而又简单的措施——给予手工采矿工人与公司总部员工同等的待遇。既然我们不会送硅谷核心城市库比蒂诺（Cupertino）的孩子们去有毒的矿坑中挖钴，那为什么刚果的孩子就得去挖矿呢？在未经单独核实的情况下，我们不会相信对库比蒂诺儿童的某种笼统媒体宣传，那我们为什么未经核实就相信刚果某地区帮助2000名儿童重返校园这样的媒体宣传呢？既然我们不会把自己的家乡当作有毒垃圾的填埋场，那我们为什么允许刚果变成这样呢？如果那些顶级的科技公司、电动汽车制造商和矿业公司承认手工采矿工是他们钴供应链中不可或缺的一部分，并且给予他们自己公司员工的同等待遇，那么当前困扰手工采矿工的所有问题几乎都将迎刃而解。

不过，我们不应采用常见的那种"一阵风式"的短效方案来应对全球钴供应链中的人权侵犯问题。通常情况是，对一个问题的关注度在短时间内高涨，然后企业和政府随之推出新的改善方案，然而一旦关注度转向其他事件，一切又恢复原样。钴石利益相关方不应只发表肤浅空洞的公关声明，也不应草率出台不够成熟的应对方案。最近旨在改善刚果手工采矿工人生存条件的两个举措受到吹捧，但不幸的是，这两项举措都恰恰体现了上述应对方案的通病。

第一个举措与科卢韦齐郊外的穆桑普市场有关。由于受到提升钴供应链底端透明度的压力，当地推出了一项计划，指定穆桑普市场为唯一可以出售手工开采钴矿的地方。手工采矿工人出售的矿石将按照标准价格进行交易，以提高矿工收入。还将运行一个系统，要求卖家证明在采矿时没有使用童工。2019年8月，新的穆桑普交易中心开始动工建设，省长穆耶伊宣布，在即将到来的夏天启动此计划："我们将持续推进手工采矿业的改革，预计于2020年8月底启用穆桑普交易中心……交易中心启用后，所有的交易站和非法交易市场将被关闭，所有交易将只能在交易中心进行。"[1]

这项举措备受供应链上游的称赞，将其称之为手工采矿工人和供应链透明度的胜利，但似乎没有人提及一个显而易见的问题——若没有盘剥矿工的中间商，手工采矿工没有办法将钴矿运送到穆桑普交易中心，这项举措的目的也就无法达成。手工采矿工也许可以用自行车将钴矿从几公里外驮到穆桑普，但如果这个新中心是所有手工钴矿唯一的交易市场，那么远在卡帕塔、坎博韦或基普希附近矿点的手工采矿工要如何将钴运送到穆桑普呢？他们唯一的选择将是继续以低于市场价格的方式将钴矿石卖给中间商，然后，中间商再将钴石运到穆桑普出售。那么中间商无法保证其矿石没有使用童工开采。

这个显而易见的设计缺陷甚至不是新穆桑普交易中心最大的问题。最大的问题是，尽管已经宣布启动，但计划从未执行起来。我在2021年11月3日前往该新中心，却发现它是一个空无一人的鬼城。只有一个武装警卫，他允许我进入，我在这个空旷建筑里走了一圈，里面只有几十个漆成蓝色的交易站。我在国外得到的消息是，所有手工开采的钴矿都通过新建立的穆桑普交易中心流通，而实际上，这里已经成了荒废的鬼城。我在科卢韦齐的同事告诉我，现在那里仍然没有任何要开始运营起来的迹象。即使开始运营了，大约99%的手工采矿工还是无法直接在交易中心出售他们的矿产。因此，提高矿工收入，或有助于从供应链中消除雇用童工现象的保证都成了空谈。

与此同时，原来的穆桑普市场却无比兴盛。自2019年我最后一次访问此地以来，这里的市场规模几乎翻了一番，沿公路延伸有一公里多。那里至少有80个交易站，里面挤满了摩托车、皮卡车、货运卡车——以及成千上万袋钴矿石。那天我没有在任何交易站进行访谈，因为我相信没有人会询问雇用童工或其他虐待工人的问题。

第二个备受瞩目的措施与嘉能可在卡帕塔附近的矿场有关。人权组织要求解决矿场手工采矿工人的伤亡问题，在此压力下，嘉能可在卡莫托铜业公司和东马沙姆巴的矿坑顶筑起了一道围栏，以阻止手工采矿工进入矿场，避免他们出现重大事故。2021年11月4日，我走访了卡莫托铜业公司的矿区，发现有数百位手工采矿工人在数十条矿沟和隧道内挖掘钴矿，这些矿沟和隧道深入矿山的矿墙。关键是，我看到许多手工采矿工人翻过围栏进入卡莫托铜业公司的矿场。

"最难的是爬这个（矿坑）围栏，"一位手工采矿工人告诉我，"翻越混凝土砌成的墙很容易。"

第二天早上，即2021年11月5日，我得知，当我前一天在矿墙的另一侧进行采访时，卡莫托铜业公司矿场内的一条隧道发生了坍塌事故。有报道称，许多手工采矿工人被活埋。我试图调查这起事故，但刚果民主共和国武装部队已经封锁了进入卡莫托铜业公司矿场的通道，和卡米隆巴的那起事故一样。我在卡帕塔的联系人称，最终找到了五具尸体，还有20多人失踪，其中包括儿童。那天晚上，之前带我参观沙巴拉的加丹加手工采矿合作社的那位官员在酒店与我碰面，说他刚在省长办公室开完会，被要求为隧道坍塌中丧生的五位矿工安排葬礼。

几周前，英国广播公司《全景》节目团队（2012年播放了关于蒂尔韦泽姆贝童工现象的特别报道）的一位同事正在调查科卢韦齐的钴矿开采情况。嘉能可向这位同事保证，自从建造围栏以来，卡莫托铜业公司的矿场内再也没有出现手工采矿工人。我告诉了他矿区坍塌和矿工死亡的消息，他将这份报告提交给嘉能可，该公司向英国广播公司承认卡莫托铜业公司的矿区内确实发生了一起"事故"，涉及手工采矿工人，但只有一人死亡。这一新闻于2021年12月4日在《全景》节目中播出。如果不是当天有外人在现场，坍塌的消息可能永远不会被报道，就像卡米隆巴的坍塌事故一样。那么，还有多少隧道坍塌和死亡事件没有被报道呢？在我访问卡莫托铜业公司矿场的前一周，那里发生过坍塌吗？后一周呢？这样的事故发生在东马沙姆巴、卡苏洛、蒂尔韦泽姆贝或卡米隆巴吗？没人会知道。

死亡人数依然没有得到统计。矿工的人命不值钱。

我的耳边回响起帕特里斯·卢蒙巴所谱就的刚果绝唱。这位刚果最伟大的自由主义战士和首位总理在被暗杀前不久，给妻子保琳娜（Pauline）写下了一封绝笔信，信中描述了他对于国家未来的梦想。这封信既是为了他妻子而写，也是为了刚果而写。那些无法容忍任何人任何事阻挡他们掠夺刚果资源的人扼杀了卢蒙巴的梦想。这个惨痛的悲剧正是多个世纪以来一直缠绕着刚果的噩梦。

我挚爱的伴侣，

落笔之时，我并不知道你是否会收到、何时会收到这封信，也不知道你在阅读这封信时，我是否还活着。在争取国家独立的斗争中，我始终坚信，我和我的同事毕生奉献的神圣事业终将取得最后的胜利。我们所期望的是，我们的国家能够受到尊敬，拥有尊严，获得完全的独立——但这并不是比利时殖民主义者及其西方盟友希望看到的。我们给予联合国充分的信任，请求得到联合国的帮助。但联合国中的某些高级官员竭尽所能地帮助比利时殖民主义者及其西方盟友。

他们贿赂了我们的同胞；他们收买了一批人；他们歪曲真相，践踏了我们的独立。我无话可说，不管是死是活，是自由还是被殖民主义者监禁，我个人并不重要，重要的是刚果、我们和我们独立的梦想一起被关进了牢笼里，外面的人看着牢笼里的我们，有时施舍我们同情，有时幸灾乐祸。无论如何，我的信念不可动摇。我知道，我的内心深处也能够感知到，终有一天，我的人民将摆脱所有敌人，团结一致，消除殖民主义带给我们的耻辱和伤害，堂堂正正地重获尊严。

我们并不孤单。非洲、亚洲，以及世界各个角落已经获得自由和解放的人民，将始终与成千上万不放弃斗争的刚果人民共同进退，直到我们的国家再也没有殖民者和雇佣兵。我也许再也见不到我的孩子们，但我要告诉他们，刚果的未来是美好的，他们的国家期望他们，期望每一个刚果人，能够完成国家重获独立和主权的神圣任务；因为，没有正义就没有尊严，没有独立就没有自由。

　　无论是野蛮的袭击，还是残酷的虐待和折磨，都从未让我低头折节，我宁愿高昂着头，带着坚定的信念和对国家命运的强大信心死去，也不愿苟活在被奴役、神圣原则受到藐视的环境里。我们的声音总有一天会激荡在历史中；那将不是联合国，不是华盛顿，不是巴黎，不是布鲁塞尔写就的历史，而是那些摆脱了殖民主义、摆脱了殖民主义傀儡的国家所写就的历史。非洲将写下自己的历史，写下撒哈拉以南、撒哈拉以北的历史，那将是充满荣耀与尊严的历史。

　　我的伴侣，不要为我哭泣；我知道，我的国家现在正遭受着苦难，但我们终将捍卫独立与自由。刚果万岁！非洲万岁！[2]

致谢

对于成就这本书的那些最重要的人，我的感激之情难以言表。他们的姓名我无法提及，否则会将他们及其家人置于危险的境地。还有一位位帮助我深入刚果铜矿带地区进行调查的向导和翻译，在他们的全力相助下，这本书才得以付梓。我永远感激他们。

我也十分感激每一位勇敢与我分享故事的刚果人——那些孩子、父亲、遗孀、孤儿，以及那些愤怒的母亲。我不会忘记我对你们的承诺。

感谢我的代理人史蒂夫·哈里斯（Steve Harris）。他对本书给予了充分的肯定，并为本书找到了一家最完美的出版社。

我的编辑乔治·维特（George Witte）工作十分出色。在知道由他担任本书编辑的那一刻，我感到十分安心。在我写作的整个过程中，他和圣马丁出版社（St Martin's Press）都给予我极大的支持。我深深感激他们对我的信任，也感谢他们帮助我将刚果手工采矿工人的声音传达给全世界。

感谢我亲爱的朋友凯特·纳斯·达伊（Kate Nancy Day），她对书稿提供了极富见地的反馈。她是一位最有耐心的聆听者，总在我意想不到的时候挺身而出，帮助我渡过那些最重要的难关。

感谢我志趣相投的朋友——珍妮弗·布里森·克拉克（Jennifer Bryson Clark），在废奴运动相关内容的写作上，我得到了她热情的指导和修改建议。

我的同事和朋友——佩吉·科宁（Peggy Koenig）对本书提供了至关重要的评价。从在刚果的实地调查，到寻找代理人，她都慷慨相助，对此我深表感激。

感谢穆雷·希茨曼和基姆·谢德（Kim Shedd），他们耐心地帮助我了解铜矿带地区的地质情况，这个任务颇为艰巨，毕竟我一开始连矿物、岩石和矿石都分辨不清。

由于我数次前往刚果进行调查研究，我的家庭面临沉重的经济负担。感谢美国人类联合组织（Humanity United）、英国国家学术院（the British Academy）、斯库纳基金会（Schooner Foundation）、布鲁斯·科曼（Bruce Korman）、佩吉·科宁和约翰·海斯（John Hayes）对我的慷慨资助。

我尤其感激亚当·霍赫希尔德（Adam Hochschild）。在我们见面之前，我就对他仰慕已久。我不揣冒昧，通过电子邮件与他联系。他亲切地回复了我的邮件，令我万分欣喜，对我们的见面充满期待。我有幸与他在伯克利共进了数次午餐。初次见面时，他就鼓励我写作本书，并且在写作思路上给予建议。他是一位尽心尽责的导师，在写作本书的每一阶段都给予了我宝贵的指导和鼓励。

我对埃德蒙·迪恩·莫雷尔和罗杰·凯斯门特感到无比钦佩。他们为了给刚果带来正义而开展了英勇不懈的奋斗，这是我用之不竭的灵感的源泉。我震撼于他们在120多年前所取得的成就，那是一个如此无知和黑暗的时代。

最后，我要感谢我亲爱的妻子阿底提（Aditi），她分担了我的重担，对于我写作本书所带来的种种不便，她给予了极大的宽容。在刚果目睹的一切时常使我陷入悲痛、愤怒以及震惊的情绪中，是她的爱和力量支持我走完了这段旅程。没有她，我永远也无法走出黑暗。

注释

出于谨慎的考虑，书中没有披露相关采访的日期和地点等细节，以避免此类信息泄露受访者的身份，因为那会给受访者、受访者家人及我的研究带来风险。

注释中所有链接的最后访问时间均为2022年5月4日。

（译者按：作者的名字没有翻译成中文，以方便读者和参考文献对照起来看。一些机构的名字第一次出现时用括号说明了中文名，之后沿用了原名。）

引言

1. 苹果公司声明参看网址：https://www.apple.com/supplier-responsibility/pdf/Apple-Conflict-Minerals-Report.pdf。

三星公司声明参看网址：https://images.samsung.com/is/content/samsung/assets/global/our-values/resource/Samsung-Child-Labour-Prohibition-Policy-Ver2.pdf。

特斯拉公司声明参看网址：https://www.tesla.com/sites/default/files/about/legal/2018–conflict-minerals-report.pdf。

梅赛德斯奔驰集团声明参看网址：https://www.daimler.com/sustainability/human-rights/。

嘉能可公司声明参看网址：https://www.glencore.com/dam/jcr:031b5c7d-b69d–4b66–824a-a0d5aff4ec91/2020–Modern-Slavery-Statement.pdf。

2. 参看网址: https: //globalbattery.org /cobalt-action-partnership/。

3. 此处手工采矿业数据参看网址：https://delvedatabase.org。

4. 引文"有史以来最卑鄙无耻的、玷污了所有人类良知的掠夺"来源：

《地理学与探险家》(*Geography and Some Explorers*),Conrad(1926),第25页;引文"其国家管理的底层逻辑是对黑人进行无情的、系统性的压榨"来源:《约瑟夫·康拉德于1903年12月21日致罗杰·凯斯门特的信》,Conrad(1991),第271页;引文"吸血鬼横行之地"来源:Grogan(1990),第227页;引文"地球上不折不扣的地狱"来源:Casement(1904),第110页;引文"一种完美的压榨体系,伴随着野蛮的掠夺行径,导致死伤无数"来源:Morel(1968),第4页。

第一章 "无与伦比的矿产财富"

1. 参看Darton Commodities(英国达顿商品贸易公司,2022),第7、第19页;以及United States Geological Survey(美国地质勘探局,2022),第53页。

2. Pakenham(1992),第12页。

3. World Bank(世界银行,2020),第103页。

4. 小规模采矿协助和监督服务部(简称SAESSCAM,全称Service d'Assistance et d'Encadrement du Small-Scale Mining)初创于1999年,当时手工采矿业开采的矿产主要有钶钽铁矿石、黄金、铜和钻石等。2003年,该机构成为矿业部下属的政府机构。2010年,该机构主要管理加丹加省内铜矿和钴矿的手工开采相关工作。2017年,该机构更名为手工和小规模采矿协助和监督服务部(简称SAEMAPE,全称Service d'Assistance et d'Encadrement de L'Exploitation Minière Artisanale et de Petit Echelle),获得更多的资金和权力来与省级政府合作,共同监管铜矿带地区的手工采矿业。

5. United States Geological Survey(2022),第53页。

6. 数据来源:(1)International Energy Agency(国际能源机构,2020),(2)题为《电动汽车抵御供应风险挑战,全球销量增长一倍以上》(Electric cars fend off supply challenges to more than double global sales)的文章,文章网址参看:https://www.iea.org/commentaries/electric-cars-fend-off-supply-challenges-to-more-than-double-global-sales?utm_source=SendGrid&utm_medium=Email&utm_campaign=IEA+newsletters。

7. 数据出自题为《电池组价格平均下降至132美元/千瓦时,但大宗商品价格上涨开始带来负面影响》(Battery pack prices fall to an average of $132/kWh, but rising commodity prices start to bite)的文章,文章参看网址:https://about.

bnef.com/blog/battery-pack-prices-fall-to-an-average-of–132–kwh-but-rising-com-modity-prices-start-to-bite/。

8. 锂钴（LCO）电池的钴含量为60%，锂镍锰钴（L-NMC）电池的钴含量为6%—20%，锂镍钴铝（L-NCA）电池的钴含量为6%—9%。

9. 最常见的锂镍锰钴电池的比例。NMC–111电池中镍、锰、钴的比例为1∶1∶1；NMC–532电池中镍、锰、钴的比例为5∶3∶2；NMC–622电池中镍、锰、钴的比例为6∶2∶2；NMC–811电池中镍、锰、钴的比例为8∶1∶1。

10. Morel（1968），第42页。

第二章 "最好别出生在这里"

1. Livingstone（1858），第357页。

2. Arnot（1889），第238—239页。

3. Pakenham（1992），第400页，第409—410页。

4. Martelli（1962），第159页。

5. 同上，第194页。

6. 同上，第201页。

7. Darton Commodities（2022），第9页。

8. 为了应对公众对于所谓"冲突矿产"（conflict minerals，简称3TG）——坦（tantalum）、锡（tin）、钨（tungsten）、金（gold）——生产条件的关注，2010年颁布的《多德–弗兰克华尔街改革与消费者保护法》（Dodd-Frank Wall Street Reform and Consumer Protection Act）中的第1502条规定，美国上市公司需要监督其供应链，并披露其产品是否包含来自刚果民主共和国的冲突矿产。如果有产品包含此类冲突矿产，相关公司必须披露其寻找矿产来源的工作，确保公司没有做出侵犯人权的行为。该法案通过时，对钴矿的需求尚未出现大增的情况，因此钴矿没有包含在此类矿产中。

9. 全前脑畸形（Holoprosencephaly）是一种由于胚胎前脑未能充分分裂形成大脑半球双叶而引起的疾病，导致严重的颅骨和面部缺陷。此类胎儿多为死胎。无下颌并耳畸形（Agnathia otocephaly）是一种严重致死性畸形，患病婴儿表现为出生时下颌骨缺失，双侧耳位低并融合在一起，有时婴儿仅发育一只眼睛。

血钻

刚果人的血液如何支撑我们的生活

第三章 "山中藏匿的秘密"

1. Helmreich（1986），第2、4章。

2. 引文"这些统计数据本身就是不容置疑的证据，表明刚果的土著居民正受到系统性的掠夺……既然整件事情显然并没有涉及商业交易，那么，刚果的土著居民是如何被说服去提供劳动的？"来源：Morel（1968），第37页；引文"一种通过暴力实施的、合法化的掠夺体系，将数百万人贬为不折不扣的奴隶"来源：同前，第58页。

3. Morel（1902），第347—348页。

4. Morel（1968），第96页。

第四章 世界的殖民地

1. "侵略与奴隶贸易：1482年至1884年"一节参考文献：Franklin（1985）；Hochschild（1998）；Jeal（2007）；Livingstone（1858），及（1866）；Meredith（2005）；Nzongola-Ntalaja（2002）；Pakenham（1992）；Stanley（1862），及（1878）。

"殖民统治：1885年至1960年"一节参考文献：Casement（1904）；CRISP（1961）；Hochschild（1998）；Inglis（1973）；Karl（1983）；Meredith（2005）；Stanley（1885）；Vanthemsche（2018）；Van Lierde（1972）；Van Reybrouk（2014）。

"希望的诞生与毁灭：1958年至1961年1月"一节参考文献：CRISP（1961）；Nzongola-Ntalaja（2002）；Van Lierde（1972）；Van Reybrouk（2014）；Young（1965）。本节中关于暗杀帕特里斯·卢蒙巴的细节参看De Witte（2003）。

"人间地狱：1961年2月至2022年"一节参考文献：Kelley（1993）；Martelli（1962）；Meredith（2005）；Nzongola-Ntalaja（2002）；Stearns（2011）；Vanthemsche（2018）；Van Reybrouk（2014）；Young（1965）。

2. 奴隶贩子还曾在1872年阻止维尼·洛维特·卡梅隆（就是这位探险家将刚果形容为等待"有魄力的资本家"发现的"无与伦比的财富"）通过卢阿拉巴河附近的纳亚吉维。

3. 凯斯门特是一位成就卓越的人权斗士，但他的人生故事以悲剧告终。在第一次世界大战中，凯斯门特由于支持争取爱尔兰独立的复活节起义（Easter Rising），被指控一项莫须有的罪名——叛国罪，并被处以绞刑。众多知名人士纷纷要求撤销对凯斯门特的死刑判决，其中包括坎特伯雷大主教伍德罗·威尔逊（Woodrow Wilson），作家奥斯卡·王尔德、阿瑟·柯南·道尔及约瑟夫·康拉德。审判此案的皇家检察官公开凯斯门特的私人日记，其中披露了凯斯门特同性恋的性取向。同性恋在当时的英国是一种道德沦丧，公众舆论开始反对凯斯门特。1916年8月3日，凯斯门特在本特维尔监狱（Pentonville Prison）被施以绞刑，终年51岁。

4. Van Lierde（1972），第220—224页。

5. De Witte（2003），第16页。

第五章 "不挖矿，就挨饿"

1. 数据来源：《嘉能可2018全年生产报告》（Glencore Full Year 2018 Production Report），第10页，报告参看网址：https://www.glencore.com/dam/jcr:3c1bb66d-e4f6-43f8-9664-b4541396c297/GLEN_2018-Q4_ProductionReport-.pdf。

2. 参看：（1）题为《来自美国司法部的传票》（Subpoena from United States Department of Justice）的文章，文章参看网址：https://www.glencore.com/media-and-insights/news/Subpoena-from-United-States-Department-of-Justice；（2）题为《反重大欺诈办公室的调查》（Investigation by the Serious Fraud Office），文章参看网址：https://www.glencore.com/media-and-insights/news/investigation-by-the-serious-fraud-office；（3）题为《瑞士总检察长办公室的调查》（Investigation by the Office of the Attorney General of Switzerland），文章参看网址：https://www.glencore.com/media-and-insights/news/investigation-by-the-office-of-the-attorney-general-of-switzerland。

3. 参看题为《嘉能可矿石的全局性问题》（Panorama questions over Glencore mines）的文章，文章参看网址：https://www.bbc.com/news/17702487。

4. 国际劳工组织第29号公约第2（1）条将强迫劳动定义为"以惩罚相威胁，强迫任何人从事其本人不曾表示自愿从事的所有工作和劳务"。

第六章 "我们在自己的坟墓里工作"

1. 数据来源：《嘉能可2021全年生产报告》（Glencore Full Year 2021 Production Report），第11页，参看网址：https://www.glencore.com/dam/jcr:90d4d8f9-a85e-42ec-ad8a-b75b657f55d2/GLEN_2021-full-year_Production-

Report.pdf。

2. 参看题为《卢阿拉巴：理查德·穆耶伊被免职》（Lualaba: Richard Muyej destitué de ses fonctions）的文章，参看网址：https://cas-info.ca/2021/09/lualaba-richard-muyej-destitue-de-ses-fonctions/。

3. 参看网址：https://budget.gouv.cd/wp-content/uploads/budget2021/plf2021/doc1_expose_des_motifs_projet_de_loi-de_finances%202021%20et%20ses%20annexes.pdf。

4. 参看题为《关于KCC公司非法手工采矿者死亡的公告》（Announcement Regarding Fatalities of Illegal Artisanal Miners at KCC）的文章，参看网址：https://www.glencore.com/media-and-insights/news/announcement-regarding-fatalities-of-illegal-artisanal-miners-at-kcc.

5. 参看题为《恐怖分子金库：一家与刚果总统有联系的银行如何帮助真主党资助人摆脱美国的制裁》（The Terrorists' Treasury: How a Bank Linked to Congo's President Enabled Hezbollah Financiers to Bust U.S. Sanctions）的文章，发表于2017年10月，参看网址：https://cdn.thesentry.org/wp-ontent/uploads/2016/09/TerroristsTreasury_TheSentry_October2017_final.pdf。

6. Darton Commodities（2022），第9页。

后记

1. 参看题为《卢阿拉巴：穆普桑交易中心将于2020年8月落成，此举将关停地下矿产交易中心》（Lualaba: l'inauguration du Centre de négoce de Musompo en août 2020 va mettre fin aux comptoirs clandestins des minerais）的文章，参看网址：https://deskeco.com/2020/07/13/lualaba-linauguration-du-centre-de-negoce-de-musompo-en-aout-2020-va-mettre-fin-aux-comptoirs；参看题为《卢阿拉巴：理查德·穆耶伊决心改革手工采矿业》（Lualaba: Richard Muyej déterminé à ré-former le secteur de l'artisanant minier）的文章，参看网址：https://editeur.cd/newsdetails.php?newsid=41&cat=2&refid=4QZT2VjNt53E8eSIB7yUcvsYHFa0lzCdbMwnKnoq9GmJWuifDPRxgp61hOkLrXA.

2. Van Lierde（1972），第421—422页。

274

参考文献

Arnot, Frederick Stanley. (1889). *Garenganze or Seven Years' Pioneer Mission Work in Central Africa*. James E. Hawkins. London.

Cameron, Verney Lovett. (1877). *Across Africa*, 2 vols. Harper & Brothers Publishers. New York.

Casement, Roger. (1904). *The Casement Report*, in Peter Singleton-Gates and Maurice Girodias, *The Black Diaries: An Account of Roger Casement's Life and Times with a Collection of his Diaries and Public Writings* (New York: Grove Press, 1959), pp. 98–190.

Centre de Recherche et d'Information Socio-Politiques (CRISP). (1961). *Documents Belges et Africains. Brussels.*

Conrad, Joseph. (1991). *Heart of Darkness: An Authoritative Text, Background and Sources, Criticism*. Ed. Robert Kimbrough. Norton Critical Edition, 4th ed. W. W. Norton & Co. New York.

——. (1926). The Last Essays. J. M. Dent & Sons. London.

Darton Commodities. "Cobalt Market Review 2022." https://www.dartoncommodities.co.uk/market-research/.

De Witte, Ludo. (2003). *The Assassination of Lumumba*. Verso Books. Brooklyn, NY.

Franklin, John Hope. (1985). *George Washington Williams: A Biography*. University of Chicago Press. Chicago.

Grogan, Ewart S. (1900). *From the Cape to Cairo.* Hurst & Blackett. London.

Helmreich, Jonathan. (1986). *Gathering Rare Ores: The Diplomacy of Uranium Acquisition, 1943–1954*. Princeton University Press. Princeton, NJ.

Hitzman, M. W., A. A. Bookstrom, J. F. Slack, and M. L. Zientek. (2017). *Cobalt—Styles of Deposits and the Search for Primary Deposits*. U.S. Geological Survey Open-File Report 2017–1155. https://doi.org/10.3133/ofr20171155. Hochschild,

Adam. (2006). *Bury the Chains*. Houghton Mifflin. New York.

———. (1998). *King Leopold's Ghost*. Houghton Mifflin. New York.

Inglis, Brian. (1973). *Roger Casement*. Hodder and Stoughton. London.

International Energy Agency. (2020). "Global EV Outlook 2020." Paris.

Jeal, Tim. (2007). Stanley: The Impossible Life of Africa's Greatest Explorer. Yale University Press. New Haven, CT.

Karl, Frederick, and Laurence Davies, eds. (1983). *The Collected Letters of Joseph Conrad*. Vols. I, II, III. Cambridge University Press. Cambridge.

Kelley, Sean. (1993). *America's Tyrant: The CIA and Mobutu of Zaire*.American University Press. Washington, D.C.

Livingstone, David. (1858). Missionary Travels and Researches in South Africa: *Including a Sketch of Sixteen Years'Residence in the Interior of Africa*. Harper & Brothers Publishers. New York.

Livingstone, David, and Charles Livingstone. (1866). *Narrative of an Expedition to the Zambesi and Its Tributaries; and of the Discovery of the Lakes Shirwa and Nyassa*. Harper & Brothers Publishers. New York.

Martelli, George. (1962). *Leopold to Lumumba: A History of the Belgian Congo 1877–1960*. Chapman and Hall. London.

Meredith, Martin. (2005). *The Fate of Africa: A History of the Continent Since Independence*. Public Affairs. New York.

Morel, E. D. (1902). Affairs of West Africa. William Heinemann. London.

———. (1968). *E. D. Morel's History of the Congo Reform Movement*. Eds. William Roger Louis and Jean Stengers. Clarendon Press. Oxford.

Nzongola-Ntalaja, Georges. (2002). *The Congo: From Léopold to Kabila: A People's History*. Zed Books. London.

Pakenham, Thomas. (1992). *The Scramble for Africa*. HarperCollins. New York.

Stanley, Henry M. (1885). *The Congo and the Founding of Its Free State: A Story of Work and Exploration*, 2 vols. Harper & Brothers. New York.

———. (1872). *How I Found Livingstone; Travels, Adventures and Discoveries in Central Africa; Including Four Months' Residence with Dr. Livingstone*. Sampson Low, Marston, Low, and Searle. London.

———. (1878). *Through the Dark Continent; or The Sources of the Nile Around the Great Lakes of Equatorial Africa and Down the Livingstone River to the Atlantic Ocean*, 2 vols. Reprinted by Dover Publications. New York.

Stearns, Jason K.(2011).*Dancing in the Glory of Monsters*.Public Affairs.New York.

United States Geological Survey. (2022). "Mineral Commodities Summary 2022." USGS. Reston, VA.

Vanthemsche, Guy. (2018). *Belgium and the Congo: 1885–1980*. Cambridge University Press. Cambridge.

Van Lierde, Jean, ed. (1972). *Lumumba Speaks: The Speeches and Writings of Patrice Lumumba, 1968–1961*. Little, Brown & Co. Boston.

Van Reybrouk, David. (2014). *Congo: The Epic History of a People*. HarperCollins. New York.

World Bank. (2020). "Minerals for Climate Action: The Mineral Intensity of the Clean Energy Transition." Washington, D.C.

Young, Crawford. (1965). *Politics in the Congo: Decolonization and Independence*. Princeton University Press. Princeton, NJ.